Der schwedische Reiter
Leo Perutz

スウェーデンの騎士

レオ・ペルッツ

垂野創一郎【訳】

国書刊行会

スウェーデンの騎士⚜目次

序言

マリア・クリスティーネは旧姓をフォン・トルネフェルトといい、先夫フォン・ランツァウに先立たれたのち、デンマーク王国顧問官にして特命公使であったラインホルト・ミヒャエル・フォン・ブローメと再婚した。若いころは求婚者が引きもきらぬほどの美貌を誇った彼女は、十八世紀の半ば、齢《よわい》五十にして回想録の筆を執《と》った。『色彩と人士に溢れたわが生の絵画』と題されたこのささやかな草稿は、死後数十年を俟《ま》ってようやく印刷に付された。孫の一人が十九世紀の初めに、限られた人々にのみ配布したのである。

表題は大仰ではあるが、あながち不当というわけでもない。著者は波乱に富む時代に、世界のかなりの地を己《おのれ》の目で見た。良人のデンマーク王国顧問官が旅するときには常に付き添い、イスパハンでは悪名高いナーディル・シャーの宮廷にさえ赴いた。この回想録には今読んでも興味を惹かれるくだりが少なからずある。開巻まもない一章にはザルツブルク大司教区におけるプロテスタント農夫の放逐に関する印象深い記述がある。後の一章では印刷所の設立によって生計の資を奪われたコンスタンティノープルの写字生たちの暴動を描いている。タリンの加持祈禱者の振る舞いや宗教改革派の狂信者を弾圧する暴力を目に見えるように物語る術《すべ》をマリア・クリスティーネは心得ていた。ヘルクラネウムでは、著者自身の言葉に従えば、「地中より発見された、大理石で作られた彫像や浮彫」を最初に見た一人であった――むろんこの発掘の意義を意識せぬままにではあったが。そしてパリでは「馬をつけず、ただ己の内的な力だけで動く」車で、十一フランスマイル半を二時間とかからずに走行した。

また世紀における何人かの偉大な精神と友誼を結びもした。パリの仮面舞踏会では息子のほうのクレビヨンと知り合い――短い間にせよ恋人でもあったらしい。ヴォルテールとはリュネヴィルで行われたフリーメーソンの儀式について長時間にわたり話しあった。そして何年か後、パリでふたたび、それもヴォルテールがアカデミーに受け入れられた当日に、彼と再会した。何人かの学者をも彼女は友人に数えている。ド・レオミュール氏やライデン壜を発明した実験物理学者のファン・ミュッセンブルーク教授である。魅力がないでもないのは「有名な楽長、ライプツィヒのバッハさん」との出会いの物語である。楽長の弾くオルガンを一七四一年の五月、著者はポツダムの聖霊教会で聞いたのだった。

本書を読む者がもっとも強い印象を受けるのは、マリア・クリスティーネ・フォン・ブローメが熱烈に、そして同時に詩とも紛う繊細な言葉で綴った、幼くして失くした父――著者の呼び方に従えば〈スウェーデンの騎士〉――を偲《しの》ぶくだりであろう。著者の生から父が喪《うしな》われたことは、その悲劇的なできごとにまつわる何とも不可解な状況とあいまって、著者の少女時代に影を投げかけている。

マリア・クリスティーネ・フォン・ブローメは、本書の記述によれば、シレジアにある両親の屋敷で生を受けた。近隣の貴族はことごとくその誕生を祝いに姿を見せたという。著者の父〈スウェーデンの騎士〉については、ぼんやりとしか記憶に残っていないという。「父のまなざしは恐怖を起こさせるものでした。しかしその目で見られると、まるで天国の扉が開いたようにさえ思えたものです」

著者が六歳かそれより少し上になったとき、父は屋敷を去り、当時世界に名が響いていたスウェーデン王カール十二世の「陰気な旗のもとに」参じ、ロシアに赴いた。「わたしの父はスウェーデンの出身でした」と著者は記している。「どんなに母が懇願し悲嘆しても父の決心を翻すことはできませんでした」

しかし父が出征する前、子はひそかに、塩と土とを入れた小袋を父の上着の裏地に縫いつけていた。これは二人の馬丁の助言によるもので、人と人とを永遠に結びつける効験あらたかな方法として少女に勧めたものであった。――フォン・トルネフェルト氏のこの二人の馬丁は回想録の後の部分で再度言及されている。すなわち、マリア・クリスティーネ・フォン・ブローメが語るには、この二人からは罵《のの》りの言葉を吐くことと口琴を吹くことを教わったが、後者の芸は生涯何の役にも立たなかったと。

父がスウェーデン軍に赴いてから何週間かたった頃、少女マリア・クリスティーネは夜に窓の鎧戸を叩く音で目を覚ました。はじめはそれを、少女の夜をたびたびおびやかしていた「妖魔の、あるいは亡霊の王ヘロデ」だと思った。だがそれは父の〈スウェーデンの騎士〉だった。

彼女は驚かなかった。上着の塩と土の力によって、必ず来ることがわかっていたから。

囁き声の問いかけ、情愛のこもった言葉が二人のあいだを飛び交《か》った。それから二人は黙った。父は子の顔を両手で抱えた。また会えたのがうれしくて、子は少し泣いた。もう行かねばならないと父が言うので、もう一度泣いた。

父はわずか十五分ばかりいて、姿を消した。

その後も父はたびたび来たが、決まって夜にだった。ときには鎧戸が叩かれる前に目を覚ますことがあった。二日続けて来ることもあった。だがその後は姿を見せない日が三日、四日、五日と続く。どんなときも十五分以上いることはなかった。

そのようにして何か月かが過ぎた。なぜ幼いマリア・クリスティーネが〈スウェーデンの騎士〉の夜の訪《おとな》いを誰にも、母にさえも言わなかったのかは、後になると自分でもうまく説明できなかったという。〈スウェーデンの騎士〉に黙っているように言われたのかもしれないと記されている。あるいは信じてもらえず、それどころかからかいの種になり、夜のできごとを夢や幻想とされるのを恐れたのかもしれない。

〈スウェーデンの騎士〉が夜マリア・クリスティーネの窓下に現れるのとほぼ時を同じくして、スウェーデンの急使がロシアに駐屯している連隊からやってきて、領地で馬を交換し、彼のスウェーデン軍における昇進を伝えるようになった。

〈スウェーデンの騎士〉はその勇気によって王の目にとまり、ヴェストゲータ騎兵団の大尉となり、後にスマラント龍騎兵連隊の指揮官に任命された。任命後にはゴルスクヴァの戦いで大胆な奇襲によってスウェーデン軍の勝利を不動のものとした。この戦闘が終わると王は全連隊の面前で彼を抱擁し、両頬にキスをしたという。

マリア・クリスティーネの母は、スウェーデン軍の状況について「信頼する最愛の人が手紙で何も知らせてくれない」ことを嘆いた。「しかし」と著者は書いている。「きっと戦場からは一行たりとも便りをよこすことはできなかったのでしょう」

やがて幼いマリア・クリスティーネの記憶に一生刻み付けられることになる、ある夏の日がやってきた。それは七月のことだった。

「お昼ころのことでした」四十年後に彼女は記している。「母とわたしは庭にいて、ラズベリーと野薔薇のあいだの、小さな異教の神が芝生に横たわるところに立っていました。母はラベンダー色の服を着て、鳥の巣を荒らす猫を叱って追いやっていました。猫はしかし母と遊びたがり、背中を反らせたので、母も笑わずにはいられませんでした。そこにとつぜんスウェーデンの急使が屋敷に来たとの知らせが入りました。

母は知らせを聞こうと飛んでいき、ふたたび庭に戻っては来ませんでした。しかし一時間の後には、屋敷の誰もが、ポルタヴァで起きた大戦闘を話題にしていました。スウェーデン軍は負け、王は敗走したということでした。そしてわたしの父はもういないと言っていました。父クリスティアン・フォン・トルネフェルトは、戦いがはじまってまもなく斃《たお》れたのだそうです。一発の銃弾が父を馬から落とし、すでに三週間前に埋葬されたとのことでした。

わたしは信じられませんでした。なぜなら父がわたしの部屋の窓を叩き、わたしと話したのはほんの二日前のことだったからです。

午後遅く、母はわたしを呼びました。

母は〈長い部屋〉にいました。もうラベンダー色の服は着ていませんでした。そのとき以来、母が喪服以外のものを着ているのを見たことがありません。

母はわたしの腕をとり、キスをしてくれました。はじめのうちは言葉が出なかったようです。「わが子や」それから母は泣き声まじりに言いました。「お前のお父さまは、スウェーデンの戦《いくさ》で斃れたのだよ。もう二度と帰ってこないのです。いい子だから、両手を組んで、お父さまの哀れな魂のために『我ラノ父ヨ』を祈っておあげ」

わたしは頭を振りました。どうして父の魂になど祈れましょう。生きているとわかっているのに。

「お父さんはまた来るわ」

母の目はふたたび涙で溢れました。

「いいえ、お父さまはもういらっしゃらないの」母はしゃくりあげました。「いまは天国にいらっしゃいます。さあ手を組んで、お父さまの魂のために、『我ラノ父ヨ』を唱えておあげ」

言うことをきかないで母を悲しませたくありませんでしたので、わたしはお祈りをしました。ですが父の魂のためではありません。だって父は生きているのですから。おりしも表の街道を、丘から来た葬列が通り過ぎるのが見えました。葬列といっても棺を載せた荷車が一台、それに馬に乗る御者だけで、参列者は老いた司祭一人きりでした。

墓地に運ばれていくのは哀れな宿無し人だったのかもしれません。その人のためにわたしは、魂の安息を祈って『我ラノ父ヨ』を唱えてあげたのです。

父の〈スウェーデンの騎士〉はとマリア・クリスティーネ・フォン・ブロームはこの話を締めくくっている。「それ以来、来てくれないようになりました。二度とひそかに窓を叩く音で眠りが覚めることはなかったのです。スウェーデン軍で戦って斃れ、それにもかかわらず夜にたびたび屋敷の庭に立ち、わたしと話をするなどということがどうしてありえましょう。しかし、もし父が斃れていなかったのなら、どうして二度と来てくれず、窓を叩いてくれなかったのでしょう――それは暗く悲しい、得体のしれない謎としてずっとわたしにつきまといました」

〈スウェーデンの騎士〉の物語をこれから語ろう。

それは二人の男の物語でもある。一七〇一年の初め、寒さの厳しい冬に農家の納屋で二人は見《まみ》え、互いの友となった。そしてオペルンから雪に覆われたシレジアの地を抜けてポーランドへ向かう道を連れ立って進んでいった。

スウェーデンの騎士

第一部

泥坊

日のあるうちは身を潜ませていた。ようやく夜が来たので、二人は松が疎《まば》らに生える林を、誰にも見つからぬよう用心しながら進んでいった。どちらにも人目を忍ぶ理由《わけ》があったからだ。すなわち一人は絞首人の手を逃れた宿無しの市場泥坊、もう一人は脱走兵だった。

土地のものが鶏攫《とりさら》いと呼ぶ泥坊には、夜歩きの辛さも身に堪《こた》えない。これまでだって冬が来るたび凍えて餓えていた。だが相棒のクリスティアン・フォン・トルネフェルトの気分は塞《ふさ》いでいた。こちらはまだ少年といっていいほど若い。昨日は農家の屋根裏で、藺草《いぐさ》の筵《むしろ》にもぐりこんでいたが、そのときの彼は己の勇気を自讃し、将来の幸福とすばらしい生活に夢を馳《は》せていた。母方の従兄《いとこ》がこの辺に領地をもっていたはずだ。きっと温かく迎えてくれるさ。ポーランドに行くための金や武具や衣装や馬も用意してもらえるだろう。国境さえ越えればこちらのものだ。よその国の軍隊に仕えるのはもうまっぴらだ。父上はスウェーデンを後にしたけど、それは王から賜った土地を顧問官に奪われて逼迫したからなんだ。でもこの僕、クリスティアン・フォン・トルネフェルトの心は、いかなるときもスウェーデンにある。スウェーデン軍以外に居場所などあるもんか。偉大なるものへの不義を罰するため、神がこの世に遣わした若い王の御許に、堂々と参上してやる。スウェーデン王カールは、十七歳にしてナルヴァの戦いに勝利し、世界に名を轟かせた。そうとも、真の勇気を持ちそれを使うすべを心得るものにとって、戦《いくさ》こそまたとない舞台だ。

泥坊はこれをすべて聞き流した。ポメラニアで農夫の下僕だった時分、報酬は年に八ターレルだったが、うち六ターレルをスウェーデン王に税として取りあげられた。王なんて下々《しもじも》の民の首を絞め踏み躙《にじ》るため悪魔がよこしたものだ。だがクリスティアンの話が大いなる力を持つアルカヌムに及ぶと、にわかに身を入れて聞く気になった。そのアルカヌムこそ、至高にして無双の陛下の前に罷《まか》り出《い》でたとき、忠臣の証《あかし》となるものだという。泥坊はそのアルカヌムがいかなるものかを知っていた。聖別された羊皮紙の一切れで、ラテン語とヘブライ語が書かれている。これがあらゆる苦難を救う。泥坊もかつては持っていて、市《いち》にいくときには命だけは助かるよう、必ず身につけていた。だが口車に乗せられて、二シリングの悪貨でだましとられた。その金はすぐ使ってしまい、それからというものは運に見放され放しだ。

だが今、雪に埋もれた松林のなかで、荒《すさ》ぶ風と雹《ひょう》に鞭打たれるようになると、クリスティアン・フォン・トルネフェルトは勇気について、戦いについて、スウェーデン王について語るのをふつりとやめた。頭を屈《かが》め、喘《あえ》ぎながら歩を進め、木の根に躓《つまず》いたときは軽い悲鳴を漏らした。おまけに腹も減ってきた。ここ何日かは、凍った大根の皮、橅《ぶな》の実、地面から掘り出した木の根で飢えを凌いできた。だが飢えよりもっと辛いのは寒さだ。クリスティアン・フォン・トルネフェルトの両頬は、思い切り吹いたバグパイプのようになり、指は凍え青ざめて強張り、耳は頭に巻いた布のなかでひりひりと痛んだ。吹雪のなかをよろめき歩きながら夢に見るのは――将来の武功ではなく、兎の毛皮が裏張りされた長靴、分厚い手袋、それから暖炉際に堆《うずたか》く積んだ藁《わら》と馬衣《うまぎぬ》の寝床だった。

林を抜けたときはもう日が昇っていた。雪がうっすらと草地や畑や荒野を覆い、仄《ほの》かな朝の光のなかを雷鳥が飛び過ぎた。あちこち散らばり生える白樺の枝は突風で乱れていた。東の方《かた》には白い幕のように波うねる霞《かすみ》がひろがり、その彼方に横たわるすべてのもの――集落や農場、荒地や耕地や森林を二人の目からさえぎっていた。

泥坊は昼を過ごせる隠れ家を探した。しかし人家も納屋も、墓も、木や藪《やぶ》で護られた場所もなかった。だが気づいたことがあった。そこでよく見ようと地に屈みこんだ。

雪が掘り返されている。誰かが馬から降りてここで一服したのだ。マスケット銃の床尾とシャベルが雪に残した跡は、泥坊の熟練した目に、ここで火を焚いて暖をとったのが龍騎兵だったことを教えた。そのうち四人は北へ、三人は東に向かっている。

すると偵察隊か。誰を捜しているのだろう。泥坊はひざまづいたまま相棒に目をやった。体を丸めて道端の里程標石のうえに座り、寒さに震えている。もちろんこの坊やに龍騎兵のことを教えてはいけない。そんなことをすれば勇気は完全に挫けてしまう。

クリスティアン・フォン・トルネフェルトは視線を感じた。そこで目を大きく開き、凍えた両手を擦《こす》ると、今にも泣きそうな声でたずねた。

「雪のなかに何かあったかい。蕪《かぶ》かキャベツでも見つけたんなら、分けておくれよ。そういう約束だったじゃないか。誓いあわなかったかい、一人が見つけたものはもう一人のものでもあるって。従兄の家まで行きさえすれば……」

「あいにく何も見当たらない」泥坊はぴしりと言った。「蕪なんか見つかるもんか。この畑は冬作《ふゆさく》のものだ。地面がどんな風か見てただけだ」

二人はスウェーデン語で話していた。泥坊はポメラニアの生まれで、スウェーデン人の農場主の下僕だったことがある。彼は雪の下から掌《てのひら》いっぱいの土壌を掘り出し、指先で揉み潰《つぶ》した。「いい土だ」歩を進めながら彼は言った。「これは赤土、神がアダムを作った土だ。一枡《シェツフェル》の種を撒けば九十枡ぶんの小麦が穫れるはずだ」

彼のなかの農民が目覚めたのだった。少年の頃は犂《すき》のうしろを歩いていた。土地をどう扱わねばならぬかは、十分に承知していた。

「九十枡ぶん」泥坊は繰り返した。「だがこの土地を持っている領主には、無能な差配人と怠け者の農夫しかいないらしい。見ろこのありさまを。なんという情けなさだ。秋撒きにはもうあまりにも遅すぎる。霜が降りてしまったら馬鍬《まぐわ》は使えないし、おまけに撒いた種まで凍ってしまう」

誰も聞いていなかった。トルネフェルトは遅れて彼のあとを追っていた。走ったとき足を傷つけ、一歩歩くたび痛みで呻《うめ》いていた。

「よい鋤《す》き手と耕し手と撒き手はここらじゃ訳《わけ》なく見つかるだろうに」泥坊は続けた。「おおかた領主が吝嗇《けち》で、雇い人を安く賃借りしたんだろう。そんな奴使い物になるもんか。冬作の苗床は、かならず中央を高く盛らねばだめだ。でないと水が溝伝いに捌《は》けない。おまけに農夫が畑を何年もほったらかして駄目《だめ》にしてしまった。雑草のうえにまた雑草が生えている。ここじゃ深く耕しすぎて粗悪な土が地表に出ている——お前はわかるか」

トルネフェルトは目も耳も貸さなかった。どうして相棒がなおも先に進もうとするのかわからなかった。歩き続け、ひたすら歩き続け、とうに日も高くなっているのに、長々と手足を伸ばしてもいい頃なのに、行軍はいっかな終わらない。

「羊飼いまで主人をごまかしてやがる」追い討ちをかけるように泥坊は言った。「ここにはあらゆる肥料《こやし》が撒いてある。灰、泥土、鋸屑《おがくず》、堆肥——だが羊の糞だけはない。羊の糞はいいもんだ。どんな畑にも合う。だが、ここの羊飼いは糞を売って、儲けは懐に収めてるようだ」

それからこんなに怠惰で投げやりで詐欺漢の農夫を雇っている領主とはどんな奴かと考えはじめた。

「ひどい老いぼれで、満足に歩けもせず、足には痛風があって、畑で何が起きてるかもご存知ないんだろう。日がな一日暖かい暖炉の前でパイプをふかし、足に玉葱の汁を擦り込んでるのさ。そのくせ農夫の言うことは何でも信じる。だから騙され放題だ」

しかしトルネフェルトが聞き分けたのは、相棒がお終《しま》いのほうで口走った暖かい暖炉という言葉だけだった。暖かな室内にもうすぐ入れるものと思い込み、夢心地になった。

「今日は聖マルティン様のお祝いの日じゃないか。ドイツじゃ一日中飲んだり食ったりしている。竈《かまど》という竈が煙を出し、鍋という鍋が沸きかえり、農夫のパン焼き窯《がま》は黒パンで溢れる。

家に入ると農夫が出迎え、鵞鳥の一番いい部分をくれる。それからマグデブルクのビールをジョッキ一杯、そのあとはロゾリオとスペインの苦味酒、これが饗宴というもんだ！　飲めや騒げや兄弟よ！　健康を祈って！　神よ祝福あれ！」

トルネフェルトは足を止めたまま、両手に持ったつもりの杯を揺らし、右や左にお辞儀をしていた。その拍子に足をすべらせあやうく倒れるところを、泥坊が肩をつかんで支えてやった。

「なに寝ぼけてやがる。聖マルティンの祭りはとうに終わった。いまは行進のときだ。杖つき婆みたいに転んでるときじゃない」

トルネフェルトはびくっとしてわれに返った——何もかも消えうせた。農夫も、湯気をたてる竈も、皿のうえの鵞鳥も、マグデブルクのビールも。ここは広々とした耕地で、顔めがけて氷のような風が吹きつけてくる。ふたたび気分が塞いだ。誰も助けてくれない。嘆いても聞いてくれない。彼はそのままずるずると倒れると、地面で大の字になった。

「頭がおかしくなったのか」泥坊が叫んだ。「寝転んだままでいるのか。もし捕まったら、何が待ってると思う。鞭打ち、絞首台、首枷《かせ》、あるいは木の牛に入って火炙《あぶ》りかもな」

「後生だ、寝かせてくれ、もう歩けない」

「起きやがれ」泥坊がおどした。「鞭で打たれたり首を吊られたりしたいのか」

そしてとつぜん怒りがこみあげてきた、この小僧ときたら手足を伸ばしてぶつくさ言うばかりで何ひとつ満足にできやしない。どうしてこんな奴を相棒にしたんだろう。こいつさえいなきゃ、とうに安全なところまで行けたはずだ。もし龍騎兵にとっつかまったらこいつのせいだ。

己の間抜けさ加減に憤慨しながら彼は相棒をどやしつけた。

「絞首台に行きたいんなら、何だって連隊から逃げたりした。そのまま吊ってもらえばお前のためにも俺のためにもなったものを」

「脱走しなきゃ命がなかったんだ」もぞもぞと蠢《うごめ》きながらトルネフェルトは答えた。「軍事裁判で死刑を宣告されたから」

「大尉の面を殴れなんて誰が言った。そのときは首を引っ込めといて機をうかがってりゃよかったんだ。マスケット銃兵のままでいりゃ立派な暮らしもできたろうに。まあせいぜい膨《ふく》れっ面して地面に転がっとけ」

「奴はあの高貴なお方を馬鹿にした」トルネフェルトは眦《まなじり》を決して言った。「王のことをだらしない坊や呼ばわりした。破廉恥な所業を隠すために福音の言葉を始終口にする高慢なバルタザールとも言った。わが王をそんな風に言われて黙っておくほどの恥知らずじゃない」

「一人の馬鹿より六人の恥知らずのほうがずっとありがたいがな。お前は王にどんな義理があるというんだ」

「スウェーデン人としての、軍人としての、貴族としての義務が僕にはある」

この坊やを置き去りにしてずらかるかと、先ほどはちらりと思った。だが今の言葉を聞いて胸をつかれた。俺にも名誉はある。浮浪者の名誉がある。こいつもいっぱしのことは言うけれど、こんな風に寝転がってちゃもう貴族じゃない。俺と同じ、泥坊の俺と同じ、大いなる落ちこぼれ兄弟団の一員だ。いま見限れば俺の名誉は失せる。そうはなりたくない。そこでトルネフェルトにふたたび言い聞かせた。

「起きろ兄弟。後生だから起きてくれ。龍騎兵どもが俺たちを追っている。捕まりたいのか。二人して絞首台に行くというのか。看守だっている、牢屋番だっているぞ。皇帝軍は脱走兵を鞭打って絞首台の周りを九度回らせる。そしてそいつの首を括《くく》る」

トルネフェルトは起き上がり、うるさそうにあたりを見回した。東の風が霧の紗を引きちぎり、景色を遠くまで見せていた。泥坊は自分たちの道が正しかったこと――目的の地が近いことを知った。

前方に見捨てられた粉挽き場が見える。その向こうは葦の繁みと沼と荒地と丘と黒い森だ。森と丘はなじみのものだった。あそこは僧正領で、鍛冶場や砕鉱機、石切り場や溶鉱炉や石灰窯がある。あの地を統《す》べるのは炎とそれから僧正さま、誰もが〈悪魔の大使〉と呼ぶ僧正さまだ。遠い地平線に石灰窯の炎の舌が見えるような気がする。俺はかつてあの舌から逃げた。炎のうえを炎が這い、見わたすかぎり紫の炎、深紅の炎、黒煙で煤けた炎。生ける死者として、あそこで手車に鎖でつながれ呻き声をあげる追剝や浮浪者。そいつらは俺の仲間だった――絞首台を逃れ、地獄に隠れ処を求めた仲間だった。あの僧正の石切り場でそいつらは素手で石を割る。一つ終われば次の石と、命が尽きるまで。それから真っ赤な燃え滓《かす》を炉から取り出す。俺もやったことがある。〈棺〉と呼ばれる木造の狭い部屋で昼となく夜となく炎の喉元で炙られると、額も頰も感覚を失くす――感じるのはただ、怠けぬよう監視役とその手下が振るう鞭だけだ。

泥坊はあそこに戻るつもりだった。なにしろ残された最後の隠れ家だ。この国には教会塔よりたくさんの絞首台がある。俺の首を絞めるための麻はすでに梳《す》かれ綯《な》われている。

視線を逸《そ》らすと、粉挽き場が目に入った。何年ものあいだ見捨てられたまま、扉には閂《かんぬき》がかけられ、鎧戸も閉じている。粉屋は死んでしまった。僧正の代官かその補佐だかに、粉挽き場を驢馬と粉袋もろとも差し押さえられたので首を吊った。そうここらでは噂されている。しかし今でも翼は回り、太い車軸は軋《きし》り、煙突は煙を吐いている。

この地に広がる言い伝えは泥坊も知っていた。農夫らがささやき交わすには、死んだ粉屋が年に一度墓から帰ってきて、借金を一ペニヒでも返そうと夜通し風車を回すという。しかし根も葉もない噂にすぎないとわかっていた。いまは昼で夜じゃない。だから死人も墓のなかだ。翼が冬の光のもとで回っているなら、とりもなおさず小屋は新しい主人を迎えたのだ。

泥坊は手を揉み、肩をそびやかした。

「どうやら、今日は屋根の下で寝られそうだ」

「パンの一齧《かじ》りと藁の一束、欲しいのはそれきりだ」トルネフェルトがつぶやいた。

相棒は笑い、嘲《あざけ》り声で答えた。

「絹の垂れ幕つき羽毛布団がお前を待ってるはずじゃなかったのか。それからフランス風ポタージュとケーキとハンガリーのワインと」

トルネフェルトは何も言わなかった。泥坊と貴族は連れ立って、粉挽き場へ向かう道を進んだ。

扉に閂はかかっていなかった。だが粉屋はどこにも、居間にも寝室にもいなかった。屋根裏や粉挽き場まで捜したが無駄だった。とはいえ誰も住んでいないはずはない。竈には薪がちろちろと燃え、食卓にはパンやソーセージを盛った皿、そして薄口ビールのジョッキがあったから。

泥坊は疑いのまなこで部屋を見わたした。世間を知る彼は、一文無しのために食卓にテーブルクロスがかけられやしないのを知っていた。せいぜいあのパンとソーセージを頂戴できれば上等だ。しかしトルネフェルトはいまや、暖かな部屋のなかでふたたび覇気を取り戻した。そしてパン切りナイフを手に握り、テーブルに腰をかけた。まるで粉屋がソーセージを炙ってくれるのを待っているように。

「食おう、飲もう、兄弟」彼は言った。「お前なんか、こんなにまともにもてなされたことはなかろう。お前の分は僕の奢《おご》りだ。飲め、兄弟。お前の健康を祝して、そしてあらゆる勇兵の健康を祝して乾杯だ。Vivat Carolus rex!（カール王万歳）ところでお前はルター派かい」

「ルター派か教皇派か、そりゃそのとき次第だ」ソーセージにかぶりつきながら泥坊は言った。「聖者像や礼拝堂があれば、いつも『恵ミ深キまりあ様』と呼びかける。ルター派の縄張りに行けば、『我ラノ父ヨ』を唱えるまでだ」

「そりゃだめだよ」トルネフェルトはそう言って食卓の下で足を伸ばした。「ペテロとパウロとは一時《いちどき》にはなれない。そんなことを続けていれば、永遠の生命《いのち》を棒に振る。僕はプロテスタントの教会に帰依している、教皇とその命令なんかお笑いぐさだ。スウェーデン王カールは、ルター派のあらゆる宗徒の要《かなめ》だ。王の健康とそのあらゆる敵の死を祈って乾杯しよう」

そして杯を掲げて飲み干すと、さらに続けた。

「ザクセンの選帝侯はいま、モスクワの皇帝《ツァーリ》と手を結んでカール王に歯向かっている。とんだお笑い草だ。牡山羊と牡牛が連《つる》んで高貴な鹿を倒そうとするようなもんだ。どんどん食べてくれ、兄弟、遠慮はいらない。いまお前は僕の客、僕は厨房長で給仕長で召使だ。そりゃ料理に不足はあろうさ。欲をいえばオムレツか炙り肉の一切れは欲しい。そうすりゃ腹も少しは暖《あった》まろうから」

「でもお前、きのうは冷えた料理だって嫌がってなかっただろ。凍った蕪の切れ端を一生懸命掘り漁《あさ》ってたじゃないか」泥坊が皮肉った。

「そうとも、兄弟」トルネフェルトは言った。「ひどい日々だった、どうにもこうにも疲れきって、持ちこたえられたのが不思議なくらいだ。自分の葬式まで見た、燈明、花輪、木棺の担《かつ》ぎ屋。だがともあれ――まだ死んじゃあいない。死神の大鎌除《よ》けのお護りのおかげだ。あと二週間もすりゃわが王のもとで塹壕に立つ」

そして上着のポケットを叩いた。そこには彼がアルカヌムと呼ぶものが大事にしまわれている。それから口をすぼませてサラバンドを吹き、食卓をとんとん叩いて拍子をとった。

泥坊の心に、あらためてこの貴族坊ちゃんへの怒りがわいた。ついさっきまであんな情けない格好《ざま》で雪のうえに転がって、動こうともせず、やっとのことでここまで連れてきたというのに、いまじゃ口笛まで吹いてくつろいでやがる。まるであらゆる道は短すぎ、世界は狭すぎるとでも言いたげに。俺は僧正の砕鉱機や溶鉱炉のなかで、死人らに交じって自分も死人になれれば御の字だというのに、この小僧はアルカヌムを持って世に出て、たんまり略奪して誉《ほまれ》まで得られる。泥坊はかねてから見たかった名高いアルカヌムを、棘のある言葉を吐いて出させようとした。

「言っちゃなんだが、兄弟」彼は言った。「お前はなんだか、歳の市《キルメス》にでも行くみたいに戦場へ走っていくじゃないか。それより農夫に弟子入りして穀物を脱穀したり厩《うまや》を掃除しちゃどうだ。戦《いくさ》はひどく堅いパンだ。お前の柔《やわ》な歯じゃ食いちぎれまい」

トルネフェルトは卓を叩いたり口笛を吹くのをやめた。

「僕は農夫でも恥じはしない」彼は言い返した。「農夫だって立派な身分だ。天使が降りてきたとき、ギデオンは殻竿を振ってたっていうからな。だが僕らスウェーデン貴族は戦いのために生まれた。穀物運びや厩の掃除には向いていない」

「だがな、お前は野原で敵を相手にするより、炉端が向いてるんじゃないか」

トルネフェルトは動じなかった。ただ手だけが震えていた。そして飲みかけたジョッキをテーブルに戻した。

「立派な兵士がすべきことなら、何なりとやってみせるさ。トルネフェルト家は代々誰もが兵士だった。なぜ炉端に寝てなきゃならない。僕の祖父は大佐だったが、リュッツェンで青連隊を率いていた。グスタフ・アドルフ王の側に控えてたんだ。王が落馬したときは、身を挺してお護りした。そして父君は十一の戦いを戦い抜いて、とうとうサヴェルヌ奪取のときに片腕を失くした。でもお前は、サヴェルヌなんて知らないだろう。閃光、轟音、硝煙と号令、前進、後退、太鼓とトランペット、編成交代！　攻撃再開！　いまじゃあそこも葎穂《ホップ》が乾されて、絨緞が織られている、それは知っているだろうが、それ以外は何も知るまい」

「でもお前、お前は中隊から逃げ出した裏切者だろ」泥坊はやりかえした。「恥ずかしい脱走兵だ。雪に転がって泣いてるところだって見たぞ。兵士の役になんか立つものか。見張りも堡《ほう》塁《るい》つくりも襲撃もやりたがるまいし、寒さや惨めさにも耐えられまい」

トルネフェルトは黙った。頭を垂れて座り、竈の火が燃えるのをじっと見つめていた。

「お前なんか」泥坊はしつこく続けた。「太鼓が鳴っただけで震えあがるにきまってる。五グロッシェンの命惜しさに、煙突や竈の焚き口をきょろきょろ探して潜り込もうって寸法だ」

「もうたくさんだ」トルネフェルトは小声で言った。「これ以上僕の前でスウェーデン貴族の名誉を傷つけないでくれ」

「たくさんだろうが足らなかろうが知ったことか。貴族なんてどいつもこいつもみんな鼠の頭か怠け者で、靴の留め金ほどの価値もない」

ここでトルネフェルトが飛びあがり、怒りと恥辱で真っ青になって、他に武器がなかったので、ビールジョッキを握り締め、泥坊向けて振り回した。

「それ以上言ってみろ。こいつを食らわせてやる」

だが泥坊はすでにパン切りナイフを手にしていた。

「来るなら来い」彼は笑った。「お前のおどしはどうした。ちっとも怖くはないぞ。お前のアルカヌムを見せてみろ。お前は不死身の体になるんだろ。さもなきゃお前は穴だらけ……」

泥坊はそこで黙り、二人とも手に持った武器を下ろした――一人はパン切りナイフを、もう一人はビールジョッキを。とつぜんよそ者の姿が目に入ったからだ。

男がひとり、炉辺の長椅子に腰掛けていた。顔はコルドバ革みたいに褪《あ》せ黄ばんで皺《しわ》だらけで、眼窩は空ろな胡桃《くるみ》殻のように窪んでいる。赤い布地の胴着を着て、御者がかぶるような大振りの帽子に羽根が挿さり、ごわごわの乗馬用長靴は膝で折り返してあった。男がおし黙ったまま、歪んだ口から歯を剝《む》きだして座っているのを見て、怖れがこみあげてきた。泥坊にはわかった。こいつは死んだ粉屋だ。煉獄帰りの粉屋だ。粉挽き場の様子をうかがいにきたのだ。泥坊はトルネフェルトの後ろでこっそり十字を切り、神に救いを求めた。イエスの苦難、イエスの聖痕、イエスの涙、イエスの血にかけて、亡霊を硫黄の煙のもとに、煉獄の炎のもとに、ただちに帰らせたまえ。だが赤い胴着の男はどっしり座ったまま、二人を食いつくような梟《ふくろう》の目で睨みつけていた。

「どうやってここまで来た」トルネフェルトが歯を鳴らしながら聞いた。「部屋に入るのを見なかったのに」

「老いぼれ女が俺を盥《たらい》にいれて運んできたのさ」男は声もなく笑って言った。「シャベルで掘った土を地面に落とすようなくぐもった声音だった。「それでお前ら、ここに何の用がある。俺のパンを食って俺のビールを飲んだな。俺に食後の祈りを唱えてほしいのか」

「悪魔に十年塩漬けにされたような奴だな」泥坊が小声でつぶやいた。

「黙れ！　口を出すな！　侮辱されたと思うぞ」あわててトルネフェルトはささやいた。そして声をはげまして言った。

「お許しください。外は何もかも石や骨みたいにこちこちに凍っていて、おまけに目下の有様というのが、これまたひどいもので、この三日間、パンの一切れも口に入れていなかったのです。それは神さまもご存知です。そこであなたの食卓に招かれたことにしたというわけです……」

「鼬《いたち》に息を吹きかけられたみたいな顔だ」何気なさそうに泥坊がつぶやいた。

「……あなたに面識の栄のないにもかかわらず」トルネフェルトはここで一礼してさらに続けた。「しかしながら、しかるべき感謝を表明するにやぶさかではありません」

亡霊相手にその言い方はないだろう。泥坊にはそれがよくわかっていた。そのときふと気づいたが、あせりすぎて違った呪文を唱えてしまった。キリストの血と聖痕は水ぶくれや凍傷へのまじないだ。亡霊を祓うものじゃなかった。だが正しい文句を唱える間もなく、御者の帽子をかぶった男が泥坊に顔を向けた。

「小僧、お前はどうやら、俺が誰か知ってるらしいな」

「よく知っているとも」重苦しい声で泥坊は言った。「誰でどこから来たのかも。旦那が来たのは煉獄の宿だ。この世からあの世へ行く者が途中で泊まる、炎が窓から舌を出し、軒《のき》の上で林檎を炙るあの宿屋だろう」

泥坊の目の前に煉獄の炎、灼熱の坩堝《るつぼ》、呪われた魂どもの宿が浮かびあがった。これが煉獄の宿だ。だが赤胴着の男はまるで泥坊が僧正領のことを、煙と炎の舌が昼も夜も天に向かって昇る溶鉱炉や石灰窯のことを言い出したかのような答を返した。

「お前も俺の正体がわかっちゃないな。あいにくだが俺は僧正さまの溶鉱炉で働いてる者じゃないし、鋳物工でも炉番でも精錬夫でもない」

外では雪片《ゆきひら》が渦巻いていた。泥坊は窓のほうに一歩寄り、手で風車の翼を指した。翼はいま止まっている。

「旦那は」泥坊は小声で、つかえつかえ言った。「首に縄を巻いてこの世をおさらばした粉屋だな。そしていまは、あの炎が燃える淵にいる」

「そうとも、俺がその粉屋だ」赤胴着の男はそう言い、長椅子から立ち上がると、部屋を行き来しはじめた。「俺がその粉屋だ。窮したあげくに縄でこの世とおさらばしかけたのも事実だ。だが、そのとき僧正さまのところから代官と手下がやってきて、縄を切って俺を下ろし、医者が俺を瀉血《しゃけつ》した。俺は生き返って僧正さまの御者を勤めている。めぼしい街道をあちこち走り、僧正さまにあらゆる国や都市《まち》の品を届けるのさ。ヴェネツィアやメヘレン、ワルシャワやリヨンから――ところでお前らはどこのどいつだ。何を飯の種にしている。どこから来てどこへ行く」

拍車を鳴らして部屋を歩きまわる男を、泥坊は不安げな目で追った。あくまで血のかよった人間と言い張る、とうに死んだはずの男は、誰に向かって話しているかを知っている、俺が生まれてこのかたベーコン、卵、パン、ビール、池から鵞鳥、木から胡桃と手あたり次第に何でも盗ったのを知ってやがる。だから生業《なりわい》については口を噤《つぐ》んでおきたかった。そこで鍛冶場や砕鉱機のある暗い森を手で曖昧に指して言った。

「俺はあっちで食い扶持《ぶち》を得ようと思う」

粉屋は声を立てずに笑い、骨ばった手を揉み合わせた。

「向こうに行くつもりなら、望みはすぐに叶うだろうよ。慈悲深いご主人さまがいらっしゃるからな。毎日一ポンドのパンに加えて、半ポンドのパンをスープに入れてくださる。そのうえ二クロイツァー分のバター、夜にはムース、そして日曜は挽き割り麦入りのソーセージと去勢羊《ハンメル》のシチュー」

泥坊は目を閉じた。いままではさんざんな日々だった。この十日のうち、暖かい食べ物を口にしたのはたった一度、それも烏《からす》を殺して炙ったときだけだ。思わず風にむかって鼻を鳴らした。まるで肉を盛った皿がもうテーブルに載っているように。

「去勢羊のシチュー」彼はつぶやいた。「姫茴香《キャラウェイ》入りの」

「姫茴香と肉豆蔻《にくずく》入りだ」粉屋がうけあった。「お前はしかるべくもてなされることだろう」

そしてトルネフェルトのほうを向いた。

「お前はどうだ。何だって聖者像みたいに突っ立ってる。口があるのに何も喋らないのか。お前もいい目を見たいだろう。僧正さまはどんなろくでなしでものらくら者でも養ってくださるぞ」

トルネフェルトは頭を振り、きっぱり言った。「この地にはとどまらない。国境を越えてやる」

「国境を越えるときたか。キエルツェにでも行って、胡椒《こしょう》菓子をポーランド火酒に浸して食いたいのか」

トルネフェルトはすでに隊列に並んでいるかのように、気をつけの姿勢をとった。「わが君《きみ》、スウェーデン王のもとに参ずるつもりだ」

「スウェーデン王だと」粉屋は叫び、声がとつぜん甲高くなった。「ならタタールの汗《カーン》や清《しん》の皇帝を蹴散らすよう進言してやれ。あの王さまは名誉にたっぷり塗《まみ》れてないと、脚が腫れてくるっていうじゃないか。スウェーデン軍で運試しときたか。一日四クロイツァー支給されようが、白墨と髪粉と靴のワックスと金剛砂くらいしか買えん。兵士一人の幸運など、貧乏人が砂の畑に撒いた穀粒と同じだ。育ちはすまい」

「何と言われようと、僕はスウェーデン軍に馳せ参ずると決めている」

粉屋はトルネフェルトに近寄った、まるで彼の目のなかの白目を見たいかのように。外では嵐が唸《うな》っていて、粉屋の家の屋根柱は雪の重みでみしみし鳴った。しかし室内は静かだった。向かい合って立つ三人の息の音《ね》以外は、何も聞こえなかった。

「馬鹿野郎」沈黙のあと、粉屋が言った。「お前みたいな世間知らずは、すぐ死神にやられちまう。いいか、一ポンドの鉛は十六発の弾丸《たま》になる。そのうち一発はすでにお前用に鋳《い》られている。近頃の馬鹿はきまってスウェーデン軍に行く。行ったら行ったでぎゃんぎゃん泣き喚く。お前、いったい何を捨ててきた。犂《すき》か、尺か、錐《きり》か、それともインク壺か」

「尺やインク壺なんか知るもんか。僕は貴族だ。父と祖父は生まれて死ぬまで戦場にいた。僕も同じように生きるつもりだ」

「貴族さまであらせられたか」粉屋があざけった。「疥癬《かいせん》病みの郭公《かっこう》みたいに見えるがな。旅券と身分証明書はお持ちかな」

「旅券も身分証明書もありゃしない。持っているのは己の真価と戦う勇気だけだ。わが魂を担保《かた》にして……」

　粉屋は拒むように手を上げ、ふたたび下ろした。

「主よこいつの魂を護りたまえ、そんなもの欲しがる奴がいるか」顔をしかめて粉屋は言った。「知ってるかもしれんが、いまじゃ夜になるとあらゆる道に兵士らが雪みたいに降ってくる。龍騎兵やマスケット銃兵がポーランドの国境盗賊に止《とど》めを刺そうと追いかけている。そもそも旅券も証明書もなしに国境を越えるのは難しかろう」

「難しかろうが易しかろうが」トルネフェルトが言い返した。「そう決めたんだ」

「なら貴族さま、スウェーデン軍へ行くがいい」かんだかい声で粉屋は叫んだ。油の切れた車輪が軋《きし》るような声だった。「何も俺がお前を負ぶって正しい道を連れて行ってやることもない。だがな、飲み食いした分は払ってもらおう。神に召されるならその後にしろ」

曲がった指と剝き出した歯、そして鬼火のように燃える目の粉屋に立ちはだかられ、トルネフェルトは震えあがった。できるものなら半グルデンでもテーブルに投げ、暖炉の陰に逃げてすっぽり毛布をかぶりたい。そうすれば粉屋は目に入らないから。だが懐をみんなひっくり返しても、一クロイツァーも出てはくるまい。

仕方なく二歩後ずさり、泥坊に近寄ってささやいた。

「兄弟、お前の懐に何かないか、一グルデンでも半グルデンでも。僕は素寒貧《すかんぴん》なのに、この吝《け》嗇《ち》親爺は払えと言ってる」

「あるもんか」泥坊が嘆いた。「グルデン貨なんか大昔に見たきりだ。丸か四角かも忘れちまった。それにお前、俺の分はお前の奢りって言ってたじゃないか」

トルネフェルトは心配そうな目を粉屋に向けた。粉屋はいま、暖炉にかがんで火を熾《おこ》していた。

「それなら、神かけて、何もかもお前の肩にかかってる」彼は泥坊に説きつけた。「すぐさま従兄のところに行ってくれ。クラインロープに行ってくれ。ランケン村のそばだ。従兄に会ったら、僕がここにいると伝えてくれ。そして金と着物と馬を送ってくれと」

「お前の幸運は祈ってるよ、兄弟。だがな、お前の命より俺ののほうが大切だ。龍騎兵どもにつかまるのはごめんだ。お前の従兄どのと俺にどんな関係がある」

トルネフェルトは窓を見つめた。吹雪はますます荒れすさび、もう風車の翼も見えない。

「僕の代わりに行ってくれ」彼は必死になって言った。「一生お前に感謝する。僕は病気だ。

ほら見てくれ、これ以上病気になれないくらい病気だ。この寒さと雪のなか、外に出たりしたら、死んでしまう」

「今度は鼻が凍るのが恐いか」泥坊が嘲った。「大口叩いて勇気がどうしたこうした、スウェーデンの戦《いくさ》に行きたいとかほざいてたくせに。たいそうおだててくれるが、ついさっきビールジョッキで俺を威したじゃないか。俺を縛り首か車裂きにしたいと思ってただろう。行きたい奴は行け。俺はごめんこうむる」

「許してくれ、兄弟。あれは冗談だ。悪かったと思ってる」トルネフェルトは小声で頼んだ。「僕は嘘は言っちゃいない。龍騎兵も寒さも怖くはない。だが今の僕のありさまじゃ、こんなぼろぼろのみすぼらしい格好じゃ、おめおめ従兄やお嬢さんの前には出られない。代わりに行ってくれ、兄弟のよしみで行ってくれ。立派な兵士となったあかつきには、あらためて参りますと伝えてくれ。お前はすばらしくもてなされようし、褒美もたんまりもらえるぞ」

　泥坊は考え込んだ。ランケン村に行くには来た道を三マイル戻らねばならない。途中で見たあの等閑《なおざり》にされた畑も、もしかしたら情けない相棒のやんごとなき従兄どののものかもしれない。差配人や穀物管理人や羊飼いや作男にあれほどまで嘆かわしく騙され、掠《かす》め取られている男の顔を見たい気がしてきた。

　あの道は危険だ。それは承知している。龍騎兵の手に落ちたなら、間違いなく括《くく》られる。この辺は十字路という十字路に絞首台が立っているから。だが危険には慣れていた。運命は俺に何度となく、飢え死にか首吊りかを選べと迫った。そしていま、日に一切れのパンと雨風をしのぐ屋根と引き換えに放浪に別れを告げ、自由をだいなしにしようとしているいま、反抗の気がうずきだした。激しい風が鳴る外に出て、もう一度、娑婆《しゃば》の見納めに、死神と軽舞曲《クーラント》を踊りたくてたまらなくなった。

「わかった。行ってやる。お前はここにいろ」泥坊は言った。「だがな、お前の従兄閣下は、俺みたいな下賤のものに謁見を許すだろうか」

「人間は誰だって同じだ」あわててトルネフェルトは言った。泥坊の気が変わるのを恐れたのだ。「この紋章入りの指輪を見せてやれ。そうすりゃ僕がお前をよこしたってわかる。それにあんまり喋らなくていい。ごく簡単に、金が要る、国境を越えるには金袋が物を言うから、とまず言ってくれ。それから四輪馬車《カレッシュ》と、マントと、シャツと、襟巻きと、赤い絹の長靴下――」

トルネフェルトが指から抜いた銀の指輪を、泥坊は疑わしげに眺めた。

「俺が盗んだって言うだろうよ」

「言うもんかい」トルネフェルトはうけあった。「もし言ったなら、嘘じゃない証拠に思い出させてやるといい。僕がまだ小さかったころ、嬢ちゃんといっしょに橇《そり》で山を滑り降りたこと、馬が怖気づいて橇がひっくり返った。それさえ聞けば、すぐ僕の使いだってわかるだろうよ。そして送ってくれるさ、花模様の刺繍が入った上着、リボンとレースがついた繻子《しゅす》の上着、それに黒の鬘《かつら》を二つと絹の寝間着――」

「その従兄どのはなんて名なんだ」泥坊がさえぎった。

「クリスティアン・ハインリヒ・エラスムス・フォン・クレヒヴィッツ・アウフ・クラインロープ、僕を洗礼盤から掲げてくれた人だ。あ、それから黒い鬟を二つ、忘れないでくれ、大きいのと小さいのと。それからモールの付いた帽子に繻子のフロックコート――」

　だが泥坊は扉の外に出たあとだった。氷のように冷たい風が部屋に吹き込んだ。粉屋は立ち上がり、暖炉の火で両手を炙った。

「クリスティアン・フォン・クレヒヴィッツ」粉屋はつぶやいた。「その方なら俺も会ったことがある。厳《いかめ》しくて堂々とした方だった。神があの旦那に永遠の安息を賜りますように」


村に着いたときにはあたりは暗くなりかけていた。雪こそ止んでいたが、寒さはますます厳しく、風は耳を切らんばかりに吹きすさんで泥坊を凍えさせた。村街道には人ひとりいない。茶色の大きな犬がみすぼらしい人家や納屋のまわりをうろついて吠えているばかりだ。居酒屋から光が漏れ、バグパイプのくぐもった音が聞こえている。楓《かえで》の並木道の向こうに、クラインロープの屋敷が濡れて輝いたスレート屋根を見せていた。

　凍りついた養魚池を越えて屋敷に向かいながら、泥坊はこの地を治める貴族のことを考えざるをえなかった。最低の雇人のおかげで耕地がだいなしになっている――「このクレヒヴィッツの旦那は、なぜ一度も外に出ないいんだ。一度でも畑に行ったなら、どんなありさまか見ているはずだ。盲《めし》いて目が見えないのか。それとも水腫か喀血かのせいで、寝床から出られず、日がな一日オリーブ油や苦艾《にがよもぎ》の汁や煉《ね》り薬を啜《すす》っているのか。なぜ畑に行かないのだろう。もしかしたら夢に耽《ふけ》ってばかりいて、部屋に閉じこもって、夏も冬も、天国へ行くのは男と女のどちらが多いかとか、月の内側はどうなっているかとか考えているのか。それとも結局のところ、ここは自分の領地でもなんでもないのか。俺自身を相手に賭けてもいい。右の懐に左の懐を賭けるとすれば、こいつは自分の領地に住んではいない。都会《まち》にいて、フェンシングやダンスやトランプ勝負や、女どもにセレナーデを捧げたりして過ごし、故郷の臣民にはやりたいようにやらせ、領地に来るのは金を受け取るときだけなんだろう。クレヒヴィッツ殿とはそんなお方さ。百ターレルかき集めると、ふたたび都会に舞い戻って、金がなくなって、何百ターレルかの借金をこさえるまでは戻らないのだろう。クレヒヴィッツ殿はそんなお方さ。借金ができると、故郷に引っ込んで、一晩で大金持ちになるにはどうすりゃいいか頭を絞る。俺ならこう助言してやる。この土地は悪くない。耕地三フーフェに荒地一フーフェの割か。土地が要求するよう、うまく肥やしをやって種を撒けば——ここらには刈株穀、あそこには白早燕麦を撒いて、小麦はいちばんいい土地用にとっておく——領主がまともに撒かせ、鍬入れをさせ、除草させれば、たわわな実りを目のあたりにできるはずだ。もちろん下僕もちゃんとしつけなきゃならない。穀物記帳係に睨みをきかせ、差配人を悪魔にくれてやって、自ら手をくだす——そうしなきゃだめだ。都会で仕着せの召使や楽師といっしょに女の窓の前で——」

泥坊はあてどない思いからいきなりわれに返った。鈴の音《ね》と鞭が鳴っている。彼はすぐさま飛びすさり、雪だまりの陰に身を潜めた。

　橇が大儀そうにのろのろと養魚池の氷面を滑っていった。がたぴし音がするおんぼろの橇が、たった一頭の痩馬《やせうま》に引かれている。黄変してちぎれた扉の革帯には、それでも貴族の紋章の名残があった。御者台に掛けたランタンの灯りが、一人の男の顔に落ちていた。古い羊の毛皮をはおり、橇の席に体を預けている。寒さで青ざめた団子鼻と、気難しそうな口と、真ん中から分けた泥鰌《どじょう》髭がちらりと目に入った。

　泥坊は雪だまりの陰から立ち上がり、頭を振りながら橇を見送った。

「あれがフォン・クレヒヴィッツの旦那か。空《うつ》け者でも昼行灯《あんどん》でもない。女たちを追いかけて贈り物したり、賭けの卓で金を失くすような顔じゃなかった。足ることを知らず、人には三ペニヒ銅貨さえやらない吝嗇《けち》くさい悪人面だ。それにしてもあの男、あんなに険しい目をしてるくせに、なぜ家来どもに言うことをきかせる術を知らないんだろう」

　なおも歩きながらあれこれ考えていたが、まもなくこの謎の答を思いついた。

「そうか。このクレヒヴィッツの旦那は、むかし罪を犯して、世の中から身を隠してるんだ。誰もそれを知らない。下僕どもだけが知りながら黙っている。だから頭があがらないのだ。おおかた実の兄弟を殺して遺産をぶんどったとか、金目当てで女房に毒を盛ったかしたんだろう。それを下僕どもに知られたもんだから、いつばらされるかと冷や冷やしてるんだ。不利な証言をされたらまずいんで、一人の下僕も追い出せないのだろう」

　橇は領主館の前で止まった。門扉が開き、下僕がひとり、厩用のランタンを手にして現れた。

そして深々とうやうやしくお辞儀をしたが、橇のなかの男は飛びあがり、御者から鞭を挘《も》ぎとると、怒りまかせに下僕に食ってかかった。

「この恥さらし！　鼬《いたち》の皮！」ひどい大声だったので、遠くからでもよく聞こえた。「田舎者の豚野郎！　どうしていちばんおんぼろの橇といちばんよぼよぼの馬をよこした？　悪魔の手先め！　口答えするな！　俺が誰なのか、口をこじあけて鉄の匙で飲み込ませてやる」

下僕はその場で男に背を差し出した。やがて橇の男は疲れて鞭を地に落とした。下僕はお辞儀をして身を起こした。それから橇は庭園の車寄せに消えた。門扉が閉まり、あたりはふたたび暗く静かになった。

「そうだ。そうこなくちゃ」泥坊はつぶやき、両手を揉み合わせた。「あいつは下僕の扱い方を知っている。怠け者らにあれくらいふさわしい扱いはない。したたか鞭打たれて当たり前だ。しかし何だって、あんなつまらないことで熊使いの親方みたいに鞭を振るうくせに、もっとましなところに目を向けない。なんで畑を荒し放題にして、種を地面で腐らせておくんだ。そこがどうもわからない」

頭を振りながらも泥坊はさらに歩いていった。庭園の門扉は閉まり、閂もかけられていた。だが泥坊の鍛えられた目はすぐに、塀によじのぼりやすい場所を見つけた。ゆっくりと登っていく途中で、またひらめいたことがあった。こう考えればフォン・クレヒヴィッツのおかしな態度はあっさり説明がつけられそうだ。

「ここらの領主のなかには、畑より家畜に望みをかけるものがいる。あながち間違いじゃない。

牝牛一頭は九ターレルはする。賭けてもいいが、いい乳を出す牛なら十ターレルはする。だが子牛とバターと糞を売れば、毎年四帝国ターレルは入ってくる。それから羊だ。羊の歯は丈夫だから、砂地や林間地に生える草を食わせておけばいい。そうすりゃ一ポンド半の羊毛が刈り取れる。この旦那にあやかりたいと思う者もきっと大勢いるだろう。雹が降ろうが黒穂病が流《は》行《や》ろうが、鼠や蝗《いなご》が襲ってこようが、どこ吹く風ですむんだからな。土地は小作に出して、牧畜に専念しているのだ。子馬や子羊や子牛からも金が入ってくる。シレジアの羊毛はポーランドやロシアで、それどころかペルシアでさえ売れる。品《しな》のいい羊毛にはいつも相応の値がつく。このフォン・クレヒヴィッツの旦那は自分のすることを知っている——」

そんなふうにいろいろ考えながら、泥坊は塀から滑り降り、雪のなかに落ちて、また立ち上がった。庭は荒れて人気《ひとけ》がなかった、逆さになった馬鍬が車寄せの前に転がっている。干草用の熊手が雪のなかから突き出ている。さきほど見た橇はとうに馬車置場に、そして馬は厩にしまわれていた。下僕たちは仕事じまいをして奉公人部屋でくつろいでいる。

泥坊は屋敷に向かって躊躇《ためら》いながらもゆっくりと歩きはじめた。しかし何歩も進まないうちに立ち止まった——時間はたっぷりある。流行《アラモード》の上着はあと一時間待たせておけばいい。モール付き帽子や赤い絹の靴下もだ。全部なきゃ戦いに出られないっていうんなら、いつまでも待ってろ。俺の知ったこっちゃない。庭園の主に言伝《ことづて》に行く前に、羊たちを見たかった。きっと国じゅうで、それどころかポーランドでも噂されているだろう。スペインの種羊も見たかった。どんなふうに母羊が飼われているのだろう。そしてどんなふうに子羊らは厳しい冬を耐えているのだろう。

羊舎の扉には閂が掛かっていた。しかし閉じた扉など何の妨げにもならない。山猫のように音をたてずすばやく壁をよじ登ると、狭い裂け目にむりやり身をねじこんで、餌置き場の床に立った。そしてそこから梯子で羊舎に下りた。

これがクレヒヴィッツの名高い羊舎か。見るも哀れなものだ。優に百匹は入れる広さなのに、三ダース足らずの羊しかいない。三ダースのぞんざいに飼われた羊からは、きわめて粗悪な羊毛しか取れない。そのうえたいていの羊は湿気と悪い餌で鼓腸症にかかっている。スペインの種羊とやらはどこにも見えない。

泥坊は羊舎ランタンを取り、一匹の羊から他の羊へと歩きながら、去勢された牡羊が何匹いるか、牡が何匹いるか、一歳子や二歳子が、そして母羊が何匹いるかを数えてみた。

「だめだ。この羊舎はとうてい金にならない。どう数えても盗まれた羊がいる」泥坊は腹立ちまぎれに、まるで自分の羊であるかのようにひとりごちた。「もちろん、正直な羊飼いを見つけるのは容易《たやす》いことじゃない。羊飼いときたら誰も彼もがペテン師で、一番ましな奴でも、主人の羊の乳を自分の子羊に吸わせる。しかしここの羊飼いは他のどこの奴よりたちが悪い。牧場で刈った二フーダーの干草——三十匹の羊が一冬過ごすには、それだけは要る。でも餌置き場には藁しか置いていない。干草は一束もなかった。牧場の青草は、羊飼いが売って着服したのだ。そして羊たちには堅い切り藁を与えている。こんな餌は羊には毒なのに、子羊育てを根元からだめにしてやがる」

彼は一匹の羊のそばに行き、注意して眺めた。

「こいつは病気だ。それも疥癬なんかじゃない。たぶん肺に寄生虫《むし》がいるか、湿気で肝臓がやられている。部屋を十分に乾かさないのがいけないんだ。羊が湿り気に耐えられないのを、この羊飼いは知らないのか。もし俺がクレヒヴィッツ家の当主なら……」

彼はランタンを床に置き、羊の口を開けた。

「なんてこった」彼は驚いて叫んだ――「寄生虫どころか、炭疽じゃないか。羊飼いの奴、知らないのか、それとも気にしてないのか。この羊はすぐ殺さなきゃだめだ。血を零《こぼ》さないように殺して、死骸は深く穴を掘って埋めなければ。だが羊飼いは他の羊といっしょにしている。主人は億劫がって家畜小屋へなんか来ないんだろう。臭いが嫌なのかもしれない。だが知ってはおくべきだ、自分とこの羊飼いがどんな奴かを。知ってはおくべきだ、羊舎に炭疽が広がっていることを」

これだけ見れば十分だ。そこで泥坊は猫が鳩舎から出るようにこっそりと外に出た。そしてしばらく穀倉や納屋のあいだを歩きまわっていたが、見るもの見るもの、領主の運命が脆《もろ》い土台の上に立っていることを示していないものはなかった。

「下僕も婢女《はしため》も揃って仕事嫌いだ。こいつら蛆虫どもは何の役にも立たない。倉の穀物は黴《かび》臭い。冬支度も始めていない。薪も割ってないし、亜麻もいまの時分には干して砕いてなければならないのに、いまだに叩いてさえいない。ここの主が雇っているのはつまみ食い係りとジョッキ干し係りだ。羊飼い頭とその下僕は平日からミルクスープと炙り肉を食らい、食卓では誰の前にもビールの大ジョッキがある――教会の開基祭でも謝肉祭でもあるまいし。この家じゃなにもかも逆《さか》さまだ。召使は贅沢三昧で、主人は痩せ細る。なんということだ。俺がクレヒヴィツでさえあったら――牛舎にしても、あのありさまはなんだ。牛の敷き藁は毎日新しくしてやらねばならないし、子牛は人の子供みたいに世話をしてやらなきゃならない。だがここじゃ……」

　そのとき厩の戸が開き、中から男が二人出てきた。泥坊はかろうじて地に伏せる間があった。一人は農場を管理する差配人のようだ。帳簿を騾馬《らば》のようにぶらさげている。三冊を脇にかかえ二冊を片手に持ち、もう一方の手には厩のランタン、帯からインク壜を下げ、耳に鵞ペンを二本はさんでいる。そしてへりくだった態度で泥鰌髭の男の前に立っていた。泥鰌髭は先ほど橇に乗って泥坊の前を通り過ぎた奴だ。

「厩の視察か」地に伏せて凍えつつ泥坊がつぶやいた。「すぐまた怒鳴りだすぞ。差配人の首を千度でも折りたくなるものを見たろうからな。俺がいま立ち上がって、ほかの畜舎のありさまを伝えてやったら、炭疽のことを言ってやったら――ほら癇癪《かんしゃく》が破裂した」

「お前は正気か」泥鰌髭の男が叫んだ。差配人はびくっとして帳簿を雪の上に落とした。「二百グルデン！　俺を怒らせるな！　枝の主日、それがお前の日だ、その日になったら顔を見せろ、だがそれより前はだめだ。二百グルデン！　デュカート金貨の雪が降るわけじゃあるまいし、そんな金あってたまるか。御受難の主日の次の月曜にはお前の主人に三百グルデン貸して、聖レオンハルトさまの日には二百二十を貸した。煙突が煙を出すように、この家は金を撒き散らしている」

　そして息をぜいぜいといわせた。その顔は怒りと寒さで紫色になっている。差配人は哀れな声で説き伏せはじめた。

「この家はこの招かざる客で一杯なのです。そして毎日炙り肉を欲しがるのです。それからワインとオムレツも。農夫もパンと種をせびりに来ます」

「お前の主人に言ってやれ、指輪と首飾りを売れとな。そうすりゃ金ができるじゃないか」泥鰌髭が叫んだ。「俺の金は国じゅうにばら撒かれてしまった。あちこち取り立てには行くが、一文も取り戻せない」

「指輪と首飾りはとうにユダヤ人の手にわたってます」差配人が溜息をついた。「銀のポットや水差しも売りましたし、馬車も箱馬車や幌馬車まで売りました。種蒔きのための金は、あっちこっちから借り集めてきたもので、十シェッフェルを十二で返済せねばならないのです。そしてご主人さまは、あなたさま、慈愛溢れる代父さまが……」

「つべこべ言うな！」泥鰌髭が怒鳴った。「またまた俺が、お前の主人の〈慈悲溢れる代父さま〉になったか！　だが去年、お前の先《せん》の主人が埋葬されたとき、カスパール・フォン・チルンハウスは兜を召し、ペーター・フォン・ドープシュュッツは右手に楯を構え、フライヘル・フォン・ビブランは馬を曳いた――だが俺はどこにいた。ゲオルク・フォン・ロットキルヒが紋章を、ハンス・ユヒトリッツ・アウフ・チルナが十字架と剣を、メルヒオール・バフロンが左手に楯を持ち、ノスティッツ家とリルゲノウ家のものが教会で棺衣を持っていた――だが俺はどこにいた。俺はビロードの馬衣用の金をこの家に貸し、二重《ふたえ》の赤琥珀織《タフタ》の旗代と、説教師に払う金と、蠟燭代の締めて二百二十グルデンをこちらに貸した。だからかろうじて合唱に参加を許された。『ワレラ亡骸ヲ地ニ埋メン』――これが俺に許されたたった一つの名誉だった」

ようやく泥坊にも飲みこめた。団子鼻に泥鰌髭のこの男は領主じゃない。近所に住む金貸しだ。農場主に集《たか》ってはうんとこさ搾り取り、屋根まで剝いでパンの一かけらまで持っていく奴らの一人だ――「なんだ、けちな金貸しじゃないか、なのに貴族さまかと思ってた。どこに目をつけてたんだ。これからは耳をすませて聞き漏らさないようにしないと。きっと何かたくらんでるだろうからな。こいつらときたら、松毬《まつかさ》みたいにくっつきあって、一方がユダならもう一方はイスカリオテだ」

イスカリオテ呼ばわりされた差配人は立ちあがり、足で雪を搔いた。金貸しは音を立てて鼻をかみ、こう言った。

「代父フォン・ザルツァ・アウフ・デュスターロー・ウント・ペンケがよろしく言っていたとお前の主人に伝えろ。ターレルだろうとグルデンだろうと、二度と金は貸さないともな。果樹園も放牧権も担保《かた》には取らない。だが乗馬《のりうま》のディアナとグレイハウンドのイアソンを売るつもりなら、八十グルデンやろう――そう言っとけ。売らないと言うんなら、それまでだ。馬を馬車につながせて、俺は帰る」

「神よ哀れみたまえ！」泥坊は溜息をついた。「あれでも貴族の端くれなのか、男爵で紋章まであるくせに、意地汚く金貸しをやってるのか。貴族にしてやると言われてもあんなのなら御免だ。宿無しでいたほうがまだしもだ」

「八十グルデン、それは値切りすぎではありませんか」差配人が言った。「グレイハウンドだけでも五十グルデンはすることはご承知でしょうに」

「八十グルデン、それ以上びた一文も出せん」金貸しは叫んだ。「この取引はわしの損だ。馬と猟犬の餌と世話にかかる金は、一日で一か月の利息を上回る」

「でもあの馬と犬なら損にはなりますまい」差配人は嫌らしい笑い声をたてた。「ご主人さまがディアナとイアソンをご覧になりたいなら、あなたさまの扉を叩かねばなりませんから。毎日でもお出でになるでしょう。あの馬とグレイハウンドがなければご主人さまは生きていけません」

「お前の主人がわしの扉を叩くと言うのか。もしいらしても、追い払うことはすまい。お前の主人に言っておけ、この代父フォン・ザルツァ男爵は、庭の目帚《バジリコ》のようなものだとな。強く握れば悪魔の臭いが目を刺すが、優しく撫でてやれば芳《かぐわ》しく香るのだ」

「伝えておきましょう。ご主人さまに毎日そう言いましょう」差配人は約束した。「百十グルデンです。八十はご主人さまへ、三十はわたくしめへ。わたくしはあなたさまの忠実な家来です。何よりあなたさまのことを考えています」

「お前の分は二十だ。それで上等だ」泥鰌髭は急に機嫌よくなった。そして二人は家のほうに向かった。泥坊は少し体をもたげて、服から雪を払い落とした。

「恥知らずなことが行われている。ここらの悪党がみな首から鈴をぶら下げねばならぬなら、誰も自分の言葉さえ聞きとれまい。哀れなクレヒヴィッツ！　だが俺が教えてやる。羊舎に炭疽が広がっていること、差配人に騙されていること、自分の代父に騙されていること、家来どもが私腹を肥やし、領主自らは日一日と貧しくなっていくことを。主人がどんなありさまかを、俺から言ってやらねばならない。ビールスープの一皿も恵んでくれるかもしれないし、天国で神の報いを受けるためにもやろう」

泥坊は立ち上がった。奇妙な心変わりが彼に起こっていた。もはやトルネフェルトの代理請願人として来たことは頭になかった。いまは他にやることがある。俺は泥坊なのに、なんだかこの屋敷でただ一人の正直者みたいじゃないか。俺は正直な人間として領主に話さねばならない。

ふだんは人の家に入るときは、もぐらが花壇に入るようにこっそりと忍び込む。だが今はまっすぐ玄関の扉に向かった。生まれて初めて堂々と、怯《ひる》むことなく歩いていった。俺は正直者だ、邸内に入って、領主に包み隠さず話してやる。

しかし玄関に立って、何ら後ろめたさのないもののように扉を叩こうとしたとき、いきなりそれが開き、龍騎兵が二人、中から出てきた。彼ばかりかあらゆる浮浪者の天敵である龍騎兵は、ランタンと馬糧嚢を両手に提《さ》げていた。二人を見ると、泥坊は正直者としてここに来たのを忘れた。身についた恐れがこみあげ、飛びあがって駆け出し、屋敷の陰に回りこんだ。龍騎兵は馬糧嚢を投げ出して追ってくる。――「誰だ、答えろ！」叫び声が聞こえた。「止まれ。止まらんと撃つぞ！」だが彼は止まらなかった。角を回り命を限りに走った、だが他の方角からも声が聞こえた。

泥坊は歩を止めた。「どこへ行こう」彼はあえいだ。「どこへ」

すぐそばに、下僕が掻き集めた雪が山盛りになっていた。そこに飛び込み、深く潜り込んだ。息を殺していると、龍騎兵が脇を走りすぎた。——「どこに行った」と叫ぶ声が聞こえた。「悪魔に掻っ攫《さら》われたか?」——それから、あたりがふたたび静まったあと、泥坊は用心しい頭を出した。龍騎兵はもういない。だがいつまた現れるかもしれない。彼は雪塊から外に出た。これからどこに行こう。頭の真上、背丈の倍ほどの高さに、広い軒蛇腹を持った窓があった。「あそこまで登れれば」と泥坊は考えた。助走をつけて、思いきり跳び、両手で軒蛇腹をつかんだ。蛇腹には尖った破片や釘が植えてあったので、手から血が流れた。痛みも気にせず、そのまま手を放さず、ゆっくりと体を持ち上げていった。登りきると、泥坊の技量を生かし、壊れた鎧戸を開けて、足を入れ、床に降り立った。

ずぶ濡れになり半ば凍え、息をぜいぜい言わせ肺に鋭い痛みを感じ、恐れと寒さに震え、死ぬほど疲れて両手から血を滴らせ——そんなありさまで泥坊はようやく屋敷のなかに入った。二年後には主《あるじ》として君臨することになる屋敷に。


しばらく泥坊は邸内の、さまざまな古道具のあいだでじっとしていた。これまでの哀れな人生に数限りなくあったように、またもや間一髪で絞首刑から逃れた。こんな暮らしがどれだけ続くのだろう。寒さに凍えながら彼はそんなことばかり考えていた。だがともかくクレヒヴィッ家の当主を捜し、話をせねばならない。どうすればいいだろう。だがこの屋敷は天敵の龍騎兵どもが宿営にしている。また鉢合わせでもしたら剣呑だ。まずは主のフォン・クレヒヴィッツを見つけるべきだ。ここまで来て引き返せるものでもない。彼はそのままじっとして、息が静まるのを待った。それから前に進んだ。目は闇に慣れていて、眼前に重々しい、鉄の帯を打ちつけた扉が見えた。扉は鍵がかかっておらず、少し開いたままになっている。隙間から、ほとんど気づかないくらいの、薄い橙《だいだい》の光が微かに漏れている。ランプの灯りでも蠟燭の炎でもない。泥坊にはすぐわかった。扉の向こうの正面で、暖炉が燃えているのだ。その他には部屋に灯りは何もない。灯りのないところには、きっと人はいない。誰も好んで闇のなかに座ったりはしない。泥坊は軽く満足の溜息をついた。無人の部屋に暖炉の炎、これこそ今、泥坊が望んでいたものに他ならなかった。体を暖め、服を乾かしたかった。

まるまる一分間、泥坊はじっと様子をうかがった。それから気をつけて重い扉を開け、音をたてぬよう敷居をまたいだ。

思ったとおり、暖炉には薪が燃えていた。壁際の銀の箱がほんのりと光っていたが、中は空だった。泥坊は口を歪めたが、そこではっと気がついた。俺は盗むためにここまで来たんじゃない。

「下の奴らが言ってたとおりだ」泥坊はひとり笑った。「クレヒヴィッツの旦那、いっさいがっさいユダヤ人に売ったな。指輪、首飾り、水差しに銀の皿。でも暮らし向きは悪くなさそうだ」
泥坊は鼻をくんくん言わせた。ワインと新鮮なパンと炙り肉の香りがする。誰かがここで夕食をとって、泥坊の分を残してくれている。テーブルのうえに皿や鉢やグラスやワイン壺が置いてあった。ここに夕食を用意させ、暖炉に火を熾させた男は、いまどこにいるのだろう。泥坊は一目で室内の様子をとらえた。椅子のうえで剣の刃が光っている。炉端に乗馬用の長靴が置いてある。そして二つの窓のあいだに寝台があった。寝台には——泥坊ははっとした——人が寝ていた。

　だが驚きはしなかった。こんな椿事には慣れている。寝ている者を起こさぬよう部屋を歩き回ること、それだって泥坊の技の一つだ。

　しかし寝台にいる者は眠っていなかったし、一人でもなかった。そこには二人いた。男と女だ。

　泥坊はあわてずに考えた。寝床にいる男はきっとクレヒヴィッツの旦那だ。仕事を早めに切り上げ、たっぷり飲み食いし、いまは寝床で奥方とお楽しみか。俺には言わねばならないことがある。だがどうやってこちらに目を向けさせ、どう話を切り出すか。泥坊は頭を悩ませた。「神よ恩寵あれ」泥坊は腰をかがめてお辞儀し、声を低め、独りつぶやいた。「羊舎の炭疽のことを聞いたら、寝台から飛び上がるだろうよ。でもあせりは禁物だ。まずは様子を見るとしよう」

　泥坊は耳をすませた。幸運の女神はこんなに早く俺をクレヒヴィッツの旦那に出会わせてくれた。そう思うとうれしくなった。しばらくは寝台から衣擦れの音とささやきしか聞こえなかった。それから抑えた欠伸《あくび》の音が聞こえた。寝台の上の男は身を起こし、腕を上げて伸びをした。「我らの主キリストの恩寵があらんことを」そのあいだ泥坊は、話すべきことをおさらいした。「あなたさまはここで寝てばかりいて、下の羊舎で炭疽が蔓延していることをご存知ありません。下僕どもは役立たずです。いっそ一思いに……だめだ」ここで中断した。「こんな切り出し方じゃだめだ。左の長靴に右足を入れて走るようなものだ。まずは俺がどこから来て、どんな用を言いつかってきたか伝えなくては」

「なんだって欠伸ばかりするの」とつぜん寝床の中の女が言った。「旦那はそれしかできないの。どうして愛しい奴、俺の天使、俺の子猫、俺の薔薇、俺の至上の喜びと言ってくれないのよ。あなたの強い愛は長続きしないの」

「我らの主キリストの恩寵があらんことを」泥坊はまたもやそっと祈りを唱えた。「わたくしめはあなたさまの代子フォン・トルネフェルト殿から遣わされてきたものです。トルネフェルト殿はいま粉挽き場におり……」

「俺はお前に騎士の愛を契《ちぎ》った」寝床の中の男が言った。「だが騎士の愛は長くは続かない。野の草のように、草の露のように、たちまち消えるものだ」

「それじゃあたしはもう、あなたの宝物でも子猫でも薔薇でも大いなる喜びでもないのね」

「甘い言葉を始終口になすりつけていろというのか、子供《がき》の唇のオートミールみたいに。絹のリボンだって贈ってやったろう。あれは七エレもあった。それから砂糖を二袋と、聖ゲオルクのターレル銀貨も」

「でも飽きるのが早すぎやしないこと。油は空穴《からけつ》、ランプは消えて、もう何にも燃えてないわ」

「あなたさまはフォン・トルネフェルト殿をご存知でしょう」泥坊がつぶやいた。「あの方はいま粉挽き場にいて、流行の上着とモール付き帽子と馬車を欲しがってます」

「そりゃ断食のせいだ。俺は断食日はみんな守る。猟師が野豚を追うみたいに魂の救済を追ってるからな。すると肉欲の罪は忘れがちになるんだ。俺が金持ちだったら、家に礼拝堂を建てて、司祭を置いて、俺の代わりに祈らせたり断食させたりするんだが」

「どうせ司祭さまを置くなら、旦那に代わって生娘と寝させたほうがいいんじゃない」

「うるさい！」かっとなって男は叫んだ。「お前、生娘だったとでも言いはるのか。傷物なのは先刻承知だ。こんな花なぞ摘むまでもなかったわ」

「それだけではありません」トルネフェルトのことを考えて泥坊がつぶやいた。「絹の寝間着、それから長靴下と襟巻きに髪二つもご所望です」

「まあ失礼な言い草ね」寝床の中の女が言った。「生娘だろうがなかろうが——でも旦那だって傷物じゃない。目が一つに耳一つしかないくせに」

「敵に持っていかれたのだ」男は自慢そうに、だがいまだに腹立たしそうに言った。

「あたしのはお友だちに持っていかれちゃった」そう言って娘は笑いだした。どよもすような男の笑いがそれに加わり、すこしの間、二人とも三人で笑っているのに気づかなかった。泥坊には寝床の中の会話がおかしくてたまらなかったのだ。

「ちょっと！」とつぜん娘は言った。「あれは何なの。部屋に誰かいるわ」

「馬鹿め、いるわけなかろう。どうやってここまで来られる」

「いるのよ。笑い声が聞こえたわ」娘はそう言って身を起こし、闇の中をうかがった。暖炉の炎を受けて、白い胸がほのかに照り映えた。

「寝て、俺を満足させておくれ。龍騎兵を一人、扉の前に立たせてある。誰も入れるもんか。お前ときたら、水の中で魚が歌うのまで聞こえるからな」

「あそこ、ほら、あそこに立ってる」娘は金切り声で叫び、片手で男の腕をつかみ、もう一方の手で闇を指した。「ほら、あそこ。壁のところ。助けて！　助けて！」

　男は寝台から跳ね起き、一瞬で剣を握って叫んだ。

「おい、そこのお前！　お前は誰だ！　何のつもりだ！　動くな、じっとしてろ。動いたらばらばらに切り刻んで撒き散らしてやる。動くな。動くと腹を串刺しだ」

　泥坊は事態が思ったように進まぬのを悟った。そこで観念して闇から進み出て、自分が誰から遣わされ、何をしに来たのかを告げるつもりになった。

「我らの主キリストの恩寵があらんことを」と早口で言って、深々とお辞儀をしたが誰も見ていなかった。「わたくしはあなたの代子に遣わされてやって来ました。それでお宅に参上したわけです。わたくしの主人は今粉挽き場で待っていて……」

「バルタザール！」剣を持ったまま男が呼んだ。「入ってきて灯りをつけろ！　主人と代子がどうとかほざく奴が誰か見てやる」

「灯りはいや！　灯りは！」娘が悲鳴をあげた。「イヴみたいに裸なのに」

「お前がイヴなら楽園にすっこんでろ」男は娘を押し戻して毛布を頭に投げた。龍騎兵が入ってきて、すぐさま卓上の蠟燭を灯した。泥坊の前にいるのは小柄でずんぐりした男だった。羽根飾りのついた帽子とシャツだけの姿で、片手に剣を構えている。

泥坊は驚きで硬直した。

この男なら知っている。こいつは龍騎兵隊の隊長で、この国で〈悪禍男爵〉と呼ばれている奴だ。さてはこの屋敷を宿営にしていたのか。


この男が悪禍男爵と呼ばれるのは、シレジアやボヘミアを荒らす盗賊団を殲滅《せんめつ》するのを己の任としていたからだ。そのため皇帝から直々に裁判権を授かっていた。手下の龍騎兵を引きつれて始終国中を駆け巡るので、他人の富を糧とするもの、浮浪者、市場泥坊、大小の罪を犯したもの——そういうものからひとしなみに悪魔同様に恐れられていた。この男が連れ歩く絞首人には縄がいくらあっても足りず、この男の恩赦とは額に焼印を捺しヴェネツィアのガレー船を一生漕がせることを意味していた。そもそも泥坊が僧正の地獄へ逃げるつもりになったのも、こいつと手下の龍騎兵から命を助かるためだった。そしていま、悪運の星は泥坊をこの部屋に導いた。悪禍男爵と五歩と離れず向かい合っていては、逃げるなど論外だ。屋敷には大勢の龍騎兵がいるだろう。逃げ場はない。だが恐怖でこわばりながらも、なんだかしっくりしない感じがあった。恐れられている男爵が意外にも小柄で、そのうえ胸と脚が猿のように毛むくじゃらだったから。

隊長は紐のついた黒い布切れを左目にあてがった――それが身づくろいのはじまりだった。次に龍騎兵の手から革の乗馬ズボンとベルトを受け取った。

「どれ、貴様が誰か見てやろう。気をつけろよ小僧。この剣が見えないか」

泥坊にはわかっていた。自分を救ってくれるのは度胸だけだ。怯えを顔に出したらおしまいだ。「あなたさまは、たしかに剣をお持ちです。それがどうかしましたか。雀なら三ダースほどもとまれそうですね。一振りでキャベツが七つ刈れましょう」

「たわけたことを。暴れ馬みたいにいまにも嚙みつきそうに睨みやがって」隊長の前にひざまづいた龍騎兵が言った。「この方が誰だか知っていたら、そんな口は叩くまい」

「小僧、気をつけてものを言え」悪禍男爵が泥坊に言った。「二度とそんな口をきいてみろ。実の兄弟さえお前とわからないくらいに、たっぷりいたぶってやる」

「どうぞお構いなく。わたしはあなたさまに用はありません。別の方を探しているのです」

「貴族で将校の俺さまに何という口のききようだ」悪禍男爵は叫んだ。「まずは敬意と礼儀を仕込んでやろう。さもなきゃ、首を括《くく》ってやったあと、地獄で悪魔に礼儀正しく挨拶できまい。言え、俺の部屋で何を探している」

「何を探しているですって。領主さまに決まっているではありませんか」不機嫌でじれったそうな口調で泥坊は言った。まるで隊長とその質問にかかずらう時間がないかのように。

「領主を捜しているだと？」悪禍男爵が叫んだ。「マルグレート！　こいつはこの家のものか？　こいつを知っているか？」

　そのあいだにも龍騎兵が次々と部屋に入ってきて、松明《たいまつ》と木切れの燻《くす》ぶる煙が部屋を満たした。泥坊を見つけた娘は、いまは寝台の縁に腰を掛けていた。そして龍騎兵たちに見られないよう、急いでシャツを頭からかぶり、膝にスカートをかぶせた。ややあって娘は男爵に言った。

「いいえ、この家の人じゃないわ。こんな人知らないもの」

　隊長は立ち上がり、泥坊に近寄った。長靴がきゅうと鳴った。

「髪はぼさぼさ、服はずたぼろ、肌は虱《しらみ》と瘡蓋《かさぶた》だらけ」笑いながら男爵は言った。「僧正さまのお宅から晩餐の誘いに遣わされたものには見えんな。おい、懐を探ってみろ。こいつは黒イビツ団の一味に違いない」

　龍騎兵が二人がかりで泥坊を押さえつけ、懐を探った。いつも持ち歩いているナイフを一人が見つけ、高く掲げた。

「言わんこっちゃない」悪禍男爵が叫んだ。「俺を狙ってたな。小僧、言ってみろ、このナイフで何をするつもりだ」

「こいつは珍品で」やぶれかぶれの笑い声をあげて、泥坊がつかえながら言った。喉まで恐怖がこみあげてきたからだ。「スペインの艦隊で新世界から取り寄せたものです。パンやチーズを切るためのものです」

「もうパンもチーズも切ることもなかろう」悪禍男爵が言った。「こいつは俺の部屋に忍び入り、眠るまで待って、それからこのナイフで俺を殺そうとした。来い、ラインハルト。お前は黒イビツのところで三日間捕虜になってたな。よく見ろ。この小僧はあいつらの一味じゃないのか」

一人の龍騎兵が松明で泥坊の顔を照らした。

「イビツ団の者じゃありません」すぐさま龍騎兵は言った。「奴らなら一人残らず知ってます。アフロム、眇《すがめ》のミヒェル、梟《ふくろう》男、首吊りアダム、それから口笛小僧にブラバント人。でもこいつは知りません。それに隊長、あの盗賊団なら取り囲んでますんで、一人も抜け出られないはずです」

「たった一人なら哨兵らも見逃したかもしれん」隊長が言った。「現にこいつは、ちゃんと邸内に忍び込んでるじゃないか。いいか、悪魔は謀《たばか》れても俺は謀れんぞ」

「でもイビツ団の奴じゃありません」龍騎兵がきっぱりと言った。「奴らは皆で二十人いますが、顔はみんな知ってます。錫《すず》鍛冶ハネス、洗礼ヨナス、クラップロート、ファイラント、火付け木に痴《し》れ者マテス。でもこいつは知りません」

「なら言え。誰が貴様をよこした」悪禍男爵が泥坊に怒鳴った。「言え。さもないと吊るし刑と八つ裂き刑に処してやる。主も照覧あれだ」

「ある貴族の方から遣《よこ》されたのです。その方には召使として仕えています、閣下。嘘じゃありません」そう言いながら、徐々にまた勇気が漲《みなぎ》るのが感じられた。俺はトルネフェルトの紋章つかりました……」
入り指輪を持っている。それが嘘でないことの印になる。「そしてご当主さまへの言伝《ことづて》を言い

「貴様の主人は誰だ！」悪禍男爵がさえぎった。「畜生、この国の貴族ときたら、妙な趣味を持ってやがる。こんな襤褸《ぼろ》服の小僧を雇う貴族とはいったい誰だ」

「当家のご当主さまの代子です」泥坊が言った。「ここのご当主さまがご主人を洗礼盤より取り上げたのです。そしてわたくしは主人より、当主さまへの言伝《ことづて》を言いつかり……」

「ご当主の代子がお前をよこしただと」隊長はそう叫ぶと、あたりをどよもす笑い声をあげた。「何をほざく。こいつは傑作だ！　ならばせいぜい歓迎してやる。神もお前の出現を嘉《よみ》していよう。ところでその代子とやらは何歳《いくつ》だ」

「十八から二十ではないでしょうか。お仕えして間もないので」悪禍男爵がどうして急に笑い出し、妙な質問をするのか訝《いぶか》りながら、泥坊は答えた。

そのあいだにすっかり服装を整えた娘は、龍騎兵たちのあいだをすり抜けて、泥坊に歩み寄った。

「かわいそうに、嘘をつき通せなかったのね。世界中探したってご当主の代子なんていないのに。嘘はもうお止め。ひざまづいて両手を掲げて、神さまの慈悲を祈るがいいわ」

「あらゆる悪魔に誓って否だ！」悪禍男爵が叫んだ。「貴様が火で炙られたみたいに汗をかくのを見たくなった。これほど傑作なことをすぐ終わりにしちゃもったいない。ご当主の前に連れて行けと言うのか。よかろう。望みどおりにしてやる。代子の知らせを告げたいというのか。

なら小僧、俺についてこい！——バルタザール！　俺の手袋と肩帯《エシャルプ》を持ってこい！」

松明を掲げた二人の龍騎兵に挟まれ、両手を縛られて、泥坊は悪禍男爵に従《つ》いて階段を上った。なんとかクレヒヴィッツにお目通りできるところまではこぎつけたが、好奇心は彼をこれまでにも増して苛《さいな》んだ。新たな謎が出てきたからだ。泥坊の仇敵にして大迫害者、トルコに行ってくたばれとかねがね願っていた悪禍男爵、その悪禍男爵が、代子の主人から来たと聞いたとたんに、どうしてあれほどけたたましく笑ったのか。男爵と床をともにしていた女も言った。「かわいそうに、世界中探したってご当主の代子なんかいないのに」——なぜだ。どうすれば世界中にどこにも代子のいない人間ができあがるんだ。どんな貧しい日雇いにだって代子はいるのに。ここの当主は、あまりに自堕落でできそこないなので、子供の洗礼をさせようとした母親がいなかったのか。あるいはそもそもキリスト教徒じゃないのか。トルコ人、タタール人、それともムーア人なのか。あるいは吝嗇すぎて、洗礼の祝い金を払いしぶったのか、それとも……

泥坊は驚きのあまり一瞬足を止めた。そうか。そうだったのか。両手を後ろ回しに縛られていなかったなら、自分の頭を殴りつけたかった。これで何もかもはっきりした。なぜこの領地で誰もが正直ではないのか、下僕のしつけがなっていないのか、畑がだいなしになって、羊舎に炭疽が広がるのか――泥坊は自分の鈍さと愚かさを呪った。とうに気づいていてもよかったはずだ。「小さな哀れな子羊から、誰もがやすやすと毛を刈る」泥坊はそうつぶやき、憤怒で口を歪め、拳を握りしめたとき、一行はすでに半開きの扉の前にいた。悪禍男爵が扉を叩き、貴族の礼儀と自恃とをもって部屋に入った。龍騎兵二人と泥坊が後に続いた。

思ったとおりだった。部屋にいたのは子供だった。うら若い、十七にもなってなさそうな、か弱くほっそりした、主から遣わされた天使のように美しい少女――これがクラインロープ領の当主だった。その目には涙が浮かんでいるのに、泥坊はすぐに気づいた。少女に相対して暖炉にもたれているのはあの泥鰌髭、差配人から領主の馬と猟犬を買った金貸し貴族のフォン・ザルツァ・アウフ・デュスターロー・ウント・ペンケだった。

悪禍男爵は手に羽根帽子を持ち、大股の姿勢で立ち一礼した。

「お邪魔でしたでしょうか。かくも遅い時刻にお嬢さまのもとに参上いたしましたことをお詫び申し上げます。しかしなにぶんにも明日朝一番に発たねばなりませんもので、その前にお嬢さまにご挨拶いたさねば無作法者の誹《そし》りはまぬかれますまい。願わくばわたしめのことを、お記憶のほんの片隅にでもとどめておいていただけますように」

少女は微笑み、わずかに会釈した。

「たいそうなお言葉をありがとうございます」小さな声で優しく少女は言った。「出立とお聞きして、名残惜しく思います。宿営にはご満足いただけましたでしょうか」

泥坊は目をそらさず少女を見つめた。計画はことごとく無意味になった。

「なんてことだ」彼はこっそりつぶやいた。「こんな小さな娘に横領と詐欺を見破ったなどと伝えても、とても信じてくれやすまい。子供だもんだから、誰も彼も正直と思っている。ミルクと家禽だけで、主人も召使も楽に暮らせ、余った分は市《いち》で売れると見積ってやっても本気にはするまい。差配人の言うことと違うから、どんな説明をしても無駄だろう。それにしてもなんて美しい娘だ。いままでこんな美しい人は見たことがない」

「すばらしい宿泊をさせていただきました、これ以上は望めないくらいです」いっぽう悪禍男爵はお辞儀とともにそう言っていた。「なにもかも申し分なく、かゆいところに手が届くように整っておりました。それでも行かねばなりません。悪い奴らに肉薄しておりますから。黒イビツとその一味がいる狐の谷を手下が包囲しておりまして、こちらも夜が明けたら合流します。さぞや大きな狩りになりましょう」

「これも世の習いか」扉口で龍騎兵二人に挟まれた泥坊はつぶやいた。「奴が縄や斧で首を狩る狐穴の賊なんか、しょせんは哀れな貧民にすぎない。だがこの家の盗人《ぬすっと》どもは、大威張りで主人の富を食い潰《つぶ》している。だがこいつは、見て見ぬふりをして罰そうともしない」

「隊長さまの企てが首尾よくまいりますように」少女が言った。「あの賊たちはさかんに悪いことをやっています。この地やポーランドで荷馬車を襲い、農夫の牛を奪っているのです。隊長さまはまさに今の世の聖ゲオルクさまでございますわ」

「哀れな者だけが罰せられる」賞讃にいい気になった隊長が口髭をひねりあげるのを見ながら、泥坊はつぶやいた。「あいつらだってまともな時代に生まれて、藁屋根の塒《ねぐら》があって、一かけのパンを毎日食えりゃ、賊にはならなかっただろう。だが世の習いはこうしたものだ！　この家の奉公人どもときたら……」

「わたしはこれでお暇《いとま》を願えますかな」今度は高利貸しの泥鰌髭ががらがら声で言った。「遅くならないうちに帰らねばなりません。もしご意向がお変わりでしたら明日おっしゃってください。仰せのままにいたしましょう」

「代父さまがイアソンとディアナさえ置いていってくだされば」そう言った少女の目にふたたび涙が浮かんだ。

「馬なら何頭なりと」泥鰌髭が言った。「お嬢さましだいです。きれいな服も、首飾りも、指輪も。毎日お客を迎え、楽しく遊ぶ――なにもかもお嬢さましだいです」

「代父さまのご希望にそえず心苦しく思っています」そう言う少女の声には、うってかわって断固とした響きがあった。

「代父さまもそうはできないことはご存知のはずです。たとえ太陽が軌道を外れても、それはいたしかねます。わたしの心は他の方に信頼を誓ったのです。あの方をお待ちしています。最後の審判の日までも」

「そのご決断がお嬢さまの幸いになられますよう」泥鰌髭がそっけない口調で短く言った。「お嬢さま、それではこれにてお暇《いとま》いたします。馬は繋《つな》いでありますか」

「あらゆる天使よ、加護を垂れたまえ」驚いて泥坊はささやいた。「この性悪め、お嬢さんに気があるのか。こいつがお嬢さんにお似合いっていうんなら、油煙だって雪にお似合いだ」

「繋いでありますとも。橇は庭に出し、御者も待たせています」少女は答えた。「代父さまの寛大に希望をつなぎたく存じます。どうぞイアソンは置いていってくださいませ」

「考えるまでもありません」顰《しか》め面で泥鰌髭は言った。「馬と犬はわたしが買ったもの、わたしの懐から金を出したものです。もしこの家が節約さえ心得ていたならば、これほどまでにはならなかったでしょうに。クロイツァー貨の一枚は他の一枚を招き、一グルデンは二グルデンとなるのです。だがこの家のものは誰もそれを知らない。竈で火の点《つ》きが悪ければ、料理女は何ポンドでもバターを炎に放りこみます」

「純血種の犬に何の用がおありですかな」扉口から悪禍男爵が声をかけた。「あなたの狩りになら、農家の番犬を使ってもかまいますまいに」

泥鰌髭は振り返り、尊大な目で頭からつま先まで睨《ね》めつけ値踏みをした。そして苦りきった口調で言った。

「貴君は自分の仕事だけを気にかけていただければありがたい。わしだって隊長のすることに口出しはしない。わしを嫌うものはこの地にはたんとおるが、多くのものがわしにとって代わりたがっている」

悪禍男爵は蔑《さげす》んだように口を歪め、頭をのけぞらせた。

「いかにもこちらは貧乏人で、己の財産といえば皇帝陛下の特認状と方正なる品行ばかりだ。だが千ターレルやると言われても、貴君の体に潜り込むのはごめんこうむる」

「自分の身体だけを気に掛けておれ、わしのにはかまわんでおいてもらおう。この体は売り物か。わしは帰る」

ではない」泥鰌髭が叫んだ。顔は赤らみ、目が眼窩から膨れあがった。「そこをどいてくれん

「何だってそう喚くんです。脳炎でも患っておるんですか」悪禍男爵は落ち着きはらってたず

ねた。「そんなに面を膨らませていちゃ、首を吊られたユダみたいに張り裂けかねませんよ」

「首を吊られたユダだと」泥鰌髭は叫び、口をぱくぱくさせて喘いだ。「誰を相手にしてるか

忘れておるな。わしだって貴族だ。言葉に気をつけてもらおう。剣ならいつでも抜く用意があ

る」

悪禍男爵は一歩脇にどき、手で開いた扉を指した。

「ただちにお望みどおりにさせていただきましょう。もてなしてさしあげますとも。では貴族

の作法に則って、表の庭で一戦交えるといたしますか」

「さらばだ。わしはお暇《いとま》せねばならん」そう言った泥鰌髭はすでに扉に手をかけていた。「も

う今日は貴君に耳を貸しておる時間はない。また機を見て相手を願おう。こう見えても忙しい

のでな」

そして部屋を出るとしゃちほこばった足取りで、だがあたうかぎりすばやく、階段を降りて

いった。

悪禍男爵はその後ろ姿にちらりと目をやった。それからふたたび少女のほうを向いた。

「お嬢さま、弁解をさせていただけますか」そう言って帽子を振った。「お嬢さまにとってあ

の代父殿は、謹んで申し上げますが、犬の糞であらせられます。剣の一突きにも値しない男で

す。街で遊ぶ小僧っ子に頼んで、鼻に一発食らわせるのが至当でありましょう」

「あの方はわたしを求婚で困らせているのです」弱々しく微笑んで少女は言った。「あの方のおっしゃるには、亡くなったお父さまへの友情から、わたしを窮乏から救おうとしてくださっているとのことなのです」

「あれを友情というのなら、森の狼とだって友情を結べましょう。先ほど、約束された方があるとおっしゃってましたな。差し支えなければお尋ねしたいのですが、それほどまでお嬢さまの愛情を受ける幸運に恵まれたのは、いったいどこのどなたでしょうか」

泥坊は夢から覚めたように飛びあがった。そして自分が奇妙なことを考えていたのに気づいた。別人になり、もはや泥坊でもなく、この貴族の娘と契《ちぎ》りあったものとして、彼女を腕に抱きしめ頬ずりをしているような気がしていたのだ。

我にかえった泥坊は、聞かれないように深く溜息をついた。

「だめだ、だめだ」彼は自分にささやいた。「俺のものにできないのなら、神よ、せめて俺の心をそこから逸らせたまえ」

「隊長さまはいつもわたしに良くしてくださいました。ですからお話ししましょう」少女が言った。「スウェーデンの貴族で、わたしの幼馴染だった方でした。その方と結婚を約束したのです。その方はわたしの指輪を持ち、わたしはその方の指輪を持っています。でももうずいぶん長く消息を聞きません。わたしを忘れてしまったのかしらと思うこともしばしばです。でもわたしはけして忘れません。希望はまだ失われていない、いつかあの方が四輪馬車で迎えに来てくださると思えるときもときにはあります。その方の名はクリスティアンといって、父の代子で、母方の従兄ですの」

「そうだったのか。まさかそんなことが」とほうもない驚きに襲われて泥坊はつぶやいた。「そんなことがあってたまるか。あの貴族坊ちゃんをこの人が心に抱いているとは。暖かい部屋でいるときは踏《ふ》ん反《ぞ》りかえっているくせに、耳が凍えただけで痛い痛いといつまでも騒ぐような藁箒《わらぼうき》野郎に心を捧げているとは。生まれだけがとりえの鼠頭に誠を捧げているとはどう考えてもありえない。それにあいつの頭にこの人のことはもうない。スウェーデンのカール王に参ずることを、戦いに参ずることだけを考えている。暖かいビロードの帽子と流行の上着と馬と馬車、それから懐一杯の金と絹靴下と、あと琥珀織《タフタ》と繻子の何だったかで鼻をかめればいいのだ」

「何ですと、お嬢さま」悪禍男爵がたずねた。「お嬢さまから御父上の代子へですと。まさかそんなことが。するとこうして引っ立ててきた小僧、まんざら嘘つきでもないのか。おい、こっちに来い、絞首台烏《ろくでなし》の精髄《エキス》野郎。この方が当家のご主人さまだ。お辞儀をして、誰がお前を遣わしたか言ってみろ！」

　泥坊は進み出て頭を下げた。だが二つの明るい炎をあげているランプの光からは顔をそむけた。そして顔を影にしたまま、その場を動かなかった――「言えない！　言ってはいけない！」その思いが頭を駆け巡った。「あの坊ちゃんのことは言ってはいけない！」しかしなぜ言いたくないのか、トルネフェルトに遣わされたことをなぜ黙ってなければならないのか、このときは自分でもわかっていなかった。

「何だって氷柱《つらら》を見たムーア人みたいに、お嬢さまをぽかんと見ている」悪禍男爵が泥坊を叱りつけた。「ほら言わんか。誰がお前を遣わした」

「だめだ、だめだ、だめだ」泥坊のなかで叫ぶものがあった。「この人に教えちゃだめだ。駆けずり回って今あるものもみんな売ってしまうだろう。簞笥の着物も、ブラウスのレースも、白の寝具もみんな売って、あいつに晴れ着と絹の長靴下を用意してやるに決まってる。この人に教えちゃだめだ」

泥坊は目をそらせ、小さな声で言った。

「誰にも遣わされてません」

「誰にも遣わされてないだと」悪禍男爵が叫んだ。「だがさっきは、この館の貴族の代子にあたるものがお前を遣わしたと言ってただろうが」

「あれは嘘でした」泥坊はそう言って息を吸った。

「言わんこっちゃない」悪禍男爵がうなった。「縛り首恐さに、口から出任せほざいてやがった」

少女は足音もたてず、滑るように泥坊に近寄り、その正面に立った。だが泥坊は顔をそむけた。目を合わせたくないかのように。

「かわいそうな人、どこからいらしたの?」彼女は聞いた。「長い道を歩いてらしたみたいね。お顔にひもじさが表れているわ。下にお出でなさい。料理女に言ってスープにパンを砕いて入れてもらいなさいな。でもまず言ってちょうだい。あなたを遣わしたのはクリスティアン・トルネフェルトなの。あの人はどこにいるの。なぜ自分で来ないの」

「もし答えれば、あいつのところに行こうとするだろう」泥坊の頭を懸念が巡った。「馬車も馬もないから、深い雪のなかを走って行くだろう」少女を抱きしめて笑っているトルネフェルトの顔が浮かんだ。その顔は、一瞬のあいだ見た狂った夢のなかで彼女を抱きしめていた己《おのれ》自身に重なった。

床に目を落とし、泥坊は言った。

「その方のことは知りません。何も知りません」

「思ったとおりだ。こんな鍋直しみたいな奴を、まともな貴族が連れているはずがない」悪禍男爵が言った。「俺の名に誓って、こいつは黒イビツ団の奴らの一人だ――おい小僧！」雷のような声で彼は泥坊に怒鳴った。「言え、誰がお前をここに遣《よこ》した。なぜここに忍び込んだ」

冷たい汗が額を伝うのが感じられた。いよいよ最後のときが来た。だが決意は動かなかった。どんな目にあおうとも、ほんとうのことを言ってはならない。

「盗みのためにです」挑《いど》むような声で彼は言った。

「ならば絞首台がふさわしい。せいぜいお祈りでもしておけ。すぐ縛り首にしてやる」

「この人を縛り首にしないで！」小さく悲鳴をあげて少女が言った。「こんなに貧しくてかわいそうな人を。一日だって幸せだったことがない顔だわ」

「神も恐れぬ、不埒な、どんな悪さだってしかねない顔じゃないですか」悪禍男爵が額に皺を寄せて言った。「こういう奴らをどう扱えばいいかは、お嬢さまよりよく心得ています」

「縛り首は止してください」少女は両手を掲げて乞うた。「この人は何もしていません。ただ貧しくて飢え死にしそうだっただけ。隊長さま、この人を許してやってください。お願いですから」

泥坊の身が震えた。こんな言葉は聞いたことがない。生まれてからずっと、誰もが俺を罵り殴りつけた。監獄だ絞首台行きだと威した。道を歩くと子供が石を投げてきた。なのにこの貴族のお嬢さんは、自分に情けをかけている。ずっと死神に歯向かいの目を向けてきた俺が、今は奇妙な心地になっている。喉が圧せられ締めつけられるように感じ、顔に痙攣が走る。命にかえてもこの少女が喜ぶことをしてやりたくなった。だが、粉挽き場でトルネフェルトが待っていることは黙っていた。とても口にだせなかった。

悪禍男爵は不満を隠しきれず言った。「おおせには何なりと従いますとも。お嬢さまに仕えること以上に熱烈な望みはありません。それはお嬢さまもよくご存知のはずです。こんな小僧、どうせろくなものになるまい。たってお嬢さんがおっしゃるなら——絞首台は勘弁してやる。せいぜい当主の慈悲深い願いに感謝するがいい」

下の庭園から、長くあとを引く吠え声が聞こえてきた。

「隊長さま、ありがとうございます。このことはけして忘れません」少女は口早《くちばや》に言った。

「あれがイアソンです。聞こえますか。一緒にいてやれないので悲しそうに吠えています。自分とディアナが連れ去られるのを知っているのです。最愛のお友だちに最後のお別れをしなくては」

そして彼女は部屋を走り出て、階段を下りていった。悪禍男爵はゆっくりとその後を追ったが、戸口でもう一度ふりかえった。

「もしこいつがイビツ団の一味じゃなかったら、髪の毛だろうが食ってみせる」悪禍男爵は不満げに言った。「絞首台は勘弁してやる。だが鞭からは逃れられんぞ。おい、こいつを連れていって打ってやれ、二十五発だ。それから放免しろ。こいつが首領の黒イビツのところに戻って、俺が明日、火と火縄を持って奴らを襲い、狐の谷で狩りを楽しむと告げられるようにな」

泥坊は屋敷の庭に、壁に顔を向けて立たされた。二人の龍騎兵が両腕を押さえ、三人目が榛《はしばみ》の杖を振るった。打撃が続けざまに背で唸るあいだ、百歩と離れていないところで、領主の少女が最愛の友に別れを告げていた。馬の首に彼女が腕を巻きつけると、犬が跳躍して吠えた。――「元気でいてね、ディアナ」悲しみと優しさにあふれた声で彼女は言った。「ずっと大切にして世話をしていたのに。わたしのイアソン、神さまがお守りくださいますように。もうこれでお別れ」――橇のうえで厚着にすっぽり包《くる》まった泥鰌髭は、別れの場面が長すぎるので、じれったそうに拳を打ちならした。

泥坊からは彼女は見えなかった。犬の吠える声と馬の嘶《いなな》きが聞こえるばかりだった。榛の杖が風を切ってうなったが、泥坊は身じろぎひとつしなかった。

「打って打って打ちまくれ！」食いしばった歯の間から泥坊は声を漏らした。「確かに俺は貴族じゃない。だが金貸しなぞごめんこうむる。打て！　打て！　俺は卑しい生まれだが、貧しいものから金を取り、馬や馬車まで毟《むし》ろうとは思わない。打て！　打て！　あの泥鰌髭め、隊長の剣から尻尾を巻いて逃げた奴が貴族とは笑わせる。トルネフェルトだって、戦に行こうというのに、指の凍傷を恐れてる。打て！　打て！　俺の出来は奴らと違う。もっとまともな貴族にだってなれる」

熱に浮かされた泥坊の頭に、とてつもない考えが浮かんだのはこのときだ。浮浪者でも泥坊でもなく、貴族になってここへまた来て、下僕どもをしつけ、領地に秩序をもたらし、そして、あの少女、屋敷、庭園、耕地、すべてをわがものとせねばならない。「俺はさんざん貧乏人の卓で食べてきた」彼は喘いだ。「そろそろやんごとない食卓で食べてもいい頃だ」――焼けるような痛みから生まれたこの思いは、心のなかで抑えがたくなった。自分をめがけて唸る杖の一撃ごとに、魂の奥深くますます燃えさかった。

棒の杖が雪の中に飛んだ。泥坊は処刑が終わったのに気づかなかった。龍騎兵の一人がシャツと上着を手渡し、自分の壜から火酒を一口飲ませた。そして助言した。

「今のうちに失せろ。隊長に二度と見つからないようにな」

龍騎兵らは泥坊を抱え上げ、門扉へ連れて行こうとした。足が萎《な》えてまともに立てまいと思ったのだ。だが泥坊はその手を払い、よろめきつつではあるが、一人で立って雪の中を歩いていった。

出口で彼は振り返って見た。少女を、屋敷を、庭園を、そして倒れて雪から突き出た馬鍬を、すでに己《おのれ》のものであるかのように、一瞬ですべてを目に収めた。それから歩きだした。風がまともに顔に吹きつける。足下で雪が軋る。街道沿いに並ぶ楓《かえで》は、風に鞭打たれて地面にお辞儀をしている。そのさまはまるで、庭園を後にする将来の領主に挨拶をしているかのようだった。

犬が吠えバグパイプが鳴る村を抜け、粉挽き場に通ずる道に出たときは、これからどうするという考えはなかった。背中の痛みを感じながら、とにかくもう一度、今度は貴族として、馬に乗り、羽根飾りつきの帽子をかぶり、懐一杯に金を詰めて、ここに戻らねばと、そればかりを思っていた。僧正の地獄にはもう行けない。粉屋との取り決めは反故《ほご》になった。「俺はまだあの地獄に身を売っちゃいない」深い雪を踏みしめながら泥坊はつぶやいた。「取り決めは済んだか。いや済んじゃいない。火酒の杯をふるまわれるまでは済んだとはいえない。粉屋の奴、火酒をけちったことをせいぜい悔やむがいい。俺の腕を摑《つか》んでいた龍騎兵は、他の奴らがさんざん打ったあと、火酒をふるまってくれた。ありがとうよ兄弟。そうとも兄弟、俺は俺の帰還にかけて飲んだ。取り決めはなされた。そうとも兄弟、取り決めは終わった」

僧正の地獄へ行けだと？　それはそれは光栄なことで！　だがそりゃもう過去の話だ。俺はこの世に残る、そしてあの力と戦う、生涯敵だったあの力と。大いなる骰子博打《さいころばくち》が俺を誘う。

もう一度勝負に出てやる。倹《つま》しい農夫が相手じゃ、たらふく食えるほどぶんどれたことは一度だってなかった。だが今からは、世界中の金が俺に取られるのを待っている。

まずはトルネフェルトがあんなにたいそうに自慢するアルカヌム、あれを手に入れねば、あれが要る。あの聖別された羊皮紙の断片、あるいは他の何であろうと、あれがあればあらゆる富と幸運を射止めることができる。トルネフェルトの奴は、あれなしでスウェーデン軍でどう運がつくか、やってみるといい。

スウェーデンの軍隊に？　いや、スウェーデン軍に行かせちゃならない。馬に乗り、羽根飾り帽をかぶって、故郷に錦を飾っちゃことだ。あの人は奴を愛している。面影を心に抱いている。奴には永遠に消えてもらわなければならない。――「僧正の地獄に行っちまえ」とつぶやいたとたん、どうやったらトルネフェルトを片付け、死んだ粉屋との約束も守れるかを思いついた。俺の身代わりにトルネフェルトが僧正の地獄に行けばいい。九年とかいってたが、永遠にいやがれ。溶鉱炉や砕石場の仕事には二か月も持ちこたえられまい。あの甘ったれの貴族坊ちゃんが、代官や手下の鞭に二か月持ちこたえられるもんか。もっと頑丈な奴さえ、九年保《も》たずにくたばったくらいだからな。

あれこれ考えているうち、雪に伏したトルネフェルトの姿がまざまざと眼の前に現れた。今朝とそっくりに、死ぬほど疲れ望みも絶えて横たわっている。するとまたもや泥坊の心は憐みでいっぱいになった。横たわりながらも、貴族の栄誉を囈言《うわごと》のようにつぶやく少年――起きやがれ、兄弟、と泥坊は言いたくなった。お前を置いてくわけにはいかない――だが強いて憐惘は押し殺した。だめだ。トルネフェルトには永遠に消えてもらわねば――「行け！　行っちまえ！」泥坊はうなる吹雪に向けて叫んだ。「俺から言えるのはそれだけだ。あの娘の泣いている姿、もう心から追い払えるものか」――そしてこの言葉で惨めな相棒に別れを告げ、この言葉でトルネフェルトに裁きを下した。

粉挽き場まで石を投げれば届くほどの距離になったとき、まるで地から湧き出たみたいに、死んだ粉屋がいきなり立ちはだかった。御者の仕事着を着て、帽子には羽根飾りをつけている。泥坊はやり過ごそうとしたが、粉屋は道を空けなかった。

「通してくれ」歯をかちかち鳴らし、泥坊は言った。「家に入りたい。外は寒いし、夜が更けるともっと寒くなる。梟が鳴くのが聞こえた」

「寒くなろうがなるまいが、お前には関係ない」井戸の底から響くようなくぐもった声で粉屋は笑った。「お前は凍えはしない。今夜にでも燃える炉から石炭をどう掻き出すか学ぶだろうよ」

「今日はだめだ」勇気がふたたび漲ってきた。「明日まで時間をくれ。今日は水曜だ。日が悪い。キリストさまが裏切られ売り渡された日じゃないか」

この聖なる名を口に出せば、亡霊ならたちまち消え、煉獄の浄罪火のもとに還るはずだ。だが粉屋はあいかわらず立ちはだかり、まともに泥坊の顔を見つめた。

「待てるものか」粉屋はそう言い、マントの雪を振るい落とした。「俺と行くのは、今日でなくてはならない。俺は明日、もうここにいない」

「そうだ。その通りだ」泥坊は呻《うめ》いた。怖気が背筋を伝った。「明日お前は埃と灰の塊になる。通してくれ。お前のために『哀レミ給エ《ミゼレーレ》』を祈り、『深淵ヨリ』を唱えてやろう。迷える魂にはそれが一番の糧だ」

「何を言う。訳のわからんことをほざきやがって」死んだ粉屋が叫んだ。「こんな馬鹿の相手はごめんだ。『深淵ヨリ』はお前用に取っとけ。俺は明日朝一番にヴェネツィアへ発つ。ご主人さまのために、切子硝子《きりこガラス》の杯とビロードの布地と金糸のタペストリー、それからスペインの子犬を二匹受け取りに行くのだ」

「僧正が金糸のタペストリーやビロードに何の用がある」偉者《えらもの》には我慢ならない泥坊が不平をこぼした。「そんなに金があるなら、この国の貧しいものに分けてやれ。贅沢三昧してる場合か」

「俺の主人は僧正の位にあるばかりではない。世俗の領主でもいらっしゃる」粉屋が諭《さと》すように言った。「六頭立ての黄金《きん》の儀装馬車《カロッセ》が走っていれば、それはご主人さまのものだ。聖母さまの日に教会のミサに行くがいい。ご主人さまにお目にかかれよう。心篤《あつ》く飾らない、ほんとうに聖者のようなお方だ」

「悪魔が世俗領主を攫《さら》ったなら」泥坊が嘲った。「後に僧正も残らなかろうよ」

「黙れ！」粉屋が憤《いきどお》って叫んだ。「さっさと支度しろ。俺についてこい。まっとうな仕事でパンを食うことを学べ」

　泥坊はその場を動こうとしなかった。

「気が変わった。お前についていては行かない」

「何言ってやがる」粉屋が叫んだ。「馬鹿めが、いい暮らしをしたくないのか。今じゃどこもかしこも戦い、人死に、火事、疫病だ。だが僧正さまのもとには安息がある」

「安息に用はない。世に出ていって、自由な人間としてやっていく」

「手遅れだ」粉屋が怒鳴りつけた。「俺たちの取り決めを忘れたか。俺と来い。お前の言質は取ってある」

「言質は取られてない。どんな取り決めだって火酒の杯を振る舞われるまでは結んだことにならない。それが地上の慣わしだ、地獄じゃどうだか知らないが」

「火酒がどうした。パンとソーセージとビールを振る舞ってやったろう……」

「借りは返してやる。向こうの小屋にいる俺の相棒を代わりに連れてけ」

「中にいるあいつか」気を損ね、怒りで裂けそうになって粉屋は叫んだ。「お前じゃなきゃだめだ。あんな無駄飯食らいを担保《かた》にもらっても、一文の値打ちもない。ご主人さまが一日にかかる費用は、あいつが一週間でかせぐ額を上回る」

「あいつはひどい目に遭い続けて、たまたま飢えて弱っているにすぎない。まずは力をつけてやってくれ。そうすりゃ鉄梃子《かなてこ》だって振るえようし、崖から岩を素手で割れるさ」

「俺が欲しいのはお前だ。他の者じゃない」そう叫んで粉屋は泥坊ににじり寄り、胸倉をつかんだ。「取り決めは取り決めだ。逃がすものか」

泥坊は死んだ粉屋の鉄のような腕力を感じた。それは悪い夢のように胸を重苦しく圧した。心臓を鷲掴《わしづか》みにされると息さえ継げない。今はっきりわかった。煉獄から来たこの迷える魂には、人並みはずれた力がある。逃げようとしても無理だ。だがもがいているうち、祈りの言葉が頭に浮かんだ。亡霊を祓える真性の祈りを思い出したのだ。そこで呻き喘ぎながら夜の闇に向かって唱えた。

「イエスとマリアの名にかけて
倒れろ、倒れてひざまづけ
『わが魂に救いあれ』
御子と聖母にそう祈れ」

「何ぶつくさ言ってる」粉屋の声が聞こえた。奴はいま地に伏している。泥坊はふたたび息がつけ、身動きできるようになった。悪寒も胸から失せた。「起こしてくれ」粉屋が叫んでいた。「何だってどつきやがった。縛り首もんだぞ。雪から起きあがれん」

自分は押しも突きもしなかった。それはよくわかっていた。ちょうどいい時に祈りの文句を口に出した効験《ききめ》が現れ、亡霊を押しやりひざまづかせたのだ。泥坊は背を屈めて尋ねた。

「行かせてくれるだろうな」

「どこへでも行きやがれ。もうお前に用はない」死んだ粉屋は叫び、同時に泥坊の手を掴んで起き上がった。「今のたわ言でわかった、お前がどこの馬の骨か。行っちまえ。走って行って似合いの絞首台を選べ。お前に関わるのはこれきりだ」

邪魔者はいなくなった。泥坊は軽く笑い、粉挽き場への道をたどった。俺は勝負に勝った。あの亡霊は年に一度、必ず一日だけ墓から出てきて、血と肉をそなえた体を元主人の僧正に捧げ、それで借りを一ペニヒずつ返すのだ。だが次の勝負が待っている。トルネフェルトとの戦いだ。あいつは僧正の地獄へ消えてもらわねばならない。貴族の位と幸運をもたらすアルカヌムを置き土産にして。

泥坊が部屋に入ると、トルネフェルトは暖炉前の長椅子から飛び上がった。

「遅いじゃないか」彼はそう不機嫌そうに言うと、目をこすった。「ひとかどの紳士をこんなに待たせるって法はない」

泥坊は急いで扉を閉めた。濡れた雪片がちぎれ雲のように吹き込んできたからだ。

「せいいっぱい走ってきた。面倒な訳がたんとあったんだ」

「それで」トルネフェルトがせっついた。「僕の頼みはどうなった」

「あいにくだが、お前には喜んでもらえそうにない」そう答えながら、泥坊は幾度となく繕《つくろ》ったマントを暖炉で炙った。

「僕の代父に会えなかったのか」

「そうだ。臨時便であの世へ旅立ったあとだった。謁見を願い出ても無駄だった」

「ほんとうかい」トルネフェルトが叫んだ。「あの人が亡くなっただなんて」

「誓ってもいい。嘘なら地獄に落ちてもいい。何だってそんな哀れな、神に見放されたみたいな顔をしている」

「死んだのか。あの人が死んだなんて。頼みをつないでいたのに」トルネフェルトが茫然とつぶやいた。「あの人は父上の従弟で親友だった。神よ、二人の魂を安らわせたまえ。だがそうすると、あの領地はいま誰が治めてるんだ」

「娘だ」炎に顔を向けた「まだ子供だ。ほんの小さな好い子だ。地に舞い降りた智天使《ケルビム》みたいに美しかった」

「マリア・アグネータ、代父のお嬢さん、僕の従妹だ」トルネフェルトが叫んだ。「あの子がいるんなら、もうこっちのものだ。あの子に話してくれたかい」

「ああ」泥坊は嘘をついた。「だがあの人はお前のことをなかなか思い出せなかった。指輪をみせたらとうとう……」

「なら誰がお前を遣わしたかわかったろう」顔を輝かせてトルネフェルトは叫んだ。「あの子に言ってくれたかい。僕はいまここにいて、馬車と馬が要って、それからマントと……」

「ぴしゃりと断られた」泥坊は嘘を重ねた。「金がなくて、自分自身さえどう養っていいかわからないそうだ。家屋敷は抵当に入り、財布はすっからかんで、馬も馬車も借金の担保《かた》に取られたと言ってた。従兄殿は自分でなんとかして、スウェーデンの軍隊に行ってくれと」

「すっからかん」意気消沈してトルネフェルトは繰り返した。「前はそうじゃなかった。いつ行っても炎の上に焼串、いつも屋敷には客、桶には魚、いつも肉が塩漬になってたのに。十二の塔がある教会を三つ建てられるほどの金持ちだったのに」

　そこで喋りやめて項垂《うな》れた。弱々しく微笑んだあと続けた。

「僕を覚えていないと言ったのか、あのお嬢さんは。そりゃもちろん、最後に会ってからずいぶんになる。二人ともほんの子供だった。愛と誠実を誓いあったのに、忘れてしまったのか。時に押し流されたのか」

　そして部屋をうろうろしだしたが、やがて泥坊の前で立ち止まった。

「とうとう僕は一人きりになった。気にかけてくれる人は誰もいない。でもスウェーデン軍のもとへは行かねばならない。何がなんでもだ」

「鷹みたいに飛んでいく気か。翼もないのに」泥坊が嘲った。「スウェーデン王はお前がいなくてもなんとかなるだろう」

「黙れ！」トルネフェルトが叫んだ。「一文なしだからって犬の糞扱いしないでもらおう。僕はスウェーデン人で貴族だ。今日にでも、わが王のもとに出立だ」

　そして剣でも抜くように脇に手をやった。そして窓辺に寄った。

「風が吹きすさび、雪を散らしている」トルネフェルトは塞《ふさ》いだ声で言った。「地獄の喉元みたいな夜だ」

「そうとも。こんな夜は狼どもが、代わる代わる罪を懺悔するのさ」泥坊が言った。「発《た》つなら発つがいい、兄弟。お前の墓石はすぐそこだ」

「昼は少し歩いて」トルネフェルトが言った。「夜は農家の暖炉。ムース一皿とビール一ジョッキくらいなら、農夫たちも恵んでくれるだろう。よし、翌朝日が昇ったらここを出よう」

「おい兄弟」声を作って泥坊は嘆いた。「俺の話は終わっちゃいない。マスケット銃兵どもが来た。お前を助けるためには、俺は何でもしてやるつもりだ。だがすでに、永遠が口を開けてお前を待っている」

「マスケット銃兵だって。何言ってるんだ」トルネフェルトの言葉はつかえ、汗が額に流れた。

「永遠が口を開けたってどういうことだ。お願いだ、何もかも言ってくれ」

「皇帝のマスケット銃兵隊が脱走兵に判決をくだした。お前は命も名誉も失わねばならない」

「そんなの知ってるさ」そう言ってトルネフェルトは額を撫でた。「でもそりゃ、ずっと遠いところでの話だ」

「それが違うんだ」泥坊は嘘をついた。「軍の中隊がわんさと領主の館に駐屯している。あのマスケット銃兵どもだ。しかもその隊長というのが……神よ！」

ここで泥坊は長椅子を睨んだ。赤い胴着の粉屋が座っている。入ってくるところは目に入らなかった。だが今は口を歪めて歯を剝きだし、足を組んで笑っている。やがて濁《だ》み声で歌いだした。

「烏どもが見る前を
　速足で走っても
　その場に留《とど》まるは誰
　死神の意のままに
　輪になって踊るは誰――」

「やめてくれ、聞きたくない」トルネフェルトが顔を歪めて粉屋に叫び、ついで泥坊に顔を向けてたずねた。

「嘘じゃないだろうな。あいつらに出くわしたのかい」

　泥坊は相棒が恐怖で度を失っているのを見た。だが少しも同情しなかった。心は凍りついて石になっていた。

「俺の言うことが嘘だったら、この身を切り刻ませてやる」怯えた顔で粉屋を盗み見ながら、泥坊はきっぱりと言った。「お前に早く知らせようと、力の限り走ってきた。隊長の奴、お前が粉挽き場にいると聞くと、俺の目の前で、あらゆる悪魔にかけて誓った。きっとお前の首を吊ってやるとな。火のかたわらに座ってた伍長どもは、誰がお前を絞首台に引っぱっていくか決めようと骰子《さい》を振っていた」

　トルネフェルトはもう首に縄がかかっているように叫び声をあげた。顔から汗が次々と粒となって流れた。

「逃げなきゃ」彼は喘いだ。「ここで見つかるとまずい。俺を見殺しにしないでくれ、兄弟。逃げるのを手伝ってくれ。そしたら生涯恩に着る」

泥坊は「どうしようもないな」とでも言いたげに肩をすくめた。

「雪は厚くみっしり積もっている。お前じゃとても逃げ切れまい。すぐにつかまるだろうよ」

泥坊が話を終えないうちに、またも粉屋が濁み声で歌いだした。歌にあわせて手を打ち、拍子まで取っている。

「死神の意のままに
輪になって踊るは誰
死神の笛のまま
ぎくしゃくと踊るは誰
これが最後のタランテラ――」

「歌はやめろ、僕を怒らせたいか。もうたくさんだ」とトルネフェルトは叫んで、かつて剣を佩《は》いていた脇腹に手をやった。だがすぐに死の恐怖にふたたび襲われ、泥坊を心の兄弟、最愛の友と呼び、両手を掲げて、お願いだから助けてくれ、死ぬのはいやだと頼みこんだ。

泥坊は考え込むふりをした。

「俺だってお前の首は惜しい。兄弟のよしみで助けてやろう。スウェーデン軍に行きたいと言ったな。だがお前が貴族であるかぎり、世の中にたんと仕掛けられた網や縄が、お前の命を狙うだろう。だが平民ならずっと安全だ。お前のアルカヌムを俺にくれ。上着の裏に隠してるあれだ。そしたら俺が代わりにスウェーデン軍に行ってやろう」

「アルカヌムだって。嫌だ」トルネフェルトが叫んだ。「僕は父上の死の床で誓った。あのアルカヌムを王の掲げた手に置くと」

「言う通りにしないと、お前は絞首人の手に落ちる」ゆっくりと泥坊が言った。「王に命を捧げるかわりに、絞首台に捧げたいのか。あと一時間でマスケット銃兵どもが来る。そうすりゃどうなるか、とっくり考えてみろ」

トルネフェルトは両手で顔を覆って呻いた。

「兄弟！」とまず言ってから小声でつけたした。「正直に言おう。僕の勇気はたいしたもんじゃない。自分でもよくわかっている。命が惜しい。死や永遠がおそろしく怖い——これだ、持ってけ！」

そして上着の奥からアルカヌムを取り出した。見ると活版の本だ。泥坊は諸手を伸ばしてしっかりと本をつかんだ。トルネフェルトがふたたび取り返せないように。

「グスタフ・アドルフの聖書だ。リュッツェンで斃れたとき、甲冑の下に入れていたものだ」トルネフェルトが言った。「貴い方の血に浸されてるんだ。父上はこれを祖父から受け取った。祖父は青連隊の大佐だった。これをスウェーデン王に献上してくれ。僕はこれが、スウェーデン軍に幸運と栄光をもたらすことを期待している。お前にも将来の富をもたらしてくれるかもしれない。それで兄弟、僕はどうなる」

聖書はすでに泥坊の上着の下におさまっていた。

「何が来ようと安全なとこに行かせてやる。俺は僧正さまの採掘溶鉱場で、ささやかな仕事をすることになっている。俺の代わりにそこに行け。そうすりゃマスケット銃兵どもも手が出せない。僧正さまは自らの司法権を持っておられるからな。じっとお前の連隊での一件が時効になるのを待ってろ。それまでのあいだ、僧正さまに誠心誠意お仕えするんだな」

「そうするよ。誠心誠意お仕えするとも。恩に着るぞ、兄弟。お前の行いが天上と地上で報いられますように」そう言ってトルネフェルトは片手で天と地を指した。

「取引は終わったか」長椅子から死んだ粉屋が声をかけた。「ならばその証に、シュトラスブルクの火酒を飲め。一杯でも二杯でも」

そして立ち上がると、酒壜と杯を卓に置いた。だがトルネフェルトは頭を振り、抑えた声で言った。

「今は宴会の気分じゃない。ああ兄弟、僕は地の底まで落ちていくのか」

「絞首台の梯子《はしご》を登るよりはましだろ」泥坊が言った。「命は大事な壊れ物だ。賢者は扱いに気をつける。さあ飲め、兄弟！　聖ヨハネを祝って飲め。そうすりゃ悪魔も悪さはしない」

「飲むよ」据わった目でトルネフェルトは言って、杯に手をのばした。「わが王、北方の獅子の領土獲得を祈って。王の苑《その》に一輪の花、帝冠《クラウン・インペリアル》の花が咲きますように。スウェーデン王の永久《とこしえ》の栄光に乾杯、あらゆるスウェーデンの勇敢な兵に乾杯――僕はその資格を失った」

そして一息に飲み干した杯を壁に投げつけた。杯は音をたてて砕けた。

部屋が寒くなった。蠟燭は根元まで燃え、揺らいで消えんばかりになっている。扉の隙間から夢魔が忍び入り、トルネフェルトの胸を重く圧した。

粉屋が立ち上がり、首を伸ばした。

「時間だ。お前が行かねばならぬ時が来た」

三人はいっしょになって戸口に出た。風の唸りはすでに止み、夜気は凍え澄んでいる。雪に覆われた山腹と暗い森に月光が青白く降りている。トルネフェルトは闇を透かして、マスケット銃兵が自分を捕まえに来てやしないかと目を凝らした。だが生あるものはどこにもいない。雪の荒野と街道と橋、耕地と樹々と藪と岩と湿原、そしてはるか遠くに一軒だけ、人家の灯りが見えるばかりだ。

「約束だぞ、兄弟」トルネフェルトは小声で泥坊にささやいた。「あの聖書を、必ずわが王に奉じてくれ」

「約束するよ、兄弟。神の面前で誓うとも」そして大きく腕を広げると、夜の中の藪や岩や沼や耕地を指し示した。「俺が嘘をついたことが一度だってあるか?」――そしてひそかにつぶやいた。「王は十分金持ちだ。いまさら聖別した宝なんかいるものか。これは俺にこそ入り用なものだ。悪魔が来ても渡さないぞ」

道が別れるところで、二人は別れの言葉を交わした。

「心から感謝するよ、兄弟。僕を助けてくれたことを」トルネフェルトが言った。「信義はまだ世の中に残ってたんだね。さようなら、ときには僕のことも思い出してくれ」

森に入ると粉屋は鋭く口笛を吹いた。男が三人、樹の陰から現れた。荒くれた顔にはいずれも火傷の跡がある。一人が毛むくじゃらの手でトルネフェルトの肩をつかんだ。

「これまた優雅な坊ちゃんを連れてきたもんだ」男は粉屋に威すように笑った。「ミルク粥《がゆ》でも啜《すす》らせろって言うのか」

「肩から手をどけろ」トルネフェルトが叱りつけた。「僕は貴族だ。そんな扱いには慣れてない」

「貴族がどうした」二人目が叫び、狂ったように鞭でトルネフェルトを打ちすえた。

「なぜ打つ。僕が何をした」驚いてトルネフェルトが叫んだ。

「なに、たんなる歓迎の挨拶だ。いずれお前も慣れるさ」二人は笑い、トルネフェルトを小突きながら先に立て、森の道を、屋根から炎が立ち昇り、融けた鉱石が炉に滾《たぎ》るところまで導いていった。

三人目の男は粉屋とともに残った。男が泥坊を指さした。見ると月明かりのもと、脇目も振らず急ぎ足で雪原を横切っている。

「ずらかりやがった」男が言った。「生まれてこのかた、あんな敏捷《はしこ》い奴は見たことがない。お前、あいつをむざむざ逃したのか」

粉屋は頭を振った。

「逃がしはしない」そしてそう言うと、声をたてずに笑った。「いずれまた会う。スウェーデン軍に行くと言ってたが、行くものか。富と愛が道端で奴を待ってる」

第二部　教会濆《けが》し

マントの下にグスタフ・アドルフの聖書を潜ませて泥坊は歩いていった。灌木の繁みや森を過ぎ、岩地や湿原を越えて、黒イビツが手下とともに隠れる狐の谷を目指して。

　狐の谷を囲む龍騎兵らの見張りの輪をかいくぐるのに不安はなかった。危険が迫ると気配を消すのは、彼の泥坊術の一つだ。その忍び足の術は、狐や貂《てん》さえ進んで教えを乞うだろう。だが別に気がかりなことがあった。あの間抜けなトルネフェルトに、聖別されたアルカヌムをスウェーデン王に捧げると約束してしまった。そんなことはしたくない。マントの下に隠した宝は、肌身離さぬようにしておかねば。良心の咎めを感じて、泥坊はトルネフェルトを罵り、彼に絡みだした。まるであいかわらず一緒に歩いているかのように。

「黙れ、この鼠野郎」泥坊はうんざりつぶやいた。「いつ見てもお前は、口を開けて舌を戦《そよ》がせてるじゃないか。蝿でも何でもぱくりと呑むがいい、だが俺を悩ませてくれるな。スウェーデン軍のところに行けだと。兄弟、道化を伴《とも》に欲しいのか。なら探せ。この国に鈴つき帽子の奴らはうようよいる。お前の王さまにゃ毛筋一本のかかわりもない。滅相な宝がそんなに欲しいなら、自分で取りにくりゃあいい。靴を潰《つぶ》してまで王のために走るなんてまっぴらだ。この靴は己が五本の指で取ってきた貴重な品だ。王から新しい靴を賜ることもあるまい。あんまり吝嗇《けち》なもんだから、鶴嘴《つるはし》でもシャベルでも、なくなるのが恐さに一つのこらず数えとくっていうからな」

道が上り坂になったところで、泥坊は立ち止まり息をついた。さらに進むうち、またもやトルネフェルトを、遠くにいるはずの彼を、説き伏せはじめた。今度は口先たくみに。

「悪く思うな、心の兄弟」彼は言った。「お前も頑固な奴だ。俺をスウェーデン軍に遣わすというのか。そこで何が俺を待っている。四クロイツァーの日当と寒さ、飢え、襲撃、重労働、辛酸。神よこのひどい生を嘆きたまえ。豌豆《えんどう》藁を挽いたパンを水のスープで飲み下すのはもうたくさんだ。皿いっぱい食べたい。そのときが来たぞ。兄弟、アルカヌムだって持ってる。手放してたまるか。誰も俺から奪えない——誓ったじゃないかと言うのか。知ったことか。誰が聞いてた。誰も聞いちゃいない。どうだ。証人はどこにいる。誰もいるまい。お前は寝ぼけてたのさ。誓いなんか知ったことか。——俺を何と呼ぶ。悪辣で名誉を失った恥知らず。もういい、坊主。ようくわかった。罰としてお前をサーベルで打たにゃならんようだ、肋骨が折れるまで。さもなきゃお前の気はおさまるまい。あと一言言ってみろ、坊主……」

そこで口をつぐむと、闇に向かって耳を澄ませた。馬の鼻息が聞こえる。龍騎兵だ。音をさせず地に滑り伏し、用心に用心を重ねて、一インチずつ藪のなかを前に進んだ——トルネフェルトのことはもう頭になかった。すっかり追い払ってしまっていた。


夜が明けたとき、泥坊は狐の谷にいた。

森の中の空き地に、崩れかけた炭焼き小屋があった。戸口に黒いポーランド風の上着を着た男が、マスケット銃を手に見張りに立っている。門柱に野兎が皮を剝がれて掛けられていた。小屋の前の二か所で火が焚かれ、ちらつく光を凍った地面に投げている。炎のあいだに黒イビツ団の一味がマントに包《くる》まって寝ていた。小屋はちっぽけで、ほんの二、三人分の屋根しかなかったからだ。見張りに立つものはほかにも二人いて、肉の切れ端をナイフに突き刺し火で炙《あぶ》っていた。老いた馬が木につながれ、疲れ果てたようすで布袋から餌を食べていた。

泥坊はしばらく木の陰に隠れていた。寝ていた一人が身動きしたと思ったら、火酒をくれと言い、悪態をつきはじめた。小屋の戸口に立つ見張りは、マスケット銃を戸に立てかけ、寒さに凍えた手を揉み合わせた。火のもとに座っていた二人は、肉をナイフから取り、その一片を口に押し込んだ。

「神の祝福あれ」泥坊はそう言って、闇のなかから躍り出た。「たいしたご馳走だな。たんと食うがいい。だが口を火傷するなよ」

二人は彼を見つめた。一人は飛びあがり、肉を喉に窒《つ》まらせた。驚きと苦しさで目が飛び出ていた。

「お前は誰だ」ようやく声が出た。「見張りの奴、お前を通したのか。どこから来た。龍騎兵隊からか。襲撃の前触れか」

戸口に立っていた男がマスケット銃をさっとつかみ、遅まきながら「止まれ、誰だ」と森に向けて叫んだ。

「友よ」泥坊は言った。「俺は龍騎兵じゃない。お前らが困ってると聞いて、助けてやりに来た」

火のかたわらに座った男は、泥坊をきっと睨み、立ち上がって言った。

「お前を知ってるぞ。国中をうろちょろしてる鶏攫《とりさら》いだ。なぜここに来て、そんな偉そうな口を叩く」

「俺もお前は知っている。首曲がりだ。マグデブルクで牢屋に入ってたろう」

「いかにも俺は首曲がりだ」賊は言った。「そしてこいつは洗礼ヨナス。言え、何をとち狂ってここに来た」

「お前らを助けに来た。お前らが耳まで悲惨に浸かっているから」泥坊は答えた。「悪禍男爵が襲ってきたら、味方になってやる」

「お前が味方になるだと」首曲がりが叫び、かんだかい笑い声をあげた。「この阿呆！　蠅が熱い粥《かゆ》の中に入るようなもんだ。悪禍男爵には龍騎兵が百人いるが、こちらは二十人で、おまけに馬もない。マスケット銃も五丁しかない。一時間もしないうちに、俺たちはみんな捕まる、神よ慈悲あれ！　俺たちを助けるって、いったいどうやるんだ」

「なんて腰抜け野郎どもだ。肝っ玉は失くしたのか」泥坊はせせら笑った。「悪禍男爵に野の草ほども龍騎兵がいようと、恐れるには足らない。奴らが龍騎兵なら、こちらは軽騎兵だ――お前らの首領はどこにいる」

このときには他の盗賊らも目を覚ましていた。起き上がって輪になり、当惑した怪訝《けげん》そうな目で泥坊を見ている。武器は棍棒しか持たぬくせに、なんだってあの男爵の龍騎兵に立ち向かうなんて大口を叩くのか。

「お前に軽騎兵隊があるのか」洗礼ヨナスが叫んだ。「嘘つけ小僧、お前の嘘にはバベルの塔も横に撓《たわ》むわ。誰が信じる。お前もお前の軽騎兵隊もそろって雷に打たれちまえ。そんなもんどこにある。いったいどこにある」

「信じたくなければ信じないがいい」泥坊が答えた。「俺の軽騎兵隊は森にいて出番を待ってる。首領はどこだ、黒イビッツは。悪魔さえ太刀打ちできない奴だってな。そいつに話がある。そいつなら肝も据わっていよう。火薬の匂いにも怖気づくまい」

「黒イビッツは」首曲がりが言った。「小屋の藁に寝ている。発疹チフスにやられて、俺は死ぬと坊主に叫んでる」


鼻をつく煙が部屋を満たしていた。平鍋のなかで瀝青と杜松《ねず》が燻《いぶ》る煙だ。黒イビッツは藁に横たわり苦しげに喘ぎ、しきりに寝返りをうっている。羊の毛皮に赤い部屋履きを身につけた姿は、トランプのハートの王様みたいだが、黒髭を生やした豪胆で残忍な面構えは、死に瀕した今でさえ見るものを恐れさせるに十分だった。

若い赤毛の女が、シャツだけを着て、かたわらにしゃがみこみ、雪水と酢を彼の額に摺《す》りこんでいた。部屋には素人医者と、仲間の一人、逃亡坊主の〈火付け木〉もいた。二人は黒イビツの金はないかと、小屋を隅々まで探していた。寝ている藁まで掘り返したあげく、いまや首領に向かって、罪を告白し悔悟せよ、と迫っている。どこにターレル銀貨を隠したかを、熱病の囈言《うわごと》で漏らすかと期待したからだ。あまりに熱心だったため、部屋に入ってきた泥坊も目に入らなかった。

「首領！　首領！」素人医者は呻《うめ》いた。「旅発ちは間近です。死はすでに、口と喉を大きく開けております。神の玉座、聖なる法廷の前にまかり出ねばなりません」

「神は首領の数多《あまた》の重罪に憤っておられる」そう火付け木が言い、告白の祈り《コンフィテオル》を行う司祭のように両手を胸のうえに当て、「心にキリストさまを抱きなされ、慈悲の扉がお前さんに開くように」

だがどんなに坊主が説いても何にもならなかった。黒イビツはとんと耳を貸さない。火のない暖炉を掻きたてるようなものだ。かたわらの若い女は匙《さじ》を取り、今にも死にそうな病人にマスカットワインを流し込もうとした。

「シオンの主こそ褒むべきかな」そのうち火付け木があらためて説教をはじめた。「敬虔なる語は汝の口から出ようとせぬのか。汝の金をどうしようというのだ。あの世には持っていけぬ。持って行くのは汝の罪の呵責だけだ」

この瞬間、ワインを飲んだためか、それとも自分の金について話すのを聞いたためか、首領の意識がわずかに戻った。目を見開いて若い女を両手ですばやくつかんだ。俺の子山羊、愛しい奴、俺の魂と呼びかけ、それから素人医者を目で捜して尋ねた。

「藪医者、今は何時だ」

「汝の時間は過ぎ去り、永遠が始まろうとしている」素人医者の代わりに火付け木が答えた。「主に目を向けなされ、首領。地上に未練を残してはならぬ。死はすぐそこだ。だが主はすべてを赦《ゆる》してくださる。だから己が罪を懺悔するがいい」

「俺は四旬節斎に肉と卵を食った。ほんの餓鬼のころだった。それが俺の罪のはじまりだ」微かな声で黒イビツが嘆いた。

だがそれは、素人医者と火付け木が聞きたい言葉ではなかった。

「盗み、奪い、賤しいこともやったであろう。金銀をやたらかき集めたであろう」火付け木がそう非難し、同時に教会で『聖ナルカナ』を唱えるときのように己の胸を打った。「神よ、御心のままに。首領、心して救済を願うがよい」

「俺は盗み、奪った」黒イビツは懺悔を続けた。「貧しいものの汗と血を糧とした」

「ならば懺悔するがいい。貧しいものの宝はどこに隠した」火付け木が叫んだ。「手遅れにならぬうち告白しなされ。汝の罪を悔いるがいい。さもないと汝の肉体と魂は永遠に惑い、悪魔の手に落ちよう」

「悪党どもめ、その手にのるか！」黒イビツは喘いだ。「お前らにやるくらいなら、いっそ悪魔に……」

首領は身を起こし、そこで言葉を切った。戸口に立つ泥坊に気づいたのだ。熱に浮かされた目に、それは自分を攫《さら》いに来た悪魔と見えた。

「来た！　ほんとうに来やがった！　なぜ扉と窓をちゃんと閉めておかなかった。黒いカスパールがいる。俺を連れにやって来た」

若い女は泥坊を見て、恐ろしさのあまりにマスカットワインの匙を落とした。医者と火付け木が声を合わせて叫んだ。

「誰だ！　何しに来た！」

「ここにいるこいつ、お前らの首領と――」泥坊が話そうとしたところ、黒イビツが最後の力を振り絞って寝床から起き上がると、羊の毛皮と部屋履きの格好で、泥坊のほうに、よろめきながら歩み寄った。

「出ていってくれ」空ろな目で歯を鳴らしながら、首領は懇願した。「ほんの一時間前、俺は『我ラノ父ヨ』を三度唱えた。俺は神を信じている。信じている。罰当たりな奴ならあちこちにわんさといる。なぜ俺じゃなきゃならない」

そして死の恐怖にかられて戸を勢いよく開け、外を指した。

「悪い奴はたんといる。あいつらを連れていけ。みんなくれてやる。どいつもこいつも連れていけ。だが俺は放っといてくれ！」

そこで首領は失神して倒れた。若い女は首領を藁の寝床まで引きずり、額の汗を拭いてやった。泥坊は一瞬面食らったが、すぐに小屋を出て戸を閉めた。

外は明るくなっていた。焚火は二つとも消され、青白い寒々とした太陽が樅《もみ》の梢《こずえ》の向こうに見えた。泥坊はしっかりとマントに包《くる》まった。少しのあいだ小屋のほうに耳を澄ませたが、中は静まりかえっていた。それから輪になって自分を取り囲む盗賊どもに言った。

「お前らも聞いたろう。お前らの首領は俺に跡継ぎになり、お前らを率いろと言った」

　盗賊のあいだから不満と嘲笑の声が沸き起こった。一人が叫んだ。

「馬鹿かお前は。俺らをどこに率いるというのだ。玉葱の国へか。馬鹿の産地で牛が肉屋を屠《ほふ》るあの国へか。いまがどんなありさまかを、龍騎兵どもがうようよしてるのを知らんのか。どうやって逃げ切れというのだ。俺らには馬もない。みんな疲れきってへとへとになっている」

「なら龍騎兵どもを歓待してやろう」泥坊が言った。「気をしっかり持て。おどおどするな。し遂げた暁には、追ってくる奴は誰もいなくなる」

「首領」首曲がりが言った。「その景気のよさはどこから来た」

「空威張り《からいば》でも法螺《ほら》でもない。いいか、俺の上着の下にはアルカヌムがある。こいつには、なにもかもうまくいかせる力がある。お前らが俺についてくれば、幸運《つき》はお前らに、牡丹雪みたいに降ってくる」

「俺も抗《あらが》うのがいいと思う」すでに半ば言いくるめられた首曲がりが言った。「俺らが悪禍男爵に降参したら、俎板《まないた》のうえの鯉も同じだ。料理人がよく言うじゃないか、『煮ても焼いても美味しくいただけます』ってな。縛り首をまぬかれたとしても、額に焼印を押されて一生ヴェネツィアでガレー船漕ぎだ」

「俺たちにもマスケット銃が十分あったら！」一人が言った。「どんなに悪禍男爵が強かろうと恐れやしないんだが」

「マスケット銃なんか要るもんか」泥坊が笑った。「太い棍棒のほうがいい。的を外しようがないからな。いいか、俺はあの龍騎兵どもをまともな兵隊とは思っていない。なるほど歩哨にも立てるし、堡塁《ほうるい》も築けるし、塹壕も掘るし、橋も渡せる。それもシャベルと鋤《すき》だけで。そういったことならお手の物だが、いざ戦いとなると老いぼれ女にも劣らぬ臆病者だ。すぐにわかる」

「ところでお前の軽騎兵隊は？」首曲がりが叫んだ。「空威張りじゃないだろうな。どこだ、どこにいる」

「すこし待ってくれ。すぐ連れてくる」そう言うと泥坊は空の頭陀袋《ずだぶくろ》を上着の下から取りだし、樅林《もみ》のあいだの藪に消えた。

やがて戻ってきた泥坊の肩から、頭陀袋が重そうに垂れていた。さきほど森を抜けたとき、ここから遠くない木の洞《うろ》に、雀蜂の巣を見つけていた。それを今、袋に入れてきたのだった。「これが俺のささやかな軽騎兵隊だ」そう言って、焚き火跡にこもる暖かな空気のなかに掲げた。「こいつらはすぐさま勇敢になる。そして悪禍男爵が聞いたこともない歌を歌うだろうよ」袋からぶんぶんいう唸りが微かに聞こえた。木につながれた老いぼれ馬が耳を立て、地を蹴って逃げだそうとした。

一同は新たな首領が雀蜂で何をたくらんでいるのかを察した。荒々しい熱意が彼らを襲った。共に戦い、悪禍男爵とその龍騎兵を破る気になってきた。そしてわれがちに気勢をあげだした。

「皆殺しだ」

「根こそぎ倒してやる」

「悪禍男爵もこれまでだ」

「鴨と思って撃ってやる」

そのとき見張りをしていた一人が、森から走り出て呼ばわった。龍騎兵らが二方向から、野原を越えてこちらに来る、百人を超える多勢だという。ふたたび大騒ぎがはじまった。

「野郎ども、守備につけ！　敵が来たぞ！」

「火薬を詰めろ。マスケット銃に三発弾を装塡！」

「前進！」

「頭を狙うな！　腹を撃て！」

「群れの真ん中を撃ってやる。そうすりゃ仕損じやしない」

「静かにしろ！」泥坊が命じた。「野郎ども、俺が先に行く。悪禍男爵にまずは一言話しておきたい。俺が『狐』と言ったら、いいか、それが合図だ。いっせいにぶっ放せ。銃の無い奴は棍棒で撲《ぶ》ちのめせ。行くぞ、目にものを見せてやれ。臆病者は下がってろ」

「首領、何を言う」首曲がりが叫んだ。「誰も尻込みなんかするもんか」

「神の名において」泥坊はそう言うと、頭陀袋を肩に投げかけた。

悪禍男爵が前衛隊を率いて、まばらな喬林を抜けて馬を走らせていると、朝の仄《ほの》かな雪明かりに、これから捕まえるつもりの盗賊団が一かたまりに寄り集まって、狐の谷に通ずる森の小道を反対側からやってくるのが見えた。何人かはマスケット銃を抱えていたものの、男爵の見るところ、どうやら観念して、運を天にまかせて降参するつもりのようだった。盗賊団があらたに勇気を奮い起こしたことは、知る由もなかった。そこで河原毛馬に拍車をくれ、そちらに向かおうとすると、頭上から自分に呼びかける声が聞こえた。

「お止まりなさい、旦那。これ以上進むと旦那のためになりませんよ」

龍騎兵隊長は目をあげ、松の枝に座る男を見た。世の中にこれよりよい場所はないかのように足を揺らし、両手に膨らんだ袋を持っている。

悪禍男爵は撃鉄を起こしたピストルを握り、樹の根元まで馬を走らせ叫んだ。

「降りろ、小僧。降りて顔を見せろ、さもないと一発お見舞いしてやる」

「降りるもんですか。ここで結構」泥坊は笑った。「悪いことは言わないから、引き返したらどうです。尻尾を巻いてお逃げなさい。弾の届かないとこにいるほうが、肝臓や脾臓のためですよ」

「小僧、お前が誰かわかったぞ」悪禍男爵が叫んだ。「神が作った悪党のうちで、お前ほどの碌《ろく》でなしはいない。俺はとうに知ってた、お前が奴らの一味ということをな。だが昨日の借りは、これから耳を揃えて返してやる。首を括《くく》りたい木を見つけとけ」

「逃がした魚を炙る気ですか」泥坊があざ笑った。「言うことをお聞きなさい。旦那のためを思って言ってるんですよ。今のうちに退却しなさい。あせるとろくなことはありません」

そのうち龍騎兵の主力隊がやってきて、悪禍男爵を取り巻いて隊列を組んだ。泥坊が喋っていたのはまさにこのためだった。龍騎兵をひとところに固まらせたかったのだ。

龍騎兵の一人が馬を木の幹のすぐ近くまで寄せ、呼びかけた。

「降りてこい、小僧。皮を剝いでやる。十クロイツァーで太鼓叩きに売ってやる」

「揺さぶり落としてやろう、小僧」別の一人が叫んだ。「肩にかついでハンガリーまで一気に連れてくぞ」

「お前らとお前の隊長がそんなに強く勇ましいんなら」泥坊が嘲った。「なぜトルコの奴らはコンスタンティノープルにまだ滞《とど》まってるんだ。お前らは大勢だが俺は一人だ。だが助言してやる。あわてて燕麦粥《えんばく》にがっつくと、口を火傷するぞ」

「糞いまいましい奴！　さっさと木から降りんか！」堪忍袋の緒を切った悪禍男爵が叫んだ。

「なぜそう急ぐんです」悠然と泥坊は言った。「のんびりいきましょうや。まずは旦那の馬に祝福あれだ。なにとぞ首と脚の骨を折りますように」

「我慢ならん！」悪禍男爵が叫んだ。「右向け右！　散開！　襲撃用意！　すぐ降りて来い、さもないと撃つぞ」

そしてピストルを掲げ、泥坊に狙いをつけた。同時に龍騎兵らが襲撃の態勢を取った。

「狐は皮をせいぜい守れ！」泥坊の大声が森じゅうに轟きわたった。仲間への合図だ。

銃が放たれ、弾が泥坊の肩に当たった、しかしその瞬間、泥坊は蜂の巣を龍騎兵隊の真ん中めがけて投げつけていた。

最初は微かに唸る音しか聞こえず、龍騎兵らは馬上で耳をそばだてた。だが何なのかわからなかった。そのうち一頭の馬がいきなり棒立ちになり、飛び上がったかと思うと、別の一頭が不意に横に跳び宙を蹴った。後ろ脚の蹄鉄が白くきらめいて飛んでいった。罵りと憤りの声に混ざって蹄鉄が当たった騎手が悲鳴をあげた。それから一瞬おいて、かろうじて悪禍男爵の声が聞こえた。何が起こるかを察した男爵の号令の声だった。「分散！　隊列を組め！」だがすでに隊長の周りはたいへんな騒ぎと化していた。

中央にいた馬たちが群れから抜け出ようとした。蜂の巣が落ちてきたからだ。馬たちは後ろ足で立ち上がり、重なり合って倒れ、振り落とされた騎手を下敷きにした。形容しがたい響きが森を満たした。嘶《いなな》き、悲鳴、罵り、喧嘩の声、誰も聞かない号令、マスケット銃やピストルの射撃、それらあらゆる音の反響。整列していた騎兵隊は今や見る影もなく、騎兵らは馬の胴体や蹄鉄に入り混じり、叫び、呻き、呪いながら鬣《たてがみ》にしがみつき、鐙《あぶみ》に引きずられ、銃身やサーベルを振り回し、顔は歪み手は宙をつかんだ。このすさまじい混乱に向けて盗賊団のマスケット銃が放たれた。

もはや制止も応戦もあったものではなかった。馬たちは騎手を乗せようが乗せまいが、おかまいなしに散り散りに駆け、まばらに生える藪や下生えを越え、狂ったように森を抜けた。何人かの龍騎兵は自分の脚で立ち、態勢を整えようとしたが、そこに盗賊団の棍棒と銃の床尾が襲いかかった。

悪禍男爵はようやく己の馬を鎮めた。手綱を引いて馬を回すと、部下に加勢しようとした。だが時すでに遅く、盗賊団に追い散らされた後だった。今回は負けを認めざるをえないと知り、呪いの言葉を吐き、馬に拍車をくれて走り出した。その背後から泥坊が呼びかけ、嘲りの別れの言葉を述べた。

「挨拶もなしに、何をそんなにあわててるんです。馬を潰《つぶ》しますよ」

敵はいなくなった。あと賊どもに残った仕事といえば、乗り手のいない馬を捕え、乗馬の用意を整えることとくらいだ。泥坊は静かに樹からすべり降り、幹に寄りかかってじっとしていた。銃創が痛みだしてきた。シャツと上着が血で滲んでいる。遠くで悪禍男爵の喇叭《らっぱ》兵が集合の合図を鳴らしていた。踏みにじられた雪のそこここに血が溜り、負傷した龍騎兵や痙攣する馬の胴体、ずたずたになった鞍具《あんぐ》に交ざって、今日の真の勝者である雀蜂たちが寒さにやられて縮こまっていた。

十分な頭数の馬を手に入れた賊たちは、おのおの馬に跨《また》がり、負傷した首領を鞍に乗せ、意気揚々と頭を振って狐の谷に戻った。

炭焼き小屋まで来ると、戸口に立っていた素人医者は、仲間が馬に乗って帰るのを見ると目を剝いた。

「奇蹟だ！　無事だったのか。信じられん。てっきりまた会うなら、狼と狐みたいに、毛皮職人の柱にぶら下がってだと思ってたぜ。馬から降りろ。一杯やろう。それからシャベルと鋤《すき》を取れ。黒イビツは死んだ。埋めてやらんと」

泥坊が鞍のうえで身を起こして言った。

「『我ラノ父ヨ』と『アヴェ・マリア』を唱えてやれ、そうすりゃ奴の魂は救われる。それ以上の手間はかけられない。俺たちはすぐ発つ。ついて来たいものは来い。残りたいものは残れ」

手下が不平をこぼしだすと、泥坊は怒鳴りつけた。

「首領は俺だ。俺に従え。悪禍男爵はきっと手下どもを集めてまた襲ってくる。逃げるのが先だ。運命の車輪がどれほど急に回るか、お前らも知ってるはずだ」


昼ごろ一行はポーランドとの国境《くにざかい》に近い旅籠《はたご》屋で一服した。ここなら敵も追っては来るまい。熱に浮かされた泥坊は干草棚に横たわった。素人医者が傷に包帯を巻くかたわらに首曲がりがついていた。新たに手下になった者どもは酒場でポーランドの火酒を呷《あお》り、一マイル先からも聞こえるような声で騒いでいた。

「首領」負傷者のそばで藁のうえにしゃがんでいた首曲がりが言った。「そんなに傷はひどいのかい。今にもこの世からおさらばしそうに唸ってるぞ」

「どうやら朱砂を気前良くばらまきすぎた」弱々しく微笑んで首領は言った。「ひどいもんだ。もっとひどくなりゃ死ぬかもしれない。だが死はごめんだ。生きて幸運を摑んでやる。幸運が天に縛りつけられているなら、俺が捥《も》ぎとってやる」

そして起き上がろうとしたが、すぐにまた藁のうえに倒れた。

「下の奴らは飲めや歌えの大騒ぎだ。春の蛙みたいにうるさい。だが『哀レミ給エ《ミゼレーレ》』はすぐ後ろまで迫っている。あいつらには刑吏の縄と刑車が見えない。ここから遠ざからねば。奴らの名と技《わざ》を一人ずつ教えてくれ。そしたら誰を連れていき、誰を残すか言ってやる」

「俺は知ってるだろ。俺は首曲がりだ」

「ああ、お前は知ってる。マグデブルクの監獄で相部屋だったな。豌豆藁を挽いたパンも食った。お前は俺についてこい」

「いい相棒でいてやるよ」首曲がりが誓った。「天に召されて草木も生えぬ地に埋められるまでな」

「それから誰だ。さっさと言え」泥坊が急《せ》かした。「次の奴は何といって、何ができる」

「眇《すがめ》のミヒェルだ。喧嘩がうまい。銃と剣と短刀を持った三人とでも渡りあえる」

「銃と剣と短刀じゃ――厄介種になるばかりだ」泥坊がつぶやいた。「そいつはいらない。暇をやろう」

「口笛小僧」首曲がりが続けた。「こいつは足が速い。野っ原で犬や兎らと競走してる」

「ならどこへでも走っていけ。俺は止めない」泥坊は決めた。「藁をかけてくれ。ひどく寒い」

「痴《し》れ者マテス」首曲がりは続けた。「サーベルを持たせりゃ、並ぶものがない」

泥坊の思いはわきにそれた。傷祓いの文句、あれさえ知っていれば。痛みがまたも力を増して彼に襲いかかった。血とともに命まで流れていくようだ。たしか傷祓いとかいうものがあって、魔法の力で血を止めたはずだ。だがその文句を忘れてしまった。頭を絞って思い出そうとしたが出てこない。

「痴れ者マテス」首曲がりはもう一度言った。「聞いてるか、首領。こいつは恐いもの知らずだ。俺らが退却するとき、いつもその援護に回る」

「聞いてるとも」歯を鳴らせて泥坊は言った。「恐れを知らない奴は、用心も知らない。そいつはどこへでも行ってくれ。俺は要らない」

「梟《ふくろう》男」首曲がりは続けた。「こいつは眠らなくても平気だ。七日間起きていられる」

「それがどうした」泥坊は不満げに言った。「鍵を白鉛《はんだ》付けしたり鑢《やすり》をかけられる奴や、蠟で錠の型を取れる奴はいないのか」

「火付け木がいる」首曲がりが言った。「こいつならどんな錠だって手強すぎはしないし、見事すぎるということもない」

「ならそいつは連れていく」泥坊は決め、かすかに唸ってつぶやいた。「畜生め、じくじく燃えやがる。頼む、壊疽《えそ》にならないでくれ！」

「お次はファイラント」首曲がりが言った。「こいつの耳は狐の耳だ。三里離れた馬が嘶《な》くのも、二里離れた犬が吠えるのも、一里離れた人が喋るのも聞こえる」

「ならば良い見張番になる。連れていこう」

「それから錫《すず》鍛冶ハネス、こいつを忘れちゃいけない。たいへんな力持ちで、どんな扉だろうと体ごとぶつかって開ける」

「役に立たない。うるさいだけだ。俺は音には我慢できない。もっとましな奴はいないのか」

「ブラバント人。こいつはあっという間に百姓にでも御者にでも行商人にでも学生にでも化けられる」

「そいつはうってつけだ」泥坊が言った。「良い斥候はどんなときも重宝だからな」

「おまけにフランス語もぺらぺらだ」首曲がりが付け加えた。

「そりゃスープの中のバターだ。俺も奴から習おう。そうすりゃ世間に貴族として打ってでられる」

「貴族として？　何言ってるんだ、熱に浮かされたのか」

「いや、まるっきり正気だ」泥坊は答えた。「それで五人だな。それだけいりゃ十分だ。下に行ってその三人に……」

「だが他の奴はどうする。クラップロートやアフロム、赤毛のコンラートや首吊りアダム、それから洗礼ヨナスは。俺はあいつらと誓い合った、けして離れないと」

「お前に口答えは許されない」泥坊はぴしゃりと言った。「黙って言われた通りにする、それがお前の役目だ。何を誓い合おうが勝手だが、俺の知ったこっちゃない。手下は大勢はいらない。冬の鶉《うずら》じゃあるまいし、体を寄せ合って群れてたまるか。指は五本ありゃちゃんと手になる。そしたら何でも摑める——なぜ六本や七本、まして十本も要る。分け前のことを考えれば、五人でも多すぎるくらいだ」

泥坊は黙り、重い息を吐いた。話して疲れたのだ。だが分け前と聞いた首曲がりにひとつの考えが浮かび、口に出さずにはいられなくなった。

「ここから遠くないところに金持ちの農家がある。肉をたんまり貯めこんでいる、卵やラードもだ。地下室にはワイン、櫃《ひつ》には金……」

「だめだ」泥坊は言い、火照る体で寝返りをうった。「農家から奪いはしない。村で盗みや付け火はしたくはない。農夫どもは見逃してやれ」

「なら街道で荷馬車を襲うつもりか」

「違う。そんなことするものか。俺の頭にあるのは別のことだ」泥坊は呻いて傷をさすった。

「坊主どもの住処《すみか》を襲って金を奪うつもりだ」

「坊主の住処だと」

「そうだ。教会や礼拝堂の金銀が目当てだ。早く攫《さら》ってくれという金銀の叫びが聞こえるようだ」

「そんなことするくらいなら、雷に打たれてくたばったほうがましだ」驚き畏れ、首曲がりは叫んだ。「罰当たりもたいがいにしろ。神のものを盗むなんて」

「いいか、よく聞け、説明してやろう」泥坊はささやき声で言った。「お前がこの地上で目にするものは、何もかも神のものだ。坊主らが持ってる金や銀も神のものだ。たとえ俺らの頭陀袋に入っていても、神のものに変わりはない。つまりだ、眠っている宝を人々のもとに持ち出すのは、善い行いだ。そりゃお前が言うとおり、罪には違いない。だが物指《ものさし》や鋏《はさみ》なしには上着が縫えないし、壁塗りや煉瓦積みがいなきゃ家は建たない。同じように、罪がなきゃ良い日はけして来ないのさ」

合点した、俺も首領と同じ考えだ、とばかりに首曲がりは熱心に頭を振ってうなずいた。そこで泥坊は続けた。

「下へ行って、三人に言ってこい。真夜中ごろ出発するから用意しておけとな。それから荷車を手配しろ、俺が藁に寝たままでいられるように」

首曲がりは階段を降りていった。すると藁山の陰から赤毛のリーザが現れた。いまの話を聞いていたのだ。

「首領、あたしも連れてって！　自分の心と同じくらいに大事にしてあげるわ」

泥坊は目を見開いた。

「誰だお前は。お前なんか要るものか。髪が赤いじゃないか。そんな色、犬だろうが猫だろうが大嫌いだ」

「あたしは赤毛のリーザ、黒イビツは俺の子山羊って呼んでたわ。でもあの人は死んでしまってあたしは一人。だから連れてって」

「子山羊は狼とは走れない」泥坊はつぶやいた。

「狼とだって走れるもの。連れてってよ。どんな仕事だってやるわ。繕いもの、料理、洗濯。リュートで歌も歌える。兎の皮で暖《あった》かい手袋も作れるし。あんたの傷にだって、岩連朶《いわでんだ》と九蓋《くがい》草《そう》と大葉子《おおばこ》と蔓桔梗《つるききょう》で作った軟膏を持ってる。あの花だって持ってるわ。〈悪魔の咬み傷〉っていって、それの一ロートと踊子草《おどりこそう》の三ロートをその赤い花びらと……」

「俺の壊疽を追い払ってくれさえすればいい」泥坊は呻いた。

「傷を腐らせる妖魔なら、荒野にでも水や木の洞《ほら》の中にでも追いやってあげられるわ。お祈りの文句を知ってるもの」

泥坊は彼女を見つめ、忙《せわ》しく息遣いしながら、ぜいぜい言う声で言った。

「祈りの文句！　知ってるなら言ってくれ、そしたら連れてってやる。頼む、その文句を唱えてくれ」

娘は少しのあいだ考えて、それから歌いだした。

「イエスさまがぐるり歩くと
なんでもかんでも呻きだす
葉っぱも草木もみんな泣く……」

「違う！」泥坊は止めさせた。「それは正しい文句じゃない。別のだ！　正しいのを唱えてくれ！」

「正しいの」赤毛のリーザは繰り返した。そして傷の血の滲む亜麻布に手をあてて、あらためて小声で歌った。


「神が命じて咲かせた三輪……

「そうだ！　それだ、それが正しい歌だ」泥坊は喘いだ。「終わりまで歌ってくれ！」

子山羊は歌った。

「神が命じて咲かせた三輪
ひとつめは赤、ふたつめは白
みっつめは主の御心《みこころ》という名
血よ静まれ！」

「血よ静まれ！」泥坊はそうささやき目を閉じた。痛みはその惨《むご》く尖った鉤爪を傷口から離し、重々しくゆったり羽ばたいて去っていった。疲労が、そして夢のない深い眠りが訪れた。穏やかな寝息をたてる彼に、子山羊が藁の下で寄り添った。

一年以上ものあいだ、教会瀆《けが》しはエルベ河とヴィスワ河にはさまれたあらゆるところ——ポメラニア、ポーランド、ブランデンブルク、ノイマルク、シレジア、ラウズィッツ山岳地帯——で狼藉を働いた。これらの地に悪漢は嫌というほどいたが、聖なる神の座に手を伸ばすほど罰当たりなものは、戦《いくさ》で困窮していた時にさえいなかった。だがそれも今は昔の話となり、恐怖はいや増しに広がっていった。

　はじめ人々は、賊は百名を越えると考えていた。なにしろいたるところに姿を現し、聖なる場所を冒瀆し略奪するのだから。かくの如き不敬の行為をはたらくものが、せいぜい六人の集まりということが知れると、こんどは教会潰しは危くなると姿を消す魔法を心得ているとささやかれるようになった。悪禍男爵さえ、たびたび賊のすぐ後ろまで迫りながらも、一人たりとも捕まえられないのもそのせいだと言われていた。神の永遠の敵であるサタンが人に化身して、首領として一味を率い、教会や礼拝堂から聖なる物を盗むのだと多くのものが言い合った。

　はじめて首領と対面したのは、シレジアにあるフォン・ノスティッツ所領のクライベという小村に住む司祭だ。

　五月のある日、司祭は晩の祈りをすませたあとで隣村まで出かけた。食料品店に蜂蜜を売ろうと交渉に訪れたのだった。この司祭は養蜂も営んでいた。食料品店を出ると、どしゃぶりの雨が降りだして、料理屋で雨宿りせざるをえなくなった。クライベに戻ったときは真夜中近くになっていた。

　教会の前まで来ると、窓越しに灯りが閃いた。その一瞬だけ、室内の真っ暗な闇のなかに、青いマントを羽織った聖ゲオルクと、村の絵描きが孕《はら》み牛と蝙蝠《こうもり》の翼を手本に描いた龍が浮かびあがった。

　灯りはすぐにまた消えた。しかし司祭には中に誰かいるのがわかった。教会にはかなり値のはるもの――フォン・ノスティッツが四年前に疱瘡で伏したとき寄進した等身大の重い銀の架刑像と金冠を戴く象牙の聖母像――もあったが、司祭は教会潰しが来たとはつゆ思わず、二樽の蜂蜜を狙うこそ泥だと考えた。蜂蜜樽は吊り香炉や鞴《ふいご》や養蜂用具と共に聖具室に鍵をかけて蔵《しま》ってあった。というのも、その部屋こそ村でただひとつの安全な場所だと司祭は信じていたから。

教会の扉は鎖《とざ》されていた。司祭は蜂蜜盗みの現場を押さえられることを喜びながら鍵を取りに行った。それから唇に叱咤の言葉を浮かべ、手に蠟燭を持ち、教会の中に入っていった。つむじ風が蠟燭の炎を消した。暗がりをなお数歩歩いたところで、龕燈《がんどう》の光が司祭の顔を照らし、長衣《スータン》に沿って降り、足元まで滑っていった。男が一人、目の前に立っているのを司祭は見た。手に持つピストルは自分に向けられている。

叱咤の言葉は唇で凍った。恐怖のなかで口に出せたのは「イエス・キリストは褒むべきかな」という囁きの声だけだった。

「永遠に、アーメン、司祭さま」眼前の男がひどく礼儀正しく言った。「驚かせてしまい申し訳ありません。わたしは客として参ったものです。とはいうものの、遺憾ながらご主人の名は存じ上げませんが」

そこで初めて、男が覆面をしているのに気がついた。自分が教会潰しと話しているのはいまや明らかだった。怖さのあまり心臓が止まりかけた。なおも覆面から目を離せずにいるうち、聖具室の扉が開き、中から三人の男が現れた。誰もが顔を布で覆い、二人が銀の十字架像を抱え、三人目は両手に聖母の冠と吊り香炉と龕燈を持っている。

「いったいぜんたい、あの鉄の扉をどうやって破った」総身を震わせ、司祭は呻いた。扉には閂《かんぬき》と棒をしっかりかけていた。現についいましがた鍵を棚から取ってきたところだ。

覆面の男はピストルを降ろし、軽くお辞儀をした。まるで司祭の言葉に敬意を払うかのように。その言葉に感謝せねばならぬように。そして男は言った。

「ご承知おきください。鉄の扉といえど、われわれには蜘蛛の巣にも等しいもの。いかなる妨げにもなりません」

そして仲間のほうを向き、言葉を続けた。

「急げ、時間がない、これ以上このお方の邪魔をしてはいけない」

司祭は十字架像と金冠が頭陀袋の中に消えるのを見た。これら聖なるものを預かる身としては、すぐさま騒ぎたて、「人殺し！」と声をあげ、鐘楼へ駆け登り、何マイルも遠くまで届くように警鐘を鳴らさねばならない。しかし命が惜しかった。そこでつっ立ったまま、手を一、二度打ち鳴らすほかは何もしなかった。

「これは慈悲深い領主さまが寄進してくださったものだ。それをお前らは手にかけようというのか。これらは神に捧げられたものだ。人が取ってよいものではない」

「違います」首領は落ち着き払った声で言った。「神に捧げたといえるのは、領主が富を貧しい者に与えたときに限ります。それ以外の捧げものはすべて、世俗への捧げものです。ですからわたしも己の分け前を取ります」

「お前らの行いは極悪の罪だ。神からの窃盗だ」司祭は叫んだ。「聖なるものから手を離せ、さもないと地獄の奥底で永劫の罰を受けることになるぞ」

「罪人に厳しいことをおっしゃってはなりません。この世は持ちつ持たれつです。もし罪人が一人もおらず、罪が一つもなかったならば、誰が司祭を必要としましょう」

いまや司祭にもわかった。悪魔がこの男の口を借りて喋っているのだ。かくの如く口滑らかに罰当たりな弁舌でもって人の心を惑わすものは、あの大いなる詭弁家、神の敵対者をおいて他はない。司祭は一歩下がり、あわただしく十字を切って、畏れの口調でつぶやいた。

「Satana, Satana! Recede a me! Recede!（さたんヨ、さたん！　我ヨリ退ケ！）」

「司祭さまは何を言っておられますか」覆面の男がたずねた。「とんと理解できません。ラテン語は習いませんでした。何ひとつ役に立ちませんから」

「悪魔がお前を駆っている、と申したのだ」司祭が叫んだ。「奴がお前の口を借りておる」

「司祭さま、お願いですから、そんな大声はやめてください。人に聞かれては困ります」教会潰しは軽く嘲りを交えて言った。「悪魔がわたしを駆っているのならば、それは神の御心によるものです。なんとなれば神なくしては、悪魔といえども豚に憑くことさえできません。マタイさまもそうお記しになっています」

こう言うと背を向け仲間の方に行った。司祭は彼を見送りながら考えた。後で人がこいつを見つけて捕まえられるようにするには、この男の姿をどう説明すべきだろう。

「堂々として、人並みより背が高く」司祭は独りつぶやいた。「わかるかぎりでは顔は痩せているようだ。覆面さえかぶっていなければ！　巻き毛の鬘《かつら》、白い鍔《つば》の帽子、黒と白の縁飾りのマント。これだけだ。人相書きとしてはいかにも頼りない」

そうこうするうち首領は手下から吊り香炉を取りあげた。そしてしげしげ眺めたあげく、ふたたび司祭の前に出た。

「司祭さまは養蜂に勤しんでおられるようです。もしよろしければ、いくつ巣箱をお持ちかうかがえましょうか」

「三箱だ」司祭は答え、そしてつぶやいた。「ほっそりした手だ。こんな手はふつうなら身分ある人のなかでしか見られない。いかにも泥坊じみた長い指。顎はきれいに剃っている」そして声に出して続けた。「教会の裏手の草地にある」

「三箱ですか。すると春が来ると、すくなくとも十八マースの蜜が採れましょうね」

「それが十マース半しか採れないのだ」司祭は溜息をついて言った。

「巣箱三つにしてはえらく少ないですね。ここいらの四季は養蜂家にはうってつけのものでしょう。夏は涼しい風と夜露、その後からっとした秋がずいぶん続いて、冬は雪が降る。何が問題なのでしょう」

「困ったことだ」司祭は嘆いた。盗まれた教会の宝と蜂の巣箱のあいだで思いは揺れた。「蜂どもに寄生菌《ノゼマ》が流行っていてな」

「それで司祭さまは手をこまねいているのですか。寄生菌を防ぐ手立てはないのでしょうか」

「あるものか」悩ましげに司祭は言った。「どこにもない。蹂躪に任せるしかしようがない」

「ならよくお聞きなさい。百里香《ひゃくりこう》をよく磨り潰して、ほんのわずかのラベンダー油とともに砂糖水に混ぜるのです。これを蜂に飲ませれば、てきめんに効きます」

「やってみよう」司祭はもの思わしげに言った。「だが百里香などどこを探せばいいのだ。ここらの野では見たことがない。それにわしときたら、蜂蜜も上手く作れない。なかなか澄んでくれなくて、二度漉《こ》してもまだ濁っている」

教会にはもう彼ら二人しかいなかった。他のものは頭陀袋をかついで逃げ去ったあとだった。首領は頭を振った。

「それは湿り気のせいです」彼は言った。「聖具室は蜂蜜を蔵《しま》うにいい場所とはいえません。壁から水が滴っています。暖かい太陽の下に置きなさい！」

「農民どもさえいなければな」司祭は言った。「あいつらはしょうのない盗人《ぬすっと》どもで、蜂蜜を見たらすぐ盗む。聖具室だけが安全な場所だ。なにしろ鉄の扉にあたう限り厳重に門をかけているから」

「存じてます」教会潰しは言った。「農民が盗みを働くとは困ったものですね。誰もが己の本分を守り、隣人にもよい日々を送るようさせるべきですのに。しかしそれは神さまに委ねましょう。わたしはそろそろ行かねばなりません」

二人は教会のベンチのあいだを行きつ戻りつ話していたが、これを聞いて司祭は立ち止まった。

「そうか。せっかく愉快に話ができたのに、名残惜しいことだ」

「友情を大事にすることは心得ているつもりです」教会潰しは同じく丁重に言った。「しかし今回はどうぞお許しを願います」

そして司祭にお辞儀をすると、龕燈を吹いて消し、次の瞬間には闇にかき消えていた。

教会に残された司祭は考えた、どこに蜂蜜を蔵《しま》えばいいだろう。なるほど聖具室の壁には水が漏っている。一分間かそこらしてやっと気づいた。いまや命を危険にさらさずに鐘楼に登り、警鐘を鳴らせる。あるいはそれより、賊のあとをこっそり追《つ》けて、どちらに向かうか、馬に乗っているかを確かめるほうが賢明だろうか。そのあと農夫らを呼び集め、追跡させればいい。

だが外に出ると、教会潰しは消えていた。月が出ていたのに、見渡すかぎりどこにも姿が見えなかった。一時間のち、司祭は恐れおののく農夫たちを前に、こう語った。「ひょっとしたら鐘楼に巣食う梟や烏が、盗人が逃げられるよう翼を貸したのかと思った」


クライベの司祭はせいぜい肝をつぶしただけだったが、間の悪いとき教会潰しに出くわしたもののなかには、それくらいでは済まなかったものもいた。ボヘミアのニサ河右岸に面したグラッツ伯爵領のチルナウという村で、聖キリアンの日の前夜、ある教会の聖具守が賊どもの不意をついた。賊はちょうど獲物を手に逃げかけているところだった。伯爵領下の農夫がこぞって参詣に訪れるこの教会で、賊はおのおの六ポンドの重さがある四脚の銀の枝形燭台、同じく銀製の吊り香炉、聖龕、洗礼用水差し、祭餅皿二つ、どっしりした金鎖、金糸の緞子《どんす》を奪い、お終《しま》いに教皇聖マルティンの善き行いを列挙し記載した書物を手に取った。もちろん目当ては善き行いではなく、装訂に用いられた象牙と周囲を縁取る宝石だ。

「こいつは融かすのに手ごろだ」聖具守が教会に入ると、そんな声が聞こえた。聖櫃を両手にかかえた賊が一人、すぐ目に入った。他にも二人いるのがわかった。聖具守は恐いもの知らずだったし、酒場に農夫がまだ何人かいるのも知っていた。いま騒ぎたてれば、加勢にきてくれるだろう。他に武器が見あたらなかったので、木彫りの聖クリストフォロスの手から杖を捥《も》ぎ取り、それで盗賊の一人、目に焼きつくような赤毛の頭を打った。

賊は女声《おんなごえ》で叫びをあげた。だが聖具守も背後から誰かに摑まれた。片手を首に回し、叫ぼうとしたが、杖を落としてしまった。杖が床で音をたてるとともに、開いたままの扉から男が一人現れた。他のものと同じく布で顔を覆っている。男は聖具守のほうに目配せして言った。

「こいつは一人だ。誰も後から来ない。だからそのまま入らせた」

それが聖具守が最後に聞いた言葉だった。すぐに彼は気を失った。ふたたびわれに返ったときは、教会前の石段に臥《ふ》し、四肢を縛られ、痛む頭に布が巻かれ、目と口は瀝青硬膏で塞がれていた。畑に行く農夫たちがそんな有様の彼を見つけたのだった。かたわらには聖クリストフォロスの杖が二つに折られて転がっていた。


さらに哀れをきわめたのは、ある旅籠屋で賊に出くわしたボヘミアの青年貴族だった。青年はそのため命まで落とした。

旅籠屋はブリークとオペルンとを結ぶ街道沿いにあった。そこから道は鬱蒼と繁る森に入るため、客といえば放浪の民か無頼の徒か修業中の旅職人、あるいはせいぜい売り物を背に負った小間物屋くらいだった。ボヘミアの青年伯爵はお抱えの家庭教師と仕着せの従僕を供に連れ、ロシュトックの大学町への途上にあったが、一夜この宿に泊まることになった。馬車の車軸が折れてしまったからだ。それは秋のある夜のことで、篠突くばかりに雨が降っていた。御者が車軸を直そうと骨折るあいだ、青年伯爵と教師は広間で晩餐の席につき、従僕が給仕をつとめた。これ以外はできないと厨房がいうので、ありあわせの若鶏の炙り肉とオムレツを持ってこさせた。

食事が済むと従僕は御者を手助けしに外に出た。家庭教師も引き下がった。たいそう疲れていて、屋根裏部屋に二人の高貴な客のためにしつらえられた寝床に行きたがったのだ。従僕は酒場の長椅子で、御者は厩で寝ることになっていた。

青年伯爵はワイン壺をかたわらに広間に残ったが、一人きりではなかった。暖炉の前の長椅子に亭主《あるじ》の老父がずっと鼾《いびき》をかいて寝ていたからだ。雨が窓を叩き、炉では火が爆《は》ぜて音をたてた。厨房から平鍋と皿のたてる物音が聞こえた。おかみさんが御者と従僕のためにニュルンベルクのソーセージを炙っていたのだ。

若い伯爵は考えた。どこか近くから同類の貴族を集めて、オンブルの一勝負ができないだろうか。床につくにはまだ早すぎる。膝のうえに肘をつき、両手で頭を支えて座っていると、外が騒がしくなった。従僕か御者かが助けを求めているようだ。頭をもたげ、耳を澄ませているうち、厨房から亭主が出てきた。恐怖に青ざめた顔で何か言おうとしたそのとき、入口の扉が開いて命令口調の声が叫んだ。

「皆さん！　どうかどなたも動かないで」

戸口に覆面の教会潰しが立ち、背後に手下が二人控えていた。三人目からは赤い髪の房が見えた。ボヘミアの青年貴族は冷ややかな面持ちでワイン壺を前に座っていた。もしこれが噂かまびすしい教会潰しなら、俺の命や懐中の三十ボヘミアデュカートなどは狙うまい。よしひとつ、大学町で吹聴したら皆が賞讃するようなことをやってやろう。そこで彼は景気付けにワインを四杯、続けざまに呷《あお》った。

そのあいだに首領が広間に入ってきた。帽子を少し上げて軽くお辞儀をし、身分のある客に敬意を表した。それからワインを注文して、手下の一人が旅嚢から取り出した銀の盃で飲んだ。かたわらに立った主人は、あやうくワイン壺をとり落とすくらいに身を震わせていた。

「何の御用なんで」やっとのことで主人は声を出した。「あなたがたを泊められないことくらい、先刻ご承知でしょうに」

「つべこべ抜かすな」首領が命じた。「厨房に行って、こいつらにベーコンとパンと薄口ビールを持ってこい」

そう言うと椅子の背凭《もた》れにマントを投げ、紫のビロード地の擦りきれた上着と折り返しのある長靴といった出で立ちになった。手下たちはストーブに近い卓に陣取り、赤毛の一人だけが首領のかたわらに残った。男装した赤毛のリーザだった。

首領は青年のほうを向き、再度帽子に手をかけて言った。

「招かれてもいないのに、いきなりお邪魔したことをご寛恕願います」その口調は丁重をきわめていた。「なにぶんにも今日は氷のような風がポーランドから吹いていまして、手下どもを雨の中で凍えさせるわけにはいかないのです」

「お尋ねしたいのですが」青年貴族が言った。「叫び声が聞こえましたが、わたしの従僕はどうなりましたでしょうか。それからどうぞ仮面を取っていただけませんか。誰とお話ししているのかわかるように」

首領はすこしのあいだ、若い貴族を無言で見つめた。やがておもむろに言った。

「この姿を神がお許しくださいますように。それからあなたの従僕ならご安心を願います。今は牛舎に下がっています。用がおありでしたら、何なりとわが配下の者をお使いください」

そして傍らの卓に控える二人を指した。

この首領はことさら貴族の作法と言葉遣いに倣《なら》っている。そう気づいて青年は驚嘆した。それならば嚢中の金貨のためには、この剣呑な男を等しく丁重に遇するのが得策だと考えた。そこで席を立つと、帽子を手に、こちらの卓で共に飲みませんかと誘ってみた。

教会潰しは少し考えているようだったが、やがて言った。

「痛みいります。ですが栄誉には値せぬものとお答えせざるをえません。しかしながら、たってのお望みでしたら、健康を祝して乾杯いたしましょう」

三人が貴族の卓に座ると、まっさきに杯を掲げたのは赤毛のリーザだった。そして悪魔に健康を祝すと一息に飲み干した。それが黒イビッと共にいて以来の彼女の習慣だった。

「立派なお方の前で」首領がたしなめた。「呪いの言葉はよせ」

「このご婦人は男装をして剣まで佩《は》いておられます。お国の風習なのでしょうか」

「そうではありません」首領が言った。「男装は馬に乗りやすいからなのです。しかし剣は使うことを心得ています、pour se battre bravement et pour donner de bons coups（勇敢に戦い、一発お見舞いできるように）」

「わたしもパリにいたことがあります」そう言いながら貴族がかかとを合わせ拍車を鳴らした。

「ルーブルにも行きましたし、王が新しく建てた居城や離宮も見ました」

「わたしは行ったことがありません。フランス語はそこにいる者から習いました。あれは流れる水のようにすらすらとフランス語を口から出せるのです」

そう言いながら肩越しにブラバント人を指した。彼は首曲がりとともに別の卓に座り、ベーコンをむさぼり食っていた。

「ここで一泊なさるのですか」貴族が聞いた。会話を途切れさせたくなかったのだ。

「いいえ、すぐに発ちます。この近くで片付けなければならない仕事があるのです」

「ではお仕事の成功を祈って乾杯しましょう」

「それはお止めください。海に出る漁師に幸運を祈ってはなりません。必ずや仕損じてしまいます」

「どうして仕損じたりするの」赤毛のリーザが口をはさんだ。「アルカヌムがあるじゃない。

あれさえあれば何だって敵《かな》いっこないわ」

「黙れ」不機嫌を露わにして教会潰しは言った。「お前は喋りすぎる。いつも言ってるだろう。口から出た言葉は、首で贖《あがな》わねばならぬと」

そして青年貴族のほうに向いて会話を続けた。

「わが宝は国中に散らばっています。拾い集めるにはあちこち駆け巡らねばならないのです」

「あなたのお仕事はどのような性質のものでしょうか。もしお聞きしてさしつかえなければの話ですが」貴族はたずねた。

「この地のものがわたしを教会潰しと呼んでいることを申しあげれば、おおよそのご推察はつきましょう」首領は悪びれずに言った。

青年貴族は礼儀も忘れて飛び上がった。誰を相手にしているかは薄々感づいてはいたものの、これほど率直に告げられるのはけして心地よいものではなかった。

「よくおっしゃいますね」青年は声をあげ、拳で食卓を叩いた。「恥ずかしくは思わないのですか」

「恥とも不名誉とも思いません」教会潰しは落ち着いて答えた。「大いなる神がわたしを、わたしが今あるようにお作りになったのですから。塵芥《ちりあくた》のようなわたしが、神の御心《みこころ》に逆らうなど、どうしてできましょう」

「なら遅かれ早かれ、縛り首や車裂きになるのが神の御心だろうよ」青年貴族の頭にワインが上りはじめていた。「それでお終《しま》いだ」

「お終いではあるはずはありません」教会潰しが反論した。「ダビデもまた、たいへんな罪人《つみびと》でした。でも死の前には高い誉れを得ました」

「ごまかそうとしても無駄だ」青年貴族は腹をたてて叫んだ。「ダビデなど持ち出して話をややこしくするんじゃない。だがひとつだけほんとうのことがある。ずっと不思議だったのだが、なぜ神は人をみなキリスト教徒にお作りにならなかったんだ。どうしてあんなに大勢のトルコ人やユダヤ人がいるんだ。それはあってはならぬことだ」

「もしかしたら、神はあまりにたくさんの人間が天国に行くのを望まれなかったのかもしれません」教会潰しが示唆した。「はるか下界の地獄に人間どもがいるのを、お膝元の天国にいるのにもまして眺めたいのではないでしょうか。そもそもどんな善行を人間から期待できるというのです。地上では人が四人集まるとさっそく殺し合いがはじまるではありませんか。上のほうでもきっと同じことでしょうよ」

「説教は止めてくれ」貴族は言った。「お前も知っていようが、お前の首には一万ターレルの報賞金がかけられている。お前を生きたまま捕えたものには、貴族並みの領地が与えられる」

「その通りです」首領は認めた。「しかしあなたもご存知のように、野兎は狩られているときほどすばしこいことはありません。それに、わたしを捕える膠《にかわ》が煮立つまでには、まだまだ時間がかかります」

「それがどうした」青年貴族の頭はワインで痛いほど鳴っていた。「どこかでまた会ったら、すぐお前とわかる。お前ももうお終いだ。頭の上に処刑人の斧がぶらぶらしているぞ、何とかいう王さまの剣みたいにな。王の名は忘れたが、上で寝てる先生なら知ってるさ。なぜあの人はオンブルをやらないんだ、せっかく三人揃ったのに」

「あなたさまは」考え深げに教会潰しは言った。「わたしと再会したならば見分けられるとおっしゃるのですね」

「ああそうとも。Par la sang de Dieu!（主の血に賭けて）」貴族はきっぱり言った。「見分けられるさ。二ボヘミアデュカートを賭けたっていい」

「二デュカートならたいしたことはありません」首領は言った。「賭けに応じましょう」

「なら金はこっちのものだ。顔を覚えることには自信がある」そして笑いながら、電光のような早業で食卓越しに首領の顔を摑み、次の瞬間には仮面の黒布を手にしていた。

部屋は静まりかえった。首曲がりがナイフを皿に取り落とし、澄んだ音を響かせた。首領が席を立った。絶えて見せることを望まなかった不敵な顔は蒼白になり、そしてさらに白くなっていった。とはいうもののことさら取り乱した様子はなかった。

「見事に賭けに勝たれましたね」笑みを浮かべ首領は言った。「これをお取りください」

そして隠しから二デュカート出すと、卓上に投げた。青年貴族は金を取りあげ、開いた掌のうえに置いた。そのとき急に酔いが覚めるのを感じた。そして己の無謀が少々恐ろしくなった。

「ですが、そろそろお別れの時間です」首領がさらに言った。「一方は去り、他方は残る。そこで最後の一杯を共に飲みましょう。わたしたちの友情と別れのために」

そして彼は杯を掲げた。「あなたの健康を祝して！」

「あなたの長寿を祈って！」よく回らぬ舌で青年貴族は応じ、杯を振ると唇に持っていった。

赤毛のリーザが懐中ピストルを出し、火薬を詰めたが、彼の目には入らなかった。

杯がまさに干されようとするとき、弾が放たれた。青年貴族は軽く溜息をついて椅子に崩れた。顔色が変わり、頭《こうべ》が前に垂れた。掌が開き、杯が落ちて音をたてた。二枚の金貨は床に転がった。

教会潰しはすこしのあいだ身動きもせずに、火薬の匂いを嗅いでいた。それから覆面に手を伸ばした。

「死なねばならないと、ちゃんとわかっていたのだろうか」死んだものから目を離さず彼はたずねた。

「いよいよの際にはわかってたと思う」赤毛のリーザが言った。「でもイエスさまを呼ぶ時間はあげなかった。あなたに言われたことを肝に銘じておいたから。かわいそうに――とても愉快な人だったのに。でもこれで済んだわけじゃない。火薬をまた詰めなきゃ。だってあなたの顔を見た人が、もう一人いるもの」

そう言うと彼女は銃で老人を指した。今は目を覚まし、薄ら笑いを浮かべて長椅子に座っている。

教会潰しはすばやく顔を仮面に隠した。

「神よ憐れみたまえ」彼は叫ぶように言った。「一人じゃ足りないのか。それもこんな老いぼれに手をかけろというのか。こいつには何の罪もない。ただ居合わせただけだ。そんな奴まで殺さねばならないのか」

「したいようにすればいいわ。でも、どうせ死ななきゃならないんなら、待たせておくのは気の毒よ。恐怖は死に際に一番大きくなるっていうもの」

「どうして老人を殺せよう。とてもできない。困った」

「首領が無理って言うんなら、俺が代わりにやってやろう」首曲がりが言った。「だが後で亭主に金を少しやるんだな。埋葬してミサをあげられるように」

「やはり生かしちゃおけない」首領は心を決めた。「だが神よ、なんという辛いことだ。亭主を呼べ」

現れた亭主は死人《しびと》を見て手を打ち鳴らした。しかし父親も死なねばならぬと聞かされると、床に身を投げ出し、嗚咽《おえつ》を漏らし、拳《こぶし》で己が身を打ちながら嘆願した。

「どうしようもない」教会潰しは言った。「俺だってそんなことはしたくない。だがやらねばならない。行って最後の別れを告げろ」

「父が何をしたというのです」亭主が嘆いた。「どうかお情けを！　あなたの心は石なのですか。こんなにお願いしても聞いてもらえないのですか。これはわたしの父親です。こんなに貧しくさえなければ、お金でなんとかしますのに」

「運が悪かったのだ」亭主の嘆きに心を動かされて首領は言った。「だが一旦起きたことは変えようがない。俺はこいつに顔を見られた。いつも仮面で隠していた顔をだ。だから生かしたまま、ここを発つわけにはいかない」

　亭主は身を起こし、父親を見やった。長椅子に座った父は、ぼんやりとあらぬ方を見ていて、何が起こったのかもわかっていないようだった。

「どうしてそんなことができましょう」彼は叫んだ。「父があなたを見たなんて。この十二年間、まったく目が見えませんのに。匙を皿まで導いてやらなきゃならないのに。なのにあなたは、父に顔を見られたって言うんですか」

　そして椅子に身を投げると、両手で顔を覆い、ひきつった声で激しく笑い出した。

　首領は虚をつかれ、一瞬口を噤《つぐ》んだ。それから老人の前に立つと、いきなりピストルを額すれすれに突きつけた。だが老人は部屋の暗がりから目をそらさず、顔筋ひとつ動かさなかった。

「ほんとうだ。見えていない！」首領はそう叫び、ピストルを下ろした。「神よ、非道の行いを免じ給い感謝いたします。笑うのをやめろ！　お前の父親は生かしておいてやる。俺にしても助かった。お前ら、馬に乗れ。とんだ時間の無駄だった」

　亭主は椅子のうえでまだ笑い続けていた。


　教会潰しが遠く去ってから、亭主は部屋に戻った。父は床に這いつくばり、あちこちをうろついていた。

「お父さん、奴の顔は見ましたか」亭主が呼びかけた。「立ったらどうです。茶番はもういいんです。もう見えてていいんですよ」

「わしは金持ちになった」床からのろのろ立ち上がりながら、父親が言った。「だがお前には分けてやらんぞ。お前ときたら、食い物も服も満足にわしに与えようとはせん。この親不孝ものめ。いつも言ってるが……」

「見ましたか。もう一度見たら見分けがつきますか」父の言葉をさえぎって亭主が言った。

「うんにゃ、あっという間だったもんで、気をつけて見なかった」老人はつぶやいた。

「何を言ってるんです。いくらあっという間だったからって」

「いや、見る暇はなかった」意固地に老人は繰り返した。「こいつが倒れたときわしは目をさました」──と言って死人を指差した──「そのとき金貨が床に落ちて、部屋の隅に転がっていったのだ。ありゃわしのもんだ。ずっと見ておって、逃がさんようちゃんと目をつけておったからな。一枚はあそこの隅の隙間に消えた。それは間違いない。もう一枚はわしのほうに転がって、長椅子の下まで来た。だからすばやく踏みつけて、そのままじっとしていた。だが三枚目があるかもしれん。もう一度よく見ないと」

「たとえ二十枚あったとしても、それがどうしたっていうんです。なんて馬鹿なことを」亭主が叫んだ。「わかってるんですか。一万帝国ターレルがふいになったんですよ。こんな機会はまたとないというのに」

亭主は腹をたてたまま外に出た。そして青年貴族の御者と従僕を牛舎から連れてきた。二人はその夜ずっと主人の通夜をした。

一七〇二年の春、御受難《ユーデイカ》の主日の翌日の月曜に、教会潰しは最後の襲撃をくわだてた。狙ったのはミリチュから遠くない教会で、夥しい宝石を嵌めた重い金の磔刑像が中央祭壇の壁に掛けられているので名高いところだった。襲撃は失敗に終わった。というのも司教の入れ知恵によって、黄金の磔刑像は何週間も前に城中に運びこまれ、祭壇にはもはや何の変哲もない木彫りのキリストしか掛かっていなかったからだ。

農夫が一人、病に罹《かか》った牛の世話をするため夜通し起きていた。賊どもが教会の窓から手ぶらで出て行く姿がこの農夫の目にとまった。あわてて飛び出すと、着のみ着のまま、メルヒオール・フォン・バフロンの屋敷に飛び込み急を告げた。フォン・バフロンはまだ起きていて、賭けの卓についていた。彼はすぐさまその場にいた家来に、それからすぐ呼び集められる農夫や炭焼き夫や召使や猟師たち全員に急報を飛ばした。

だが動員は遅すぎた。賊どもは危ういと知るや、手馴れた様子で四方に散り、ひとりひとり別々にポーランドの国境を目指した。そういうわけで、あらゆる街道を見回り、果ては近隣の森までくまなく探っても、盗賊団には行き当たらなかった。見つかったのはただ、賊の一人があわてて落としていった亜麻布の袋だけだった。袋の中にはパンと玉葱と粗塩を入れた巾着、それから襤褸《ぼろ》切れに包《くる》まった馬鹿でかい臼歯――おそらくどこかの教会から奪った聖遺物なのだろう。

翌朝、悪禍男爵が龍騎兵を何人か従え、宿営のあった小村トラヘンベルクからやってきた。四か月前までハンガリーでトルコを相手に戦っていたのだが、シレジアに戻ってくるとすぐに教会潰しとの戦いを開始し、猟犬のように跡を追った。ポーランドとの国境間近で、褐色の僧衣を着た托鉢修道士を捕まえたものの、結局釈放したと聞かされたときは荒れ狂った。というのも、教会潰しのうちに一人、ときどきそうした変装をするものがいるのを知っていたからだ。男爵自身も夜明けごろ、スウェーデンの急使に出会った。革鞄を提げトラヘンベルクに向けて馬を走らせ、自分を兄弟呼ばわりする急使に、男爵はスウェーデン語とフランス語で話しかけた。怪しいところは少しもなかった。その頃はシレジアからポメラニアにかけて、スウェーデン王の急使はいたるところを走り回っていたから。

教会潰しが最後にたくらんだ襲撃はこうした成り行きとなり、その後長く彼らの噂は聞かれなかった。復活の日の翌週ころになると、教会潰しは終わりを遂げたとささやかれだした。

噂によれば賊どもは、ポーランドのどこかの森で、奪った品の分け前を巡って争いになり、すぐさま剣やマスケット銃で殺し合ったという。一味のうち三人が死んでその場に残され、他のものは獲物を持って逃げた。死んだもののなかには首領も混じっていたそうだ。

噂は国中を駆けめぐった。御者は野で働く草刈りに通り過ぎざまに話をし、牧師は説教の種にし、終《しま》いには殺された賊の屍《しかばね》を見たというものまで現れた。あらゆるところで喜びの声が反響《こだま》し、罰当たりな首領の無残な最期は唄にまでなった。唄は刷り物になってひろまり、歳《とし》の市や酒場で歌われた。

しかし国のなかには、それを信じようとしないものが一人いた。言わずと知れた悪禍男爵である。男爵は噂を笑いとばし、ぺてんと呼ばわった。三フィートの地下に首領を埋めたなぞという戯《たわ》けた話は、教会潰しの奴らがわざと広めたのさ。追っ手をなくして、思う存分略奪品で楽しむためにだ。悪魔の爪と角と尻尾にかけて、俺は追及の手を緩めないことを誓う。奴らを首領もろとも絞首人に渡すまでは心が休まらん。

しかし教会潰しの話はその後とんと聞かれなくなり、教会や礼拝堂が襲われることもなかった。聖なる御堂にいまだ残る宝が、窓に射す朝の光にきらめいても、ついぞ賊の手が伸びることはなかった。

遥かボヘミアの〈七つの台〉と呼ばれる山地の森深く、教会潰しがひそかな隠れ家とする小屋があった。賊どもはそこで最後に落ちあった。

朝も早く、まだ寒く、壁の穴や隙間から風が吹いてきた。外では霧雨が降っていた。四人の手下どもがマントに包《くる》まり、敷き藁に座り、部屋の中央で輝く宝を一睡もしていない目で眺めていた。ターレル銀貨や二重ターレル銀貨、クレムニッツやダンツィヒのデュカート金貨。ボヘミアやポーランドで過去に略奪したものを、怪しげな界隈の故買人に持ち込んで得た金だった。

四人は夜を徹して話し合った。ああでもないこうでもないと言い、叫び、争った。それもひとえに首領を去らせたくなかったからだ。俺たちはまだ金を十分持ってない、奪おうとすれば国のあちこちでもっと奪える。だが首領は解散の意志を変えず、どんなに口説いても反対しても無駄だった。

「荒稼ぎをしていりゃ、いつかは税と利息を己の首と背中で払うことになる。いいか、俺たちの噂は広まりすぎた。刑吏は腕を伸ばせば届くところにいる。悪禍男爵だって戻ってきた。あいつには二度と会いたくない。だからこれ以上集《つる》んじゃだめだ、運《つき》が後退《あとずさ》りして消えちまう。お前らはみんな、各々の道を行って、他の者を捜すな。これは俺の命令だ。俺がお前らを縛り首から救ったとき、お前らは俺に服従すると誓ったはずだ」

これでけりがついた。手下たちは、部屋に積まれた金の、大きいほうの山を自分らで分け、各々の道を行くより仕方がなくなった。

首領は着古し色あせた紫のビロード上着を着て戸の外に立った。そして今後の日々に思いを馳せた。得た金で、あの屋敷の負債を返し、農具や種蓄を買い、新しく奉公人を雇い、行き交う郵便馬車のためにあちこちの厩に敷き藁をして、良い馬を飼っておく。「それから乗馬《のりうま》とグレーハウンドをあのお嬢さん、トルネフェルト氏の貴《あて》なる花嫁に」ここで自然に笑みがこぼれた。「今は金も不足はない」

赤毛のリーザは小屋のなかで、小さいほうの金貨や銀貨の山、すなわち首領の分け前のかたわらにしゃがみ、旅鞄に二重ターレル貨やデュカート貨を詰めていた。火付け木は立ちあがった。見ているのが辛かったからだ。人のものになる金は、彼には目の毒だった。

「ちくしょう」火付け木は叫んだ。「何やってるんだ。みんな欲しいだけ取ろうぜ」

「これは首領の取り分だ。お前は関係ない」首曲がりがたしなめた。「首領がお前に残してくれたものに、大人しく感謝するんだな。首領が俺らに会ったとき、お前は上着も靴もなくて、持ってるものといや襤褸《ぼろ》シャツ一枚だったじゃないか。首領は俺たちに良い目を見させてくれた。お前だって今から金持ちよ」

「金持ちだと」火付け木はかっとなって叫んだ。「何ほざきやがる。こんな滅相もない世に金持ちなんかいるもんか。なにしろ穀一枡が十一グロッシェン半もしやがる。俺は自分の分け前に手はつけない。老いぼれたときのため取っておく。痛風や足萎えになったとき、誰が助けてくれるというのだ。それまでは神の情けにすがって、飢え死にしかけたら農家の戸を叩いて、パンの皮でも恵んでもらうさ。そんな暮らしが、俺がもらった褒美ってわけだ」

そう言うと刺々しく笑いながら、首曲がりが彼に押しやった己の分け前——縁までターレル銀貨の入った帽子と、掌いっぱいの金貨——を受け取った。

「俺たちは体と命を張って金を狩りたてた。そしてついに仕留めた」ブラバント人が言った。「これからは骨休みができる。月曜のずる休みがいつまでも続くってわけだ。快適な暮らしが待っている。川魳《かわかます》亭か鹿亭かどこかに住んで、毎日魚と肉を食って、うまいワインを飲む。朝のミサにはちゃんと行き、午後は散歩、晩は賭けトランプ。そんなふうに暮らして、世の中が良くなろうが悪くなろうが高みの見物だ」

「でもな」火付け木のかん高い声が割って入った。「月曜のずる休みのあとには干からびた火曜、それからひもじい水曜が来る。そうなっても俺に構うなよ。銅貨一枚だって恵んでやるもんか。今のうちに言っとくが、よたよたの足で俺ん家《ち》に来るんじゃないぞ」

「心配するな」気を悪くしたふうもなくブラバント人は言った。「百合か木犀草《もくせいそう》でも戸の前に植えとけ。誰も踏み荒らしゃしないよ」

一の家来として掌《たなごころ》一掬《すく》い分の金貨を得た首曲がりが今度は話しだした。「俺たちは梟《ふくろう》みたいなものだった。日中姿を見られちゃいけない。だがそれももう終わりだ。これから俺はあらゆる国に馬を走らせる。ヴェネツィア、スペイン、フランス、ネーデルランド。昼間の光で世界を見てやる。週二ターレル使い、日曜だけはもう半ターレルはずめば、俺の金は死ぬまでもつ」

ファイラントはどっしりした色白の大男だったが、デュカート貨を指のあいだで滑らせながらくつくつと一人笑った。

「犬や猫さえ俺を知らないここボヘミアで、俺は純金で杯とナイフとスープ用の匙と嗅ぎ煙草用の匙を作らせる。それからやっぱり金で煙草入れを二つ作らせて、ひとつは右の懐《ふところ》、もひとつは左の懐に入れておく。右のは俺が嗅ぐスペイン煙草、左のは友をもてなすブラジル煙草だ。せいぜい倹約しなくちゃな」

「それで子山羊、お前はどうする」むっつりと隅にしゃがんでいる赤毛のリーザに、首曲がりが呼びかけた。「何だってそんな情けない面《つら》してる。お前だって今日から絹とビロードの暮らしができるんだぞ。心が疼《うず》くのか。男が行きたがってるとき女は引き止めちゃいけない。そのうちまた代わりが見つかる。お前も慣れなきゃな。金の留め金の靴、髪飾り、首飾り、金の指輪や腕輪をつけりゃ、たんと男が寄ってくるさ」

赤毛のリーザは何とも答えなかった。そのまま立ち上がり、首領の旅鞄を持ち上げようとした。だが重すぎて、首曲がりの助けを借りねばならなかった。

外の戸の前で赤毛のリーザはお終いにもう一度、自分が最も愛した男の頑なな心を翻《ひるが》えさせようとした。

「あたしを連れてって！」そう懇願し、額を彼の肩に押し当てた。「いいえ言わないで。ちゃんと知ってるもの、あなたの愛は別の人のもとにあるんだって。天と地をひっくるめたって、その人よりきれいな人はいないんだって。でも、それがどうしたっていうの。連れてってよ。絶対足手まといにはならないから。奉公人部屋にいて、どんな仕事だってやるから。神さまがしろしめす世の中であなたがどこにいて、何をやってるかわかりさえすればいいの」

「だめだ」首領は冷ややかにはねつけた。「たとえ海の中で乾いた小石を探しても、俺だけは探すな。今後何があっても俺に会ってはいけない」

赤毛のリーザはすこしのあいだ一人で泣いた。やがて落ち着き、涙をぬぐうと、小声で言った。

「それじゃ永遠にさようなら。あなたのことは、心がひとつだったみたいに好きだった。さっさとお行きなさい。神さまがあなたをお護りくださるように」

ファイラントとブラバント人も小屋から出てきて、騒々しい別れをはじめた。万歳を唱え、帽子を空高く投げ、ピストルを上に向けて放ち、森に音を響かせた。そして首領が馬に拍車をくれて、仲間に最後の別れの目配せをすると、ファイラントは襟巻きを解いて火をつけ、首領の健康とさらなる幸運を祈った。

それから一週間ののち、火付け木は僧衣姿でシレジアの街道を歩んでいた。金は森中《もりなか》の三か所に隠し、後でわかるよう樹に印をつけておいた。そしていまは村から村、農家から農家へさまよい歩いていた。乞食袋にパンと玉葱、三個の酸っぱい林檎、チーズ一切れ、それに聖遺物と称するための一束の毛髪を入れて。

背後から跑足《だくあし》で駆ける蹄の音が聞こえてきた。振り返るとスウェーデンの伝令だった。青い上着に真鍮のボタン、鹿革のズボン、水牛革のベルトに羽根飾り帽。火付け木はさっと道を譲り、通り過ぎようとする騎手に物乞いの手を差し出した。だがさして期待はしていなかった。スウェーデンの官吏は乞食坊主にわずかな施ししかしないのを知っていたからだ。

だが騎手は馬を止めた。そして顔に笑みを浮かべると、坊主に向けて半ポメラニアグルデンを投げた。

火付け木は小さな銀貨を捕えた。次の瞬間、彼は飛び上がり、騎手をまじまじと見た。この嘲るような笑みには覚えがある。狼のように燃える眼《まなこ》、左右がつながった濃い眉、そして額の皺にも。眼前の馬上の男はかつての首領ではないか。

「お前が仲間に残したのはこれきりか」彼は叫び、騎手の腕に手を伸ばした。「俺にはすぐにわかった。いくら顎鬚を生やしていようと。その老いぼれ馬から降りてこい。一杯飲んで……」

笑みが騎手の口から消え、火付け木は口をつぐんだ。がらりと変わったよそよそしい目が僧衣の男を見おろし、聞いたこともない声が、まずいドイツ語で語りかけた。

「何が欲しい、坊主。半グルデンじゃ不足か。道をどけろ、どけないと背に杖をくれてやる」

坊主はなお一瞬のあいだ、このよそよそしい顔を見つめた。それから気が動顛したあまり、両手を掲げて、主も照覧あれと呼びかけた。わたしは高貴な殿方を見間違えました。われながら理解できません。だが騎手はその言をさえぎった。

「見苦しい弁解はよせ。聞く耳など持たん。半グルデンで不足とはな。道をどけろ、いまいましい豚野郎」

坊主はおとなしく後ろに下がった。馬はすでに行ったあとだった。だが、嘲るような笑い声だけはまだ聞こえていた。やはり火付け木にはおなじみの声だった。目を見開き、口を開けたまま彼はスウェーデンの騎手を見送り、見えなくなるまで目を離さなかった。そして震える手で幾度となく十字を切った。まるで悪魔そのものに出会ったかのように。

第三部　スウェーデンの騎士

雲ひとつない空に陽が輝き、夏の静けさが地を満たす真昼過ぎ、スウェーデンの騎士は見捨てられた粉挽き場に着いた。

風はそよとも吹いてなかった。鳥の声も絶えて聞こえず、音といえば蟋蟀《こおろぎ》の集《すだ》き、それに蜂があげるオルガンの響きめいた微かな唸りばかりだ。姫赤立羽《ひめあかたては》が鍬形草《くわがたそう》や種漬花《たねつけばな》や蒲公英《たんぽぽ》のあいだを舞っていた。はるか遠く、僧正の溶鉱炉と鍛冶場のある辺《あた》りで、黒煙が雲となって樅林《もみ》のうえに漂っていた。

スウェーデンの騎士はそれを見て、微かな苛立《いらだ》ち、心地悪さ——彼方から危険が迫ってくるような感じを受けた。しかし頭を振って、思いがはっきりした形をとらぬうちに追いやった。そして鞍から降りると、馬が歩き回って草を食《は》めるように柳の木につないだ。

粉挽き場には閂《かんぬき》がかかり、煙突は煙を吐かず、鎧戸は閉じていた。かつて粉屋だった奴、丑三つ時に墓から出てきた亡霊、迷える魂とばかり以前は思いこんでいたあいつはきっと、鞭を鳴らし掛け声をかけて街道を駆けて行ったのだ。そのうち雇い主の僧正にあらゆる地の品を運んでくるのだろう。たとえ奴の馬車が今、丘を越えてやってきても——誰が恐れるものか。

スウェーデンの騎士は野原の丈高い草のあいだに腰を下ろして足を伸ばした。背を釣瓶《つるべ》井戸にもたせかけ、目を半ば閉じて物思いにふけった。

過去の日々が蘇ってきた。俺は貧しく惨めで、深く積もった雪を掻き分け、凍えかけながら粉挽き場にたどり着いた。そこでアルカヌムを手にしたのが運のつきはじめだった。いまでは立派に、帽子に羽根飾りをつけ、懐に金と為替を入れて、一人前の貴族の晴れ姿でここにこうしている。くたばりぞこないの粉屋め、口をひん曲げて来るなら来い。煉獄なんか実際にはない、でっちあげられたしろものだ。煉獄はミサ坊主の頭のなかにしかない。そうブラバント人は言っていた。あいつはあらゆる国をうろつき、ベーコンを炭の上で炙《あぶ》るところにはどこでも姿を見せる。それにしても辺りのけたたましさはどうしたことだ。ヴェネツィアがトルコ皇帝の手に落ちたみたいな騒ぎじゃないか。あいつら何がしたいんだ、何を呼んでいるのだ。四方八方から、遠くから近くから押し寄せる低い声や金切声。誰もが同じことを叫んでいる、しかも幾度となく。「馳せ参ぜよ！　馳せ参ぜよ！」

スウェーデンの騎士は飛びあがった。こいつらはいったい何者だ。何をするつもりだ。辺りを見回したが誰もいなかった。馬だけがかたわらにいて、叢《くさむら》からヒースや都草《みやこぐさ》を引きちぎっている。何も聞こえない。呼び声も、叫び声も聞こえない。蜂の唸る音だけだ。

彼は壁にもたれ、頭を胸に垂れた。するとまた呼び声が、何百人もの声が、遠く近くから、ささやき声になったり荒々しい喚き声になったりして聞こえた。「馳せ参ぜよ！　馳せ参ぜよ！」

スウェーデンの騎士は起き上がろうとした。だがもはやそれもできない。何者かが彼を掴み、抱え上げて、はるかな高みへと運んでいる。周りで「馳せ参ぜよ！　馳せ参ぜよ！」と声が轟《とどろ》きわたった。それからふいに静かになった。

気がつくと空高く、雲の塔と雲の壁のあいだに立っていた。上から目が潰れるほど眩《まばゆ》い光が降ってくる。顔を掌で覆い、指のあいだから覗き見ると、三人の男が椅子に座し、その足元から階段が降りていた。三人とも毛皮縁のついた丈長のマントと赤い靴の服装《いでたち》をしている。中央に座す白髯をたくわえて厳しい目をした男には見覚えがあった。その肖像を幾度となく見た聖ヨハネ、すなわち天の宰相だ。三人の前には雲突く丈の天使《ケルビム》がいて、抜き身の剣を諸手で握っている。周りには広やかな環を描いて天使がみっしりと頭を揃えていた。最前「馳せ参ぜよ！馳せ参ぜよ！」と呼ばわったのはこいつらだ。裁きの場に臨席することを、誰もが求められているようだ。

「Votre très humble serviteur（謹んでご挨拶申し上げます）」スウェーデンの騎士はそうつぶやくと、三人の天の陪審官に頭を垂れ、貴族の作法にのっとって帽子を振った。しかるべき敬意を払おうとしたのである。しかし三人とも彼に一瞥もくれなかった。沈黙が天の民に訪れると、剣を持つ天使が声を張りあげ、遠くまで響かせた。

「いと高き裁きの場の陪審官たる汝らに尋ねる、本日は裁きが開かれ行われる日であり時であるか」

長衣の三人は声を揃えて答えた。

「全能の審判者が今をその時と定め給うた。ゆえにその時である」

剣を持つ天使は目を上げ、輝く天を見た。

「全能の審判者よ！」天使は呼ばわった。「裁きの席はしかるべく設けられているでしょうか」

するとと天上から全能の審判者の声がした。柏の森を吹き抜ける嵐のような声だった。

「裁きの席はしかるべく設けられた。訴えるべきものは訴えよ」

周りを取り巻く天使の群れから、ささやきと翼の擦れる音が聞こえた。それからふたたび静かになった。スウェーデンの騎士の心に不意に畏れがわきおこった。——「なぜ俺はここにいる。ここでどうしろというのか」落ち着きを失った彼は青い上着をつまみ、こっそり逃げ出る抜け道はないかとあちこちを見まわすと、皆の目が彼に向いているのがわかった。やがて剣を構える天使が沈黙を破った。

「では我はこの男を訴える。いま裁きの場に引き連れてきたこの男は、何年ものあいだ盗人であった。農民らの家からパンやソーセージや卵やラードを、手当たり次第に何もかも盗んだ。我は神の裁きの席で、一度《ひとたび》、二度《ふたたび》、三度《みたび》それを訴える」

「それだけか」聖ヨハネの右横に座す長衣の男が言った。「地上においてはパンの一切れ、卵の一個、ラードの一欠片《かけら》さえ、正当な手段で得ることは難《かた》い」

「この男は自分の影より他は何ものも持たない。それほどまでに貧しい」左の男が言った。

そして天の宰相たる聖ヨハネが痩せた厳しい面《おもて》を上げて言った。

「この麻布服の哀れな男が盗人となったとて、誰が咎められよう。富めるものらが挙《こぞ》って邪まな手段で富を殖やしているというのに」

「この男は己の道を歩むがよい。この男に罪はない」上から審判者の声がした。竪琴のような穏やかな響きの声だった。

「神は褒むべきかな！」スウェーデンの騎士はそうささやき、額から汗をぬぐった。「主の御名に栄光あれ！」

同時に周囲と上方から、大いなる斉唱がわき起こった。

「神は褒むべきかな！　主の御名に栄光あれ！」

剣を持つ天使はその場を動かなかった。額に皺を寄せ、裁きの席の三人の陪審官を見やった。ふたたびあたりが静まりかえると、天使はあらためて口をきった。

「そればかりではない。我は同じ男を、教会瀆《けが》しの廉《かど》をもて訴える。一年のあいだこの男は教会より銀の食器、香炉、聖皿、聖餐杯、燭台を、金の装飾品や宝器を奪い、己の幸福と隆盛のために用いた。我は一度、二度、三度それを訴える」

「そうだ。俺はまさにそうした。神よ憐れみたまえ！」スウェーデンの騎士は呻《うめ》き、おずおずと聖ヨハネを覘《うかが》った。――「神よ憐れみたまえ！」天の斉唱がいっせいに響いた。そこに筆頭陪審官が語を発した。

「金と銀、それは地の悪しき兵器にして惨《むご》い武具にすぎぬ。われらに何のかかわりがあろう。それはわれらのものではない」

「それはわれらのものではない」二人目のものが繰り返した。「人の空《むな》しき惑《まど》いにすぎぬ。遜《へりくだ》り唱えられた『アヴェ・マリア』は、天においては金銀の豪奢にまさる」

「それはわれらのものではない」三人目、聖ヨハネが断をくだし、目を天に向けた。

「主がわれらとともに地に降り給われたとき、金も銀も持たれなかった。それが何ゆえに今、主のものであられようか」

光耀《かがよ》う天上から、全能の審判者の音声《おんじょう》が轟いた。

「この男は己が道を進むがよい。この男に罪はない」

「知らなかった」スウェーデンの騎士は深い溜息をついてつぶやいた。周囲では力強い「我ラ主ヲ讃エン」の声が天に向かい轟いていた。「憐れな罪人が天上で、これほど慈悲深い扱いを受けるとは知らなかった。だがあの剣を持った奴、あいつだけが何だか取り残されたような顔をしている。あの様子は気に食わない。なぜ引っ込まないんだ。事はいま終わった。このうえ何をやりたいのだ」

「事はまだ終わらぬ！」このとき剣を持つ天使が叫んだ。「いと高き裁きの座の陪審官よ、そこで声高くつぶやくものは、人知れず邪まな心を蔵《かく》している。惨めな境遇にある朋輩のスウェーデン貴族に恥知らずな嘘をつき、偽りの誓いで謀《たばか》った。このものに嘆きあれ、災いあれ、しかして更なる災いあれ、一度、二度、そして三度！」

天使がこう呼ばわると、長い沈黙があった。やがて一人目の陪審官が、悲哀と驚愕のこもる声で言った。

「なんと重く痛ましい罪だ。よくよく吟味し考慮せねばならぬ」

「惨めな同輩を裏切るなど、いかにしてできよう」二人目が悲嘆した。「この男の魂に、神の灯火はもはや宿っていないのか」

聖ヨハネは頭を振った。

「世間は口さがないものだ。真実であるはずはない」そう言うと、立ち上がりたずねた。「告発者よ、汝の証人はどこにいる」

「その通り、まったく、どこにお前の証人がいるというのだ」スウェーデンの騎士はささやいた。その胸内《むなうち》で不安と希望とが相争った。「そんなものどこで捜そうというのだ。誰も見ていなかったというのに」

「証人は今から来る。汝らの訊問を待っている」剣を持つ天使から、そう答えがもたらされた。

「証人のため場を空けるがよい。数があまりに多いゆえに」

天使の促《うなが》しにより、天に群れ集うものは退き、輪を広げた。剣を持つ天使が下界にむけて呼ばわった。

「荒地よ、柳よ、葦よ、砂よ、
橋よ、道よ、耕地よ、
風よ、雪よ、樹よ、沼よ、
火よ、水よ、垣よ、戸よ、
路傍の石よ、家の灯よ、
前に進みて申し出ろ」

するとそれら物言わぬ証人たち、地上のものたちは、唸り、轟き、軋《きし》み、擦れ、爆《は》ぜながら深みより浮かび出た。天の陪審官たちはそれらの言を聞き分けた。やがてあらゆる騒音に押し被せるように聖ヨハネの声があがった。

「証言は聞き届けられた。忌まわしい行いは認められた」

「この男を有罪とする」高みより雷鳴のような審判が下った。「判決を宣べる。この男は生涯一人で罪の荷を負い、風と土より他には何者にも告げてはならぬ」

スウェーデンの騎士は怖気を震《ふる》った。絶望が彼を襲った。握り拳《こぶし》でこめかみを押さえると、畏れが四肢を這った。周りでは天使の群れが嘆き泣いていた。剣を持つ天使さえもがスウェーデンの騎士を憐れみ、高みに呼びかけた。

「全能の審判者よ！　なんという重い罰なのでしょう。慈悲をおかけにならないのですか」

「慈悲はない」高みから雷鳴の声がした。「汝の名誉と汝の誓言のもとにこの男を汝に委ねる。このものへの判決の執行は、汝に委ねられる」

剣を持つ天使はうやうやしく頭《こうべ》を垂れた。

「ならばこの男をわが手に受け入れましょう。しかして地上の緑の野まで降ろしましょう――」

スウェーデンの騎士は両手を伸ばし立ち上がった。そしてもう一度伸びをし、目をこすり、つながれた馬をほどいた。

「もし夢を見たのでなかったなら」馬に乗り丘を下りながら彼は一人ごちた。「もはや神の瞋《しん》恚《い》の焰《ほむら》を恐れずともよいわけだ。俺が過去を秘めたままにしておくこと、それより他に神は望まれなかった。それは俺も望むところだ。馬鹿でもないかぎり、後ろ暗い過去を吹聴する奴なんかいるもんか。大いなる審判はあんなもんじゃない。トランペットがめったやたらに吹かれるから、耳ががんがん鳴るはずだ。あそこじゃバグパイプの音ひとつ聞こえなかった。だからみんな夢の影絵芝居にすぎなかったのさ」

それにしても奇妙で訳がわからないのは、この夢のなかで、過去の所業についていかなる告白もしてはならぬと聞いて、あれほど畏れに震えたことだ。あれだけはいまだに訳がわからない。しかしこれ以上そのことを考える暇《いとま》はなかった。というのもいまや他のことが彼を不安にさせ、心を重くさせていたから。

馬を進めるにつれ、行く手の耕地は穀物や小麦が豪奢な熟れ具合を見せだした。穂はたわわに実り、堆肥はきちんと施され、ふさわしい天候を見計らって適切に種蒔きがされていた。あらゆるところで下僕たちが熱意をもって勤勉に労働に携わっていた。穀草を刈るものの後ろにそれを束ねるものが、その後ろに縛るものが、その後ろに束を運ぶものが従《つ》いていた。

「ここの領主は下僕に厳しい」スウェーデンの騎士はつぶやき、心に刺すような痛みを感じた。「以前の面影はどこにもない。来るのが遅すぎた。若い令嬢は夫を迎えて、新たな領主は耕地を益している。つまり俺の幸運は、のっけからつまづいたのだ」

さらに進むと、村の藁葺き屋根が見えてきた。楓《かえで》の向こうに、領主の屋敷のスレート屋根が見える。そこでは耕地は昔と同じくひどい有様だった。穀草のあいだに雑草が生え放題だ。雀茶挽《すずめのちゃひき》、烏豌豆《からすのえんどう》、現証拠《げんのしょうこ》、八重葎《やえむぐら》。穀草にだって穀物の代わりに黒い埃じみたものが生《な》っている。種の撒き時《どき》を誤り、肥やしの足りない地に未熟な種を撒いたのだ。

スウェーデンの騎士は鞍のうえで姿勢を正し、馬に拍車をくれた。

「いや、あの人は夫を迎えてなどいない。領地には新たな領主などいない。ただ窮したあげくに、耕地や牧場を隣人に売らねばならなかっただけだ。残っているのは屋敷の周りの土地わずかだ。ちょうどよい時に来られたことを、天に感謝しなければ」

心臓が野生の牡馬のように跳ね踊った。とうとうあの人にまた会える。彼は庭園に立ち待った。だが赤いモロッコ革の靴を履いた彼女が砂利道を駆けるのを目にしたとたん、あらかじめ仕込んでおいた宮廷風の言葉遣いは頭から消えてしまった。ただひたすら、夢幻《ゆめまぼろし》が現実《まこと》になったこの瞬間、俺の運命は決した、と感じるばかりだった。それからようやく不安が襲い、身が震えた。この人は俺を覚えているかもしれない――「かわいそうな人、どこからいらしたの？」かつて聞いた声が耳に響いた。「料理女に言ってスープにパンを砕いて入れてもらいなさいな」

彼はありたけの勇気を奮い起こし、帽子を脇にかかえて彼女に近づき、お辞儀をして立ち止まった。話しかけねばならないのだが、言葉が喉から出てこない。最初に口を切ったのは彼女のほうだった。

「お待たせしたことを許してくださいませ。はじめてお目にかかる殿方が面会を望まれていると、たった今聞いたばかりですの。屋敷から外に出て、悪さばかりする鶏を庭から追い払わねばなりませんでしたから」

そうだ、これがかつて俺を絞首台から救った声だ。スウェーデンの騎士は魔法にかかったように棒立ちになり、彼女の姿に見とれ、彼女の声に耳を傾けた。まさに太陽のように美しく、悪魔といえどこれほどの美しさは嫉《ねた》まずにはいられまい。

そして彼女は続けた。

「殿方が紹介もなくわたくしに面会するのはしきたりに外れています。Mais, Monsieur, je ne tiens pas à l'étiquette（しかしムッシュー、わたくしは作法にはこだわりません）」

「お嬢さん、もう一度お願いします」夢から覚めたようにスウェーデンの騎士は乞うた。「わたしはフランス語はほんの少ししか理解しません。子供の頃、良い家庭教師がいなかったもので、耳で聞くより口で話すほうが楽なのです」

少女はやや当惑したようにこの貴族を見つめた。フランス語が不得手なことを隠そうともしなかったからだ。この人は当世風の紳士らしくふるまう気がないのかしら。

「あなたさまは将校の方ですの」

「ええそうです。スウェーデン王に、神に、そしてあらゆる良き民に仕えていました」スウェーデンの騎士はそう言い、剣を叩いてみせた。

「遠くからいらっしゃいましたの」

「王の近衛騎兵隊から直《じか》に来ました。自慢ではありませんが、いくつかの戦場にも出ました。でも今は軍役から退いています」

「それでわたくしどもにどんな御用がおありなのでしょう」少女は見知らぬ将校の訪問が腑《ふ》に落ちずたずねた。

「運命がこの道へわたしを導いたからには、お目にかかる機会を逃したくはなかったのです」スウェーデンの騎士はそう答えた。

「それはありがとうございます」そう言いながら、令嬢はとまどって自分の赤い靴に目を落とした。

すこしのあいだ、どちらも何を言えばいいのかわからず、黙って立っていた。彼女は胸のリボンをつまんだ。庭園からチュベローズやカーネーションやジャスミンの香が漂ってきた。音といえば遠く聞こえる釣瓶井戸の軋りばかりだった。

「しかしわたしはここに参ったのは、初めてではありません」気弱になった声でスウェーデンの騎士はまた話しだした。

「ええ」少し考えて令嬢は言った。「父が存命だった頃は、この屋敷では毎日お客さまをお迎えしました。将校の方も大勢いらしてましたわ。もちろんいまではめっきり少なくなりましたが」

「お嬢さまの父君がお亡くなりになったと聞いたときは悲しくなりました。あの方はわたしの代父でしたから」

「代父ですって？　お父さまが？」驚いて娘は叫んだ。

「ええ、そしてここに指輪があります。お嬢さまが下さったものです。たいそうな名誉と考えています」スウェーデンの騎士はそう続けた。

娘は真っ青になった。心臓のあたりをつかみ、深く息を吸うと、やっと聞こえるくらいの声でささやいた。

「どうかお願いいたします。あなたさまのお名前をおっしゃってくださいませ」

「てっきりわたしをまだ覚えていてくださると思いましたのに」スウェーデンの騎士は口ごもりながら小声で言った。不安で喉が締めつけられるようであったから。「二人が橇《そり》で山を滑り降りた日を思い出してさえくだされば。馬が怖気づいて橇がひっくり返って……」

空気を裂かんばかりの叫びをあげ、すすり泣きに身を震わせて、娘はスウェーデンの騎士の胸にすがりつき、喜びの声をあげた。

「クリスティアン！」

「そうだ。僕だ」この瞬間、彼はほんとうのクリスティアン・フォン・トルネフェルト、己の手で僧正の地獄へ突き落としたあの男そのものだった。彼の手は限りない優しさで彼女の髪を撫で、そして彼の唇は、一度だけ聞きはしたが、ついぞ口に出す機会のなかった名前の形をとった――「マリア・アグネータ」そう呼びかけると、彼女は幸せに溢れて、涙がとめどなく流れ面《おもて》を上げ、彼のほうに向けた。

手に手をとって、何度も「あなたは覚えているかしら」「君はまだ覚えているかい」と親しく言葉を交わし、砂利道を歩き、木陰の道を辿りゆくうち、スウェーデンの騎士は、天と地とを胸に抱いているような気がしてきた。荒《すさ》んだ過去の人生の藪から、陽が降り注ぎ花の咲き乱れる草原に出た心地がした。

風雨に蝕まれたニンフの砂岩像が、憂いを秘めた微笑みを浮かべて見おろす苔だらけのベンチの前で彼は歩を止め、感にたえたように、蹄《ひづめ》の足を持つ牧神像の破片が草地に散らばっているのを見やった。マリア・アグネータは彼の肩に頭をもたせかけ、彼の手を握った。

「ええ」彼女はささやいた。「まだ覚えていらしたのね。この小さな異教の神のあったところでだったわね」

「そうだ、ここでだった」何がここでだったかも知らぬままに、スウェーデンの騎士は答えた。おぼつかなげな視線が、牧神の角の生えた頭を離れてベンチとニンフの上をさまよった。

「ここはわたしたちが誓い合ったところ」マリア・アグネータは続けた。「わたしたちの心の愛を消さないって。そしてクリスティアン、あなたは言ったわ。『僕はあなたを忘れない、たとえ僕が神さまを忘れても』と」

「そうだ。確かにそう言った」迷うことなくスウェーデンの騎士は言った。

「あなたは」さらに歩きながら彼女は話した。「わたしがお父さまを亡くして辛かったとき、ただひとつの慰め、ただひとつの心のよりどころだった。いらしてくださったことを、両手を合わせて神に感謝します。たいそう長く待たせてくれたものね、クリスティアン」

「僕にだって辛かった時はあった」誓うように彼は言った。「埃の舞う街道を行かねばならなかった。何度も藪や柵の陰で、雨や雪に降られながら寝た。でももうそれも終わりだ」

「もうすこしで二度と会えないところでした。今にもここを出て行き、この世界のどこかで、洗濯と子守りで仕えなければなりませんから」

「洗濯と子守りだって。君みたいな高貴な生まれの令嬢が」思いがけない言葉に、スウェーデンの騎士はたいそう驚いて言った。

「そうですの。それとも亜麻布やリネンの配達係かしら。もうここにはいられないの」

「なぜ」彼は問い詰めた。「なぜこの屋敷にいられないんだ」

「貧しくなったからですわ。財産はすっかりなくなってしまいました」彼女は答えた。「すべて代父のフォン・ザルツァさんのものになったのです。雨をしのぐ屋根も、わたしの休むベッドも、証文のかたになりました。そしてあの人は、わたしに妻になるよう、しきりに急《せ》いています――まあクリスティアン、お顔の雀斑《そばかす》はどうなさったの。道理であなたとすぐわからなかったはずだわ」

「フォン・ザルツァ氏か。僕もたぶん知っている男だ」泥鰌髭の男が目の前に浮かび、そして消えた。「わが従妹はその男といっしょになるつもりなのかい」

「クリスティアン、なんてことお聞きになるの」その声には軽い非難があった。「たとえ白鳥の羽根布団に寝かせてやるっていわれても、農婦になって麦藁の上に寝たほうがましだわ」

「わが愛しい最愛の恋人よ」溢れかえる喜びのあまりに、彼はそう叫び、両手で彼女の手を握りしめた。「フォン・ザルツァや証文なんかに怯えることはない。見せてくれ、僕が払ってあげよう。全部でどれだけになるんだ」

「知らないの。差配人が帳簿につけているわ。耕地も牧場も養魚池も売らなきゃならなかったけれども、どうしてそんなことになったかわからないの。ともかくこの家にお金があったことがないの」

「無理もない」スウェーデンの騎士がいきなり激しく笑いだしたので、娘は驚いて身を竦《すく》めた。「この屋敷にはひとりも正直な奴はいないから——わが従妹にはそれがわかっているかい。差配人、穀物記帳係、羊飼いの元締め、こいつらは縛り首を免れた盗人《ぬすっと》の集まりだ——それがわかっているかい。だからこそ下僕たちの規律もなってないんだ。誰もがやりたい放題にやってる——わが従妹にはそれがわかっているのかい」

「でもクリスティアン、どうしてそんなこと知っているの」

「昨日、chemin faisant（道すがら）、耕地を眺める機会があった。嘆かわしい有様だった。今日の朝早く、わが従妹がまだ眠っているころ、ここに着いた。見るべきものがたんとあった。穀物記帳係は自分で牝牛を四頭飼っている。それも領地の二番刈りの干草を餌にしてだ——知ってたかい。厩《うまや》と牛舎の下僕は、朝食にオムレツと炙ったベーコンを食い、脱脂乳を飲んでる。豌豆《えんどう》か蕪《かぶ》、あるいはキャベツのスープでも飲ましておけばいいのに。草刈り人どもは野に出るついでに、それぞれ丸ごとのチーズや卵を三十個、あるいは鴨をちょろまかしている。おおかた向こうの村で金に替えるんだろう。差配人も見て見ぬふりをしてるに違いない。奴自身も着服していることを、屋敷の誰もが知っているからだ。わが従妹はこんな奴に下僕どもを監督させて、おまけに金までどっさり支払っている」

「知らなかったわ」娘は気を落としたように言った。「わたしの後見人のチルンハウスさんは、あの差配人を子供の頃から知っているのですが、正直者だと言ってました」

「Sans doute（疑いなく）」スウェーデンの騎士は笑った。「揺り籠にいたときには正直だったんだろう。でもその後は大違いだ。納屋も畜舎も――穴ぼこだらけだ。雨が漏《も》って、餌が腐り、おかげで疫病がはやっている。それに、今時分はもう黍《きび》を撒いて、キャベツを植えて、草を刈って干草をつくらなければだめなのに――何一つできてない。わが従妹にはそれがわかっているかい」

「お願いクリスティアン、雇い人に言い聞かせてあげて。今のままじゃだめだって、教えてあげて」

スウェーデンの騎士はこの願いを手を振ってしりぞけた。

「言い聞かせたって何にもなるものか。喉が嗄《か》れるだけだ。横面を張ってやる。そうすりゃ大人しく正直になるだろう。籐の杖を手にしつけてやろう――おいそこのお前、お辞儀の仕方も習わなかったのか」

　そのまま通り過ぎようとしていた下僕は、見知らぬ紳士にこうどやされて、あわてて帽子を取り、片足を後ろに引く正式のお辞儀をした。

「差配人を捜してこい」スウェーデンの騎士は命じた。「見つけたら、帳簿を持ってこい、会計報告が聞きたいと伝えろ。屋敷の居間で待っているとな」

　二時間ばかりも経ったあと、ようやくスウェーデンの騎士は庭に戻ってきた。マリア・アグネータがその姿を見て走り寄った。

「生まれてこのかた、これほど厄介な仕事はしたことがない」彼はそう報告して、手の甲で額を撫でた。「こんなことをもう一度やるくらいなら、雨と風のなか、泥濘《ぬかるみ》を十時間馬で走るほうがまだしもだ。差配人は鵞ペンとインクで、神聖ローマ帝国中のチーズ売りが二年かかっても使い切れないほどの紙をだいなしにしている。それなのに羊毛から二割、牛乳から毎日二割五分を記帳していない。わが従妹が許しのもとに、奴は悪魔のもとにやる。二度と戻っては来るまい」

「あなたが良いと思うことは何なりとなさって」

「借金を返し終わっても」彼は続けた。「まだ教会に払う金と婚礼に要り用な分は残っている。楽師や花嫁衣装の代金や隣近所に朝のスープを振る舞う金もだ。もしわが従妹に異存がなければの話だけど」

「クリスティアン！」娘は囁き声で言った。「わたしはあなたを、そしてこの瞬間を待ち焦がれていました。そして今、その時が来たからには、わが身をあなたに委ねます。あなたをずっと愛していました。これまでずっと、あなただけを」

「僕だけを」スウェーデンの騎士は繰り返し、頭を垂れ、その一瞬、この愛ゆえにその名と自由と名誉を奪って見捨てた男が頭に浮かぶのを押し殺さねばならなかった。

そして話を続けた。

「わが従妹よ。これほど君を愛しているものは、他にどこを捜してもいやしない。嘘じゃない。神も照覧あれだ」

「知っていますわ、クリスティアン」マリア・アグネータは微笑んで言った。

「だが心から愛する花嫁にもうひとつ言うことがある」スウェーデンの騎士は続けた。「これから僕はがむしゃらに働かなきゃならない。そして僕たちは当分のあいだ、召使の食べるような燕麦《えんばく》の黒パンを食べなきゃならない」

「クリスティアン、あなたといっしょなら、どんなパンでも食べてみせるわ」マリア・アグネータが言った。「これほどの幸せを天から降らせてくれた神さまに感謝します」

それはお産の二た月前のある夜のことだった。マリア・アグネータは十二時の鐘で目が覚め、そのまま眠れなくなった。胎内で子が動くのが感じられた。もし女の子ならマリア・クリスティーネと名づけよう。彼女は女の子が欲しかった。子供は早くも夢のなかで、白い琥珀織《タフタ》の服と黒白の帽子をかぶって庭を駆けまわっていた。服がからまってつまづくと雇い人たちが笑ってかけつける。庭の鵞鳥や山羊までいっしょに笑う。目を閉じたまま、微笑みを唇に浮かべ横たわっていると、さまざまな思いが浮かんできた。一年ほど前には、戸棚は空になり、亜麻布も敷布も一枚もなかった。でも今はすべてがあるべきところにある。屋敷が主人を迎えたからだ。今や幸福は揺るぎないものと感じられる。あらゆる良きものを賜う神に感謝せねば。彼女は夫を何にもまして愛していた。夫が野に出ているときは、帰ってくるのが待ちきれず、晩方階段に足音が聞こえると、再会の喜びに耳の中で血がざわめく。その夫はかたわらで眠っている。彼女はすこし身を起こして耳を澄ませた。今夜は安らかな寝息をたてている。だがときには、夢のなかで呻き、戦うように腕を振り、叫び声をあげる夜もある――おおかたスウェーデン王の軍隊にいる夢を見てるのだろう。

村人や近隣の貴族はみんな夫を〈スウェーデンの騎士〉と呼ぶ。来る日も来る日も、はじめて屋敷にやってきたときと同じく、青いスウェーデンの上着を着ているからだ。人々は嘲って、あの人は古い上着の継ぎを見せたくないから、太陽の下を歩くのを嫌がると噂している。実際夫はあらゆるところで倹約する。洗礼の祝宴には金が要る、と言っている。しかしマリア・アグネータは、夫には内緒で、ポーランドからライプツィヒの市《いち》に向かうユダヤ人から上着用の青ビロードを買い入れた。一エレが半グルデンした。たまには世間に晴れ姿を見せるべきだわ。だがそれを夫に告げるのは恐かった。貴族ならそれにふさわしい身なりをしなくちゃ、と一度言ってみたことがある。そうしたらこんなふうに反論された。「どんな仕立屋だって、どんな桶職人だって、いまじゃビロードと絹で着飾っている。だから貴族は逆に農夫みたいに麻布の上っ張りを着なきゃいけない」

村人たちは噂していている。「貴族さまが聞いてあきれる。子馬とか子牛、牡牛を売る段になると、あの方ほど駆け引きに粘るものはいない。一クロイツァーまで平民と争う。貴族の誇りはどこにいった」――そんな声が耳に入ると、夫は笑って答えたものだ。「貴族の誇りがどうした。牛一頭、豚一匹だって誇りだけじゃ肥やせない」それでいて彼は非の打ちどころのない将校であり貴族でもあった。妻に毎日愛の宣言をし、わが魂、可愛い天使、一番大事な宝物、とささやきかける声を、彼女は心地よく聞いた。もちろんかつてのお洒落な少年はどこへやら、不自由なく妻に食べさせるためには身を粉にして働かねばならなかった。昼は妻と食卓を囲む時間も惜しみ、奉公人部屋に燕麦のスープを持ってこさせた。一日中あちらこちらに赴き、目を光らせねばならず、口癖のように、「農場の主人は飼料棚に置かれる藁の一本まで、材木置場の床に落ちる木屑の一片まで知っていなくてはならない」と言っていた。

マリア・アグネータも夫の助けになりたいと願ってはいたが、その教えをすべて頭にとどめておくのは難しかった。どれほどの薪や柴を毎日屋敷に運ばねばならないかは心得た。あと、日曜の食卓で何クオートのビールが要るか、下僕に肉をふるまうのはどんなときで、黍《きび》や牛乳入りスープや麦粉粥や団子だけにするのはどんなときか。その団子はライ麦粉と大麦粉とを半々に捏《こ》ねて作ること、そういったことも知った。他にも教わったたくさんのことを、時間をもてあましたとき、クリスティアンから聞いたことをそのとおりに小声で繰り返してみるのだった。

「村の宿屋の亭主は毎月鶏二番《ふたつがい》と卵を二十個受け取ることになっていて、その代償として女房は十一枚の亜麻布を屋敷の当主のために織る――そういえばわたしがまだ小さかったころ、村で東方の三博士の劇をやったことがあって、あの亭主の人がバルタザールだったけど、劇の前後には牧夫役でバグパイプも吹いてた。石炭みたいにまっ黒な牧夫だったから笑っちゃったわ。きっと煤が顔から落ちなかったのね。――粉屋は当主への奉公をせずともよくなったが、年に四匹の豚を肥やさねばならない。村の鍛冶屋は十一グルデンと八シェッフェルの穀物の報酬で農具の整備をする――あの鍛冶屋さんには九歳になる子がいて、鞴《ふいご》を吹いてた。――河畔沿いの森は領主のものだから、粉屋に権利はない。森は楡《にれ》と樫《かし》からなっていて、樫のほうは良い木だ。豚肉を燻《いぶ》してハムやソーセージにできるから。そうクリスティアンは言っていた。村の女たちには一日一クロイツァーと賄《まかな》いつきで屋敷の仕事をさせる。羊一匹からは一刈りごとに一と四分の一ポンドの羊毛が取れる。しかし牡羊を去勢すると一と二分の一に増える。忘れないように明日羊飼いに、鶏は羊舎じゃなくて自分の小屋で飼えと言っておかなきゃならない。毛を刈るごとに羊は――どうしてお月さまが見えないのかしら。きっとまた霧が出てきたのね。三月の霧はいいもんじゃないってクリスティアンは言ってた。百日たつと雹《ひょう》が降る徴《しるし》だって。あら、一時の鐘が鳴ってるわ。こんな遅くまで眠れずにいるのは久しぶり。一時はイエスさまがピラトのところに連れていかれた刻《とき》。ペテロは庭に立って炎で手を炙っていた。おお寒い」

毛布を肩までかけ、訪れようとしない眠りを暗闇のなかで待つうちに、ふいに悲しみと不安に襲われ、一人きりで部屋に寝ているような気分になった。クリスティアンはずっと遠いところで、ひどい苦しみのさなかにあって、痙攣する炎に包まれて助けを求めている。その表情がありありと目に浮かんだので、自分でも恐怖と絶望で悲鳴をあげそうになった。もちろん夫は傍《かたわ》らですやすやと眠っている。それはわかっているけれど、自分のなかで何かが、彼のことをもう帰らぬ人のように嘆いている。――「どうしたっていうの」混乱してマリア・アグネータはつぶやいた。「こんなに気が塞《ふさ》ぐなんて――あなたはここ、すぐそばにいるのに――それでも、ずっと遠くで、助けてくれと叫んでいて、誰も聞き入れようとしない。神さまお許しください。いま言ったことはほんとうではありません。言うべきではありませんでした、間違ったことでした。でもこの胸騒ぎはどこからどうして来たのかしら」

マリア・アグネータは寝台から身を起こし、震える手で火打石《いし》を打ち、銅製ランプの芯に火を入れた。傍らで横たわる顔を炎が揺らめき照らした。胸のうえで手を交叉させて眠る夫を、彼女はそのまま見ていたが、胸騒ぎはいっこうに去ろうとしなかった。この動かない顔には何か見知らぬもの、見たこともないもの、他所《よそ》の世界から来たものがあるように思えてきた。だがそれが何なのか、マリア・アグネータにはわからなかった。

彼女は身を震わせて泣いた。涙は次から次へ湧いてきた。

「いいえ、遠くになんか行ってない。この人はちゃんとここにいる。でも神さま、ほんの少しのあいだ、全然知らない人が横にいると思ったのです。どうしてそう思ったのかしら。ちゃんとここにいるのに、どうして涙がこぼれるのかしら」

マリア・アグネータはあらためて眠る男の顔に目をやった。なんとか慰めと安らぎを見出したかった。だが見れば見るほど気持ちは落ち込んでいった。

そのとき苦し紛れに思い出したことがあった。むかしこの屋敷で小間使いをしていたマルグレートから、眠る人と話をする方法を教わったことがある。「その人のうえで神さまに十字を切って」確かそう言っていた。「左手の親指をつまむんです。そうすればその人は言いなりになります。神さまの名においてその人に呼びかけて、知りたいと思うことを聞いてごらんなさい。きっとほんとうのことを言ってくれます」

「ただの遊びだわ。わたしったら馬鹿ね。ごめんなさいクリスティアン。でたらめかどうか試すためだけなの。たまたまわたしが起きていて、あなたが眠っているのがいけないのよ。マルグレートは連隊の人たちに従《つ》いていってしまったけど、それまではいろいろお伽話《とぎ》をしてくれた。蝙蝠《こうもり》の血で自分の目をこすると悪魔が飛んでいるのが見えるとか。でもあれは嘘だった。試してみた人がいたけれど、何も見えなかったもの。ただの時間つぶしなの、ごめんなさいクリスティアン、不安で眠れそうにないし、夜はまだ長いのですもの」

そしてすばやく夫の額に十字を描き、その左手の親指をつまんだ。それから痞《つか》え痞え問いを発した。

「あなたは誰なの。言ってちょうだい、あなたは誰なの。全能の神の名にかけて、答えてちょうだい！」

すると、眠るものはさっと顔色を変え、胸に重石でも乗せたみたいに息づかいが苦しげになった。唇が言葉を形づくる気配があったが、歯は固く閉じられ、沈黙を守っていた。一人の中で二人が争っているようにも見えた。一方は告白を切望し、だが他方はそれを認めたがらずもう一方を抑えつけた。眠るものの胸からは呻き声が漏れるばかりだった。

「全能の神の名にかけて！」どうしていいかわからなくなり、マリア・アグネータはそう叫んで顔をそむけた。見知らぬ顔をこれ以上見たくなかった。「あなたがわたしのクリスティアンでないなら——なぜあなたは来たの。どうしてわたしを愛するなんて言ったの」

ひとときの沈黙があった。それから重くゆったりと、まるで夢のなかからのように、夫は答えた。

「神の名にかけて言う。ここに来たのは、君を初めて見たときに、愛さずにはいられなくなったからだ」

「クリスティアン！」喜ばしい驚きとともに彼女は叫んだ。彼以外の誰が、過去のあの日々をこんなふうに語れようか。そのまま見つめていると、彼の目が開き、手が額を撫でた。夢うつつのまま身を起こした彼は、彼女を認めるとその首に腕を回した。そのときの顔つきはふたたび見慣れたものとなり、恐れと疑いは彼女の心から消えた。あたかも目を覚ました人が混乱した夢をたちまち忘れるように。

「わが天使」彼女は彼がそう言うのを聞いた。「泣いてるじゃないか。どうしたんだ」

「なんでもないの」彼女はささやいた。「いいえ、愛しい人、なんでもない。泣いてはいたけど、なぜかわからない。でももういい。ときどき、幸せは、泣きたい気持ちにとても近いものなの」

「お眠り、愛しい人。まだ朝は早い、寝なくちゃ」

すでに半ば寝入りながら彼女は溜息をついた。「ええ」眠気が彼女に訪れた。彼は彼女の抱擁から身を離し、枕を整えた。彼女は布団にもぐりこんだ。ランプの灯りが消されたとき、彼女の手はもう一度彼の手に触れた、それから彼女の瞼が閉じた。

愛する人の少年のころのほんとうの姿が彼女の魂に浮かびあがったのは、その一度きりだった。その夜以来、その姿は彼女が結婚した相手のうちに溶け、二度と現れることはなかった。


エクサウディ（復活祭後の第六日曜日）後の水曜、マリア・アグネータは、老いて歩けなくなった走り使いの女に一ポンドのパンを届けに行く途中、村広場を過ぎたところで痛みに襲われた。だがなんとか家まで駆け込んで身支度をする余裕はあった。

そして野に出ていた夫を呼びにやった。屋敷まで馬を飛ばした彼は、お嬢さんでした、という報《しら》せで迎えられた。

洗礼の日には近隣の貴族が騎馬や馬車で祝いにやってきた。ユヒトリツ家、ドープシュッツ家、ロットキルヒ家、バフロン家、ビブラン家、ボヘミアからはノスティツ家が、ザクセン選帝侯の一族からはチルンハウス家が顔を見せた。

昼過ぎには屋敷は客で溢れかえらんばかりとなった。婦人連は一階の部屋に陣取って漬けた果物や焼き菓子を食べ、蒸留酒《アクアヴィット》を啜《すす》った。産婦のかたわらにはバルバラ・フォン・ドープシュッツひとりがついていた。この鼻の尖った老婦人は、神さまや己の敬虔さや聖なるものの話しかしなかったが、その語り口はいっぷう変わっていて、召使を叱るときと同じ調子で神についてて話すのだった。

「ねえあなた、時間っていくらあっても足らないものね。だって日曜にはお説教があって、贖罪日と聖書日が週に一度あって、貧しい人に施しをして、病気の人を訪問して、そのうえ毎日午後には本を読む時間を決めてるのですもの。今年は『楽園の小さな庭』と『天国の栄冠』をはじめからおしまいまで三度読んだわ。神の名において、神さまに満足してもらえるよう、できるだけのことをやらなくちゃ。でもね、これだけは言えるんだけど、神さまって信徒の人に訳《わけ》のわからない仕打ちをするのよ。ひざまづいて手を組んで――」

スウェーデンの騎士が静かに部屋に入り、寝台のかたわらに立った。そしてマリア・アグネータのブルネットの巻き毛を飾る白いレース飾りに片手を置いて、声を低めて言った。

「愛する天使。お前と可愛らしい小さな心臓の具合を見に来た。顔はほっそりしたけれども、お前は夏の日のようにきれいだ」

「――今年のうちに痛風を治してくださいってお願いしたの」ドープシュッツが続けた。「そしたらどうなったことか。痛風の代わりに頭痛がやってきたのよ。ねえあなた、辛いのなんのって……」

スウェーデンの騎士は揺り籠に屈み込んでささやきかけた。

「神から委ねられたお前。ちっちゃな手を握って眠っているね」

そして来たときと同じように音もなく部屋を出ていき、扉を閉めた。

「もし神さまが他の人たちにもこんな仕打ちをするなら」ドープシュッツは溜息を一つついて、またもや神さまの話に戻った。「そのうち教会という教会が空っぽになっても文句は言えないわよねえ」

男たちは広々とした食事の間でテーブルを囲み、各人の前にはワイン壺やロゾリオの壜、スペインの苦味酒やダンツィヒの火酒《アルコーヴ》が置かれていた。シレジア一《いち》の牧場主と称されるメルヒオール・バフロンを、スウェーデンの騎士は窓の張り出しに導いて、そこで二人はさまざまな話を交わした。土壌の良し悪しについて、牧草地からあがる収益と賃貸料との関係、子牛の世話の難しさについて、あるいは近頃では養豚で相応の利益を得るのが難しいことなどを。

「わしはずっと前から牛に鞍替えしとります」メルヒオール・バフロンは言った。「豚じゃ損が嵩《かさ》むばかりで、おまけに肉屋の屋台に置かれるまでは金になりませんからな。むしろ貴兄も牝牛を……」

屋敷の主《あるじ》は必ずしも同意できなかった。

「どんな家畜も、適切に世話しなければ損になるばかりですよ。豚なら、上等なものでなくていいですから、十二シェッフェルの穀物を十二週間与えれば、後悔することはないはずです。そいつらの脂身で得た額は、わたしの収支計算書のなかでは見て楽しい欄になっています」

そのあいだに、食卓を囲んで座る男たちの話題は最近の時勢、すなわち戦争の噂や迫りくる敵の脅威に移っていった。なんでもスウェーデンの青年王は、いまは自らの軍隊とともにポーランドにいるのだが、シレジアに進軍して、戦いをザクセン選帝侯国に持ち込むつもりらしい。「すぐにこの国も物価高と疫病に見舞われるわけですな」フォン・ビブラン男爵が溜息をついた。「よその国の軍隊が通るとなると、きまってそうした災いがやってくる」

「悪いことばかりとはかぎりませんよ。穀物や家畜の値が上がりますから」ドープシュッツが異議をとなえた。「なんといってもスウェーデン王は気前のいいお方だ」

「そうとも、福音の御言葉にかけて、あの王は気前のいいお方だ」老チルンハウスが笑って言った。

「ポーランドとザクセン選帝侯国の鈍牛どもが手を組んでも」若いハンス・ユヒトリッツは勢いこんで言い、杯を振った。「北方の獅子には歯向かえやしませんとも。デンマーク王と協定を結んだときのようにして、スウェーデンはザクセン選帝侯を服従させようとするでしょう」

「乾杯だ、ハンス！」彼と姻戚関係にあるフォン・ノスティッツの野太い声が聞こえた。「お前の健康を祝して！　ざっくばらんに言うがな、もし俺がポーランド王なら、スウェーデンのカールよりむしろ悪魔を隣人にする。なにしろ悪魔なら十字を切ったら退散してくれるからな」

「黙れ！」卓の向こうから従兄のゲオルク・フォン・ロットキルヒがたしなめた。「ここが誰の屋敷か忘れたか。当主はスウェーデン生まれだから、もちろん王の側に付くだろう。喧嘩を売るつもりか」

「俺は何も言っちゃいない」八方美人をこととするフォン・ノスティッツが抗議した。「悪魔にならも切れる十字も、性悪《しょうわる》の隣人には効き目がない。言ったのはそれだけだ。喧嘩を売ろうってわけじゃない」

「急使は俺たちの領地で馬を替える」チルンハウスの息子が打ち明けた。「だからいろんな話が耳に入る。なんでも貴族からは今の倍の騎兵要員を、そして農夫の息子からは七人に一人の割で兵卒を徴用しているらしい。モスクワの向こうで雪に埋もれて住んでるサモエード族まで戦《いくさ》に引っ張っていくそうだ」

「使いものになる男が手に入るあいだは、王は戦いを止めないだろう」フォン・ビブラン男爵が言った。

「新教の勇者、今の世の奇蹟、後の世の模範、俺は王をそう見る」ユヒトリッツの息子にワインの酔いが回り、頭上の銅のシャンデリアが震えだすほどの大声をあげた。「スウェーデン王の勝利と終わりなき栄光を祈って乾杯だ」

居並ぶ男たちはうんざりした顔つきになった。心から乾杯に応じるものはひとりもおらず、ただ屋敷の主人の顔を立てるだけのために杯を掲げた。それきり会話が途絶えたなか、スウェーデンの騎士がバフロンに語りかける声が聞こえてきた。

「子豚の疝痛には、煉瓦を砕いて油を少量混ぜたものが効きます」

ユヒトリッツの息子は黙って杯をテーブルに置いた。フォン・ノスティッツは椅子の背に体を投げかけて、鬘《かつら》がぐらつくほど笑いこけた。この瞬間扉が勢いよく開き、この日は仕着せを着せられた下僕が、遅れてきたフォン・リルゲナウ男爵の到来を告げた。

一同は飛びあがり、新参者を取り巻いた。最初のうちはめいめいに叫ぶ声しか聞こえなかった。そのうちフォン・ノスティッツの深く低い声が他を圧した。

「ハンス・ゲオルク！　魂の兄弟よ！　どこに行っていた。一年ぶりじゃないか」

スウェーデンの騎士は立ち上がった。

「俺は婚約も結婚も知らなかった」新しくやって来た男はそう言った。「ここを通り過ぎかけたら、誰かがこの家で洗礼の祝いをやっていると叫んだ。それで駄馬を降りて、階段を駆け上がったってわけだ。トルネフェルトだと、なら挨拶しなければ。父君とは顔見知りだからな」

氷のように冷たい手で心臓を鷲摑みにされたような気がした。部屋のなかの何もかもが回りはじめた。壁も、客たちも、ワイン壺も、食卓も。夢のなかでのように彼はフォン・ノスティッツの声を聞いた。

「トルネフェルトさん、こちらがハンス・ゲオルク・リルゲナウ、龍騎兵隊の部隊長です。わたしの友人であなたと知り合いになりたがっています。マンケルヴィッツのリルゲナウの従兄にあたる人です」

「ようこそいらっしゃいました」スウェーデンの騎士はつぶやいた。床は撓《たわ》み、杯は踊り、シャンデリアは鞦韆《ぶらんこ》のように揺れている。彼は力を振り絞って倒れまいとした。思いは上の階で寝台に寝ているマリア・アグネータのほうに飛んだ。終わりだ。何もかも終わりだ。

またもやこの屋敷で悪禍男爵が彼の前に立った。

「あなたの父君の大佐殿は存じ上げています」仇敵の声が耳に響いた。「サヴェルヌでは光栄にも、父君の麾下で戦いました」

サヴェルヌだと？　罠だろうか。この名には覚えがあった。サヴェルヌ。サヴェルヌ。どこで聞いた。粉挽き場に座っていたとき、奴が言ってた。「でもお前は、サヴェルヌなんて知らないだろう……」

「ええ」スウェーデンの騎士は言い、深く息を吸った。「父にはよく聞かされました、サヴェルヌの電撃戦では怒号が飛び交い」奴はどう言ってたか？「前進！　後退！　編成交代！　攻撃再開！――この戦いで父は片腕を失ったのです」

悪禍男爵は彼の顔をしげしげと長い間見ていた。

「貴君は父君に似ておられる、笑い出したくなるほどです」やがて男爵はそう言い、宴は続けられた。

毎年スウェーデンの騎士は、収穫のよいときは、何モルゲンかの土地を近隣から買い、もとの三フーフェに付け加えた。ここで耕地、あそこで牧場といった具合に、五年の後には、元の差配人が己の懐を肥やすために擲《なげう》った土地をことごとく取り返した。飲み食いは彼を楽しませなかった。炉辺に長く座っていると、いたたまれない気持ちになった。夏も冬も朝の鐘が鳴り終わるとすぐ野に出て行き、下僕たちが刈り、伐り、束ね、肥やしをやり、排水溝を掘るのを見張った。

耕作は屋敷の主人のみならず雇い人をも潤した。家畜の数は増え、森林も利益をもたらした。蔵には名家にあるべきものはことごとく備えられた。馬車置場には大小の橇《そり》や幌馬車《クッツェ》や四輪馬車《カレッシュ》が置かれ、元気のよい馬が郵便馬車や伝令騎兵や急使のため常に準備され、近隣の誰もが羊舎にいるスペインの種羊を見に訪れた。

だが時には、馬を野に走らせ、左右に広がる己の土地を見ながらも——心を影が掠《かす》め、冷えた夜風に吹かれた気になることがあった。己のものであるはずのあらゆるもの、野や牧場や草原、散在する白樺や刈り入れ前の穀類、草原を流れる小川、家屋敷や庭園、愛する妻と懐《なつ》いてくれる子——これらすべてが己のものではなく、かりそめに借りただけもので、いずれ返さねばならぬもののような気がしてくる。太陽が晴れやかに輝けば輝くほど、心は暗澹としてくる。そんなときは馬の向きを変えて、旋風《つむじかぜ》に駆られたように家に走り戻る。蹄鉄が前庭の敷石で火花を散らすと、庭からわが子が転《まろ》び出る。後ろから走ってきたマリア・アグネータがさっと抱き上げ、顔をほころばせて夫のほうに掲げる。馬に乗ったままで首を抱き、撫でられるように。

生身のわが子を腕に感じると、ようやく心中《しんちゅう》の影は失せた。

彼は妻のマリア・アグネータを最初の日に愛したように愛していた——あらゆるものを風化させる時間さえ力を及ぼせなかった。しかしさらに燃えるように、苦しいまでに彼を落ち着かなくさせるのは——屋敷の誰もが知っているとおり——幼いマリア・クリスティーネへの愛だった。家に帰ると目はまず娘を捜す。見つけたときは、永遠の歓びの影が彼の目に射すのだった。

日がな一日野に出ていて、夜遅くに戻ることもあったが、そんなときはこっそりとマリア・クリスティーネの寝台のかたわらに座り、黙って寝息に聞き入る。だがそのまなざしは、父親の意に反して、幼子の夢にまで押し入り、目を覚まさせてしまう。子は泣き出しそうに口を歪めるが、身を起こして父を認めると、その首っ玉にかじりつく。釈放してもらおうと思えば童歌《わらべうた》を歌わねばならない。多くの歌は知らないから、同じ歌をいつも歌う。謝肉祭を祝う狼の歌、小さな天使の歌、神に選ばれた群れの歌。仕立屋がどんなふうに天国の扉の前に立っているのか、物乞いがどんなふうに結婚を祝うのか、あるいは卵を産もうとしない牝鶏の歌――「打《ぶ》ち殺せ！　鶏《とり》を打て、卵も産まずパンを食う」そうスウェーデンの騎士が歌うと、小さな牝鶏は寝台の縁で羽をぱたつかせてパン屑を探し、狼は謝肉祭を祝って肉に見向きもせず怠惰に幼子の足元に伏し、椅子のあいだで仕立屋と物乞いが手をとって踊り、三賢者の歌から飛び出たへロデ王が窓越しに部屋をのぞく。なかでも三賢者の歌はマリア・クリスティーネの一番のお気に入りで、か細い声で自分から歌いだすこともよくあった。

「カスパール、バルダザール、
メルヒオールは優しい
ヘロデのお鬚《ひげ》は足までとどく」

するとスウェーデンの騎士も深い声で唱和し、二人して、屋敷の誰にも聞こえないように小声で歌う。

「風の速さで七時間
五百マイルを駆け抜けて
ヘロデのお家がすぐそこに
ヘロデ窓からそれを見て
カスパール、バルダザール、メルヒオール
いったいお前らどこへ行く
マリアと御子を捜すのです
カスパール、バルダザール、メルヒオール
一休みして火酒を飲め
いえいえ行かねばなりません
ベツレヘムに　安息の地に」

「永遠《とこしえ》に、永遠に、あなたの顔は晴れやかに」愛らしく歌うマリア・クリスティーネの声はすでに別の歌になっている。眠りが訪れ、なにもかもが朧《おぼろ》になり、目も開けていられない。スウエーデンの騎士は身を起こし、来たときと同じく、音を立てぬように部屋を忍び出た。背後で不思議な姿が動き、しばし室内に滞《とど》まった。狼に牝鶏、仕立屋に物乞い。最後まで居残った長い鬚のヘロデ王もやがて姿を消した。

それは三月の、農夫らが〈糸巻き棒の糸の切りどき〉と呼ぶ頃のことだった。これは野良仕事の始まりという以外にも多くのことを意味していた。戸外では夜が明けようとしていて、雪と見紛う雲は空にたなびき、葉の落ちた楓《かえで》の枝で烏《からす》が鳴いた。屋敷の上階、通称〈長い部屋〉で、スウェーデンの騎士はうろうろと歩き回っていた。マリア・アグネータは炉辺に座り、『新しき世俗の庭の不凋花《アマランシア》』と題された書物の銅版画を眺めていた。薪《たきぎ》の炎が褐色の髪に赤く照り映えていた。窓辺には家庭教師がマリア・クリスティーネといっしょに座り、綴り字の秘法を伝授していた。しかし少女はともすれば木製の馬や馬車の玩具が置かれた部屋の隅に目をやる。戸口と卓とのあいだで、二人の村人《むらびと》が帽子を手に立っていた。一人は穀物の種を乞う小作人、もう一人は大工で、干草を入れる中二階を厩に作らせるためにスウェーデンの騎士が呼んだ男だった。大工が頭の中で、報酬としてどれだけのワイン、肉、パン、チーズを自分と徒弟のために要求すべきかを見積っているうちに、小作人がまたもくどくどと訴えだした。

「領主さま、どうかお願いでございます。わしは畑に出て、ライ麦の種を撒きたいのです」

スウェーデンの騎士は歩を止め、小作人の面前に立って叱りつけた。

「お前は毎年パンと穀種をねだりに来る。お前くらいの畑があれば、お前とお前の牝牛が食っていくには十分だし、そのうえ将来撒く種も余るから、お前はどんどん儲かっていいはずだ。なのに今のざまはどうだ。朝から旅籠屋に入り浸って、旅籠屋じゃなきゃ家の炉辺の椅子にいるじゃないか。困ったって当たり前だ。喉の渇きは手前で抑えられるのに、腹が減ると俺を頼る」

小作人はよく知っていた、半シェッフェルの種をせしめるには、嵐が過ぎるのを待つほかないことを。そこで首をうなだれ、小言を聞き流し、兎革の帽子を揉み、しばらくしてまた言い出した。

「領主さまが小作人らの願いを快く、キリスト教徒にふさわしい思いやりで真面目に聞くというのは、古くからの慣わしでございます。ですからわしは慈悲深い領主さまに大切なお願いをするわけでございます。何かというと穀物の種でありまして、なにとぞお貸し願えませんでしょうか」

「またお葬式の列よ」そのときマリア・アグネータが口をはさんだ。空が翳《かげ》ったので彼女は銅版画の本を傍らに置き、窓辺に寄っていた。「今週はこれで三人目。神よ憐れみたまえ、なんだってこんなにたくさん人が死ななきゃならないのかしら。僧正さまのお墓だってきっといっぱいだわ」

「そんなはずはありません」家庭教師が口をはさんだ。「僧正さまがお持ちなのは鍛冶場と溶鉱炉、それにあちこちの縦坑や横坑ばかりです。なかでもいちばん大きなのは聖マタイ鉱坑で、あと聖ラウレンシア鉱坑や〈貧者の魂〉鉱脈もあります。僧正さまの領地でもむろん人死《ひとじ》には出ますが、代官に命じて近隣の村に埋めさせるのです」

外を見ると、暮れ行く日の仄《ほの》かな光のなかを、丘から降りてきた見窄《みすぼ》らしい葬列が街道をしずしずと進んでいた。先を歩む男が十字架を掲げ、老いぼれ馬が荷車を曳いて後に続く。荷車には木の棺《ひつぎ》が載せてある。年老いた僧侶が祈りの文句を唱えながらしんがりを歩き、その他に死者を悼むものは誰もいなかった。

「噂なんですが」今度は大工が言い出した。「僧正さまはフランケンの領地に新しく離宮を建てて、水盤や滝、洞窟や噴水、東洋風の園亭とオレンジ栽培用の温室を備えるつもりだそうです。それには金が要りますが、僧正さまの懐は空です。ですから新たな代官が遣わされて、鉱夫らの食い扶持を減らしたんです。ラードはもうもらえず、毎日半ポンドのパンだけだって話です。仕事が減ったわけでもないのに」

「もしかするとそういうことは僧正さまのお耳に入ってないんじゃないかしら。誰かが教えてあげないと」マリア・アグネータが言った。

「ちゃんとご存知ですとも。ちゃんとね」家庭教師が異をとなえた。「ここいらのものが僧正さまを〈悪魔の大使〉と呼んでいるのは故《ゆえ》なくしてではありません。負けず嫌いのご気性をお持ちで――お住まいを豪奢にすることにかけては、世俗の王侯をも凌《しの》ごうとされているのです。どんな代官、どんな鉱山監督も僧正さまにとっては厳しすぎるということはないんです」

スウェーデンの騎士は窓辺にたたずみ、棺を積んだ荷車と僧侶がゆるゆると街道を行くのを黙って見ていた。

「あちこちで戦いが起きています」家庭教師は続けた。「僧正領には願ってもない機会です。スウェーデンのカール王にしてもモスクワの皇帝《ツァーリ》にしても、重砲や軽砲、銃身や胸甲や刀剣がいやというほど要ります。だから僧正領の煙突は煙を吐きづめで、炉は真っ赤に燃え盛っているんです。毎日のように重い荷を積んだ車が僧正領からポーランドへ向かってます」

「僧正領、それは破滅したものや呪われたものの旅籠屋ですわい」戸口にいた農夫がひっそりと言った。「救いはただ慈悲深い死しかありません」

そのときスウェーデンの騎士は、思い出の力に打ちのめされ、心を引き裂かれて、だしぬけに口をきった。

「石灰窯での仕事、これほどひどいものはない。石割り工は重い梃子で岩をぐらつかせて素手で割る。別のものがそれを鉄の鶴嘴で粉々に砕く。だから来る日も来る日も塵を吸う。すると何年もたたぬうちに血を吐き弱っていくのだ。神よ、あいつら皆に慈悲あらんことを。荷車に繋がれて、砕かれた岩を炉に運び、焼けた石灰を運び出すものにも慈悲あらんことを。石灰窯には燃える口が五つあって……」

「どうしてそんなことをご存知なの、クリスティアン」怪訝に思ったマリア・アグネータが聞いた。「まるであなた自身が僧正の地獄にいて石を割っていたみたい」

「街道をあちこち駆けていたとき、大勢の浮浪者や哀れな市場泥坊に出くわした。そいつらが僧正の地獄のことを教えてくれた」スウェーデンの騎士はそう答え、さらに続けた。「窯の手前には溶鉱炉があって、燃える口が二つ開いている。一つは薪を入れる口、もう一つは燠《おき》や余燼を除く口だ。炉には三人がついてなきゃならない。煽り屋、掃き屋、燃し屋だ。煽り屋は順を踏んで炉を熱くする。まずは木屑を炉口から投げ込む、それから粗朶《そだ》の束、それから割った薪、そして鉄の熊手でそれを砕いて粉々にする。掃き屋は燃える石屑《いしくず》を炉から出す。この係は熱に耐えられなきゃならない。ふいに風が起こると、炉の炎の息がそいつの顔と髪を焼く。するとそいつの叫び声が遠くまで聞こえる。三人目は燃し屋だ。こいつは炎を操る。最初は炎は煙でほとんど真っ黒だ。やがてそれは色を変えて、緋色に、そして紫色になり、それから青色、お終いには白になる。炎が白くなって、石がきれいな薔薇色になったら、作業がうまくいった印だ。燃し屋はずっと目をのぞき穴に当ててなくてはならない。というのも炎がうまく広がらなかったり消えたりすれば、仕事はしくじり、見張りが燃し屋と仲間に鞭をくれるだろうから。だが冬に燃える口の傍らで作業してると、燃し屋、煽り屋、掃き屋の体から滝のように汗が流れる。炉を離れると氷のような風が吹く、すると死神がそいつらのうえにしろしめす。やられた奴は、頬を火照らせて地に崩れる、息をするたび剣に刺されたように脇腹が痛む。苦痛の報いとして得られるのはこんな言葉だけだ。『道に寝るな。お前なぞ誰が要るもんか。病気なのか。なら手足を伸ばして、最後の息をひきとってくたばれ。お前は用済みだ』」

ここで彼は口を閉じた。マリア・アグネータはランプを点けた。マリア・クリスティーネはいつのまにか教師のＡＢＣの本から木の玩具のほうに行き、小さな馬に『はいし、どうどう』と声をかけていた。棺を載せた荷車は屋敷の前の街道を通り過ぎた。スウェーデンの騎士は頭を垂れ、唇を動かし、声を出さずお祈りをした。

「お父さん、誰とお話ししてるの？」部屋の隅からマリア・クリスティーネが呼びかけた。

「話してるのを見たけど、声は聞こえなかったわ」

「かわいそうな人の魂に『我ラノ父ヨ』を唱えているのだよ」スウェーデンの騎士が答えた。

「もしかしたら萎《しお》れるのが早すぎた高貴な花だったかもしれない。来ていっしょに祈っておあげ」

　彼は子供を腕にとり、窓辺に戻った。マリア・クリスティーネは下を見おろし、街道の荷車と馬を目にとめると、またもや歓声をあげて、「はいし、どうどう」と呼びかけた。

　スウェーデンの騎士の額に皺が寄った。

「はいし、どうどうじゃない。かわいそうな人の魂に『我ラノ父ヨ』を唱えるのだよ。お父さんの言うことを聞いてなかったのかい」

　スウェーデンの騎士の声には聞きなれぬ響きがあって、幼子を怯えさせた。彼女はおずおずと父の首に両腕を回すと、泣きだしそうな声で、父の口真似をして『我ラノ父ヨ』を唱えた。

そのうちに荷車は遠ざかって夕暮れのなかに消えていった。


大工が仕事をほぼ終えたある日の昼すぎ、スウェーデンの騎士が盛り土を後にして鏨《たがね》を手に敷地を歩いていると、男が二人、門扉のところに立っているのが目にとまった。慄《ふる》えが身を走り、心臓は早鐘のように打ちだした。だが面《おもて》には気振《けぶ》りも出さず、そしらぬ顔で二人の前を通り過ぎようとした。こいつら、たまたま屋敷の前まで来たんだろう。俺が誰だかわかるもんか。なにしろ最後に顔を合わせてから、もう六年が過ぎている。だが、二人はたちまち彼の前に立ちふさがった。ファイラントは頭から革の帽子をさっと取り、首曲がりは帽子で地面を掃くほど深々とお辞儀をして、髭だらけの顔で笑って話しかけてきた。

「首領！　こりゃまたえらく肩で風切って闊歩《かつぽ》してるじゃないか。まるで神聖ローマ帝国の第三家臣みたいだ。昔の仲間を忘れたのかい」

「見ろよ首領の喜びようを。こんなに嬉しいことはないって顔してるぞ」ファイラントが苦々しげに言った。「だから来る前に言ったろう。招かれざる客は炒めないキャベツみたいなもんだって。そんなもの誰も食べやしない。首領、俺たちのために肉屋に走って極上の子牛肉を焼いてくれとか、そんな無茶なことは言わない。ただ一夜の宿を恵んでくれ。それだけありゃ満足だ」

「俺は違う」首曲がりが言った。「いやしくも俺たちの元首領だったお方だ。そんなつれない仕打ちをしちゃいけない。首領、俺はここに住む。そして朝のご機嫌伺いに、誰かに『領主さま、よくお眠りになれましたか』と言ってほしけりゃ、俺がその役をしてやる。見ててくれ、怠けたりはしないから」

スウェーデンの騎士は一言も口を利かなかったが、渦を巻く混乱のなかで考えがゆっくりとまとまっていった。元の仲間を、運命は敵として今俺に投げてよこした。残された手は一つしかない。人知れず屋敷と妻子、耕地と牧場を捨て、異国の地に潜み、大切にしていた尊いものを忘れることだ。恐怖、苦痛、そして絶望が堰《せき》を切って溢れ出た。

「悪党めが！」スウェーデンの騎士は声を抑えて二人を怒鳴りつけた。「いつまで世話を焼かせるんだ。とっくに悪魔に攫《さら》われたもんと思ってたぜ。俺に何の用があって来た」

「首領にそんな乱暴な口を利かれるとはな」首曲がりが非難がましい声で言った。「悪党とは言ってくれるぜ。元の仲間じゃないか。兄弟愛と大いなる信頼で迎えてくれてもいいはずだ。俺たちゃすっかり落ちぶれたのよ。見りゃわかるだろ」

「何百ターレルもの金持ちにしてやったはずだ」スウェーデンの騎士はささやき声で言った。

「あの金はどうした」

「とっくに喉のなかに消えちまった、なすすべもなくな」首曲がりが言い放った。

「骰子《さい》、杯《さかずき》、脂粉の三災厄にやられた」ファイラントが溜息をついた。「昔から言われてるみたいに、金をちっとばかし河に投げこんどきゃよかったんだ。悪魔の嫉《ねた》みを買わないようにな。悪魔の野郎、いっさいがっさい攫っていきやがった。酒樽の捻り口があるとこではどこでも、地獄の小間物屋が店を広げてやがる」

「とうとうすっからかんになって、どうして飢えを凌いでいいかわからなくなった」首曲がりがそう言って報告を締めくくった。「そこで袋と杖を手にとって、浮浪者に舞い戻ったってわけだ」

黙って聞いているうち、スウェーデンの騎士の息が忙《せわ》しくなり、瞳に邪悪で危険なものがほのめいた。ここから出たくない。屋敷と地所を手放すのはごめんだ。天と地から奪い己のものとしたものを、わが手に握ったままにしておきたい。幸せな暮らしの前に立ちふさがるこいつら二人、ファイラントと首曲がりにどんなことが起ころうと、俺のせいじゃない——来てくれと頼んだ覚えはない。永遠に口を塞《ふさ》いでおいてもらわねば。考えがここに及ぶと、腕が強張り、握った鑿がにわかに重く感ぜられた。

「誰に教わってここに来た」彼はたずねた。「俺の居所《いどころ》をどうして知った」

「ブラバント人からよ。あいつはラティボーで商人になって、染料材やいろんな香辛料を扱いだした。肉桂、生姜、肉豆蔻《にくずく》、丁子、胡椒とかな。今じゃとんでもなく偉くなりやがって、市の参事会員もやってる。どんなに敬われてるか、いっぺん見に行ったらいい。俺らが会いに行ったら、えらく喜んで歓迎してくれてな。部屋にいたものをみんな追い払って扉を閉めた。それでワインを壜から飲んで、野獣の肉やら家畜の肉やら、出されたものをみんな平らげて、帰るときは十帝国ターレル土産にもらった。奴の健康を祝ってみんな飲んじまったけどな。ところが次に行ったときには、さんざ拝み倒してやっと一グルデン、『俺だったらどうこう』とさんざ聞かされたあげく、食卓越しに投げてもらえた。三度目には怒鳴られた。『また来たのか。いったいどうしろというんだ。何度も金をせびりやがって、俺の身代を潰したいのか。首領のとこへ行け、今は田舎貴族になってお屋敷に住んでる。人が羨むものは何でも持ってる』で、行き方を教えてくれたってわけだ」

「悪魔の報いを受けやがれ！」スウェーデンの騎士は呪いの言葉を、食いしばった歯のあいだから漏らした。「で、そのブラバント人に俺のことを漏らしたのは誰だ。太鼓を叩いて触れ回ったりはしなかったぞ」

「オペルンの馬市《うまいち》でお前を見たそうだ。半年か一年前だったか」首曲がりが答えた。「奴が〈金冠〉亭で飲んでいると、首領、つまりお前がお偉方の何人かと連れ立って市場のほうに歩いて行った。すぐお前とわかったって奴は言ってた。そこで酒場の親父をわきに引っぱって行って、あの人は誰だ、どこに住んでる、と聞いたら、親父は教えてくれたそうだ。ここら一帯で一番の子馬を育てている農場の持ち主だってこともな」

スウェーデンの騎士は心を決めた。

こいつらはいい仲間で、いくつもの苦難を一緒に切り抜けた。だが今天秤にかければ、虞《おそれ》と憤りのほうに皿は傾く。俺の生活を脅《おびや》かす三人には、やはり永遠に消えてもらわねばならない。手始めにこいつら、次にブラバント人だ。スウェーデンの騎士は人気《ひとけ》がない場所を思いついた。あそこなら屋敷からも遠くない。柳の繁みを縫って小川が流れるあの谷間でやることにしよう。

「すると三人が、昔の俺が何者だったか知ってるんだな」彼は半ば独り言のように言った。

「手をこまねいていてはすぐに百人になってしまう」

「何言ってるんだ」おしまいの部分を聞きとがめ、首曲がりは言った。「ブラバント人なら大丈夫だ、俺同様にな。神聖ローマ帝国中の死刑執行人が集まって、よってたかって奴の肌で革紐をつくろうと、口を割りはすまいよ」

「なるほどな、それももっともだ」スウェーデンの騎士はそうつぶやいて、不安や心配が消えたように取り繕《つくろ》った。「よく聞け、この近くに俺が金を埋めたところがある。昔のよしみに免じて、お前らに分けてやる。なにしろ俺たち三人はクローバーの葉みたいに結びついているからな。シャベルと鋤《すき》を持って俺についてこい」

そして壁に立てかけられた園芸道具を指さした。ファイラントは不審を抱いたらしく、何か考えているようにその場を動かなかった。だが首曲がりは帽子を天に放り投げ、歓呼の歌を歌いだした。

「ハレルヤ！　神に栄えあれ！　褒めよ讃えよ！　これで苦労ともおさらばだ。首領万歳！首領に幸あれ！」

スウェーデンの騎士は二人に、鋤とシャベルを持って従いてくるよう合図した。しかし振り向くと、マリア・クリスティーネが目の前に立っていた。少女は黙って近寄ると父親の上着の裾《すそ》を引っぱった。そして可愛い声で催促した。

「お父さん、どうして来ないの。お母さんが呼んでらっしゃいって。お食事の支度ができたの」

「この方が領主さまのお嬢さんでしょうか」首曲がりが慇懃に尋ねた。この屋敷の主《あるじ》と昔どんなつきあいをしたか、子供に悟られたくはなかったからだ。

「ああ」スウェーデンの騎士が言った。「これがわたしの娘だ」

マリア・クリスティーネは襤褸《ぼろ》を着た二人を、物怖じもせずにまじまじと見つめていたが、やがて父親の上着をまた引っぱって聞いた。

「お父さん、この人たちは誰。いい人たちなの。見たことのない人ね」

「この人たちはね、ここで働きたいって言ってるんだよ」スウェーデンの騎士はそう説明した。

首曲がりは元首領の娘の前にしゃがみこんで話しかけた。

「ちいちゃなお姫さま、赤くて白いお顔はチューリップみたいにきれいだね。片足でけんけんする他に何ができるの。言ってごらん」

「他にはね」少女はそう言いながら、自分を大きく見せたいのか、石のうえに乗った。「ＡＢＣのご本も読めるの。クーラントやサラバンドも踊れるし、クラヴィコードだって弾けるんだから。でもはじめたばかりで、たくさんは弾けないの。それであなたは何ができるの」

「おじさんは色んなことができるぞ」首曲がりは自慢げに言った。「針鼠から蚤を取ってやったり、鵞鳥《がちょう》に蹄鉄を付けてやったり、飛蝗《ばった》に色とりどりのエプロンを作ってやったりさ。口笛を吹くだけで池のお魚を順繰りに飛び上がらせもできる」

マリア・クリスティーネは口を開けたまま、首曲がりを目を見開いて見た。それからファイラントを指差した。

「それじゃこっちの人は何ができるのかしら」

「この人はね、どんなに長いソーセージだって、あっというまに短くできる。それが一番の芸なんだ」そう言って首曲がりは笑った。「あと、驢馬《ろば》そっくりに嘶《いなな》いたり、鵞鳥そっくりに鳴くことも、それから犬と猫が喧嘩してるところもできるよ」

「やってみせて。犬と猫が喧嘩してるところを」マリア・クリスティーネがせがんだ。

ファイラントはもったいぶらなかった。猫がごろごろ喉を鳴らすところからはじめ、犬のきゃんきゃん吠える声、猫がふうーっと息を吐く音、犬の唸り声、猫の叫び、その合間にまたふうーっという息遣い、そして締めくくりに犬がくんくん鳴きながら逃げるところまでもやってみせた。マリア・クリスティーネは拍手して飛び跳ね、いかにも嬉しそうに言った。

「あなたたち、行かないで。いなくなったら淋しいから。ほんものの犬や猫だって、こんなにうまくできないわ。このお家にいてね。でも気をつけるのよ。十二時と夕方の六時が雇い人の食事時間なの。ちゃんと守ってね。その時間に小さなジョッキを持って来ないと、ビールがもらえないから」


尾羽根うち枯らした二人とわが子があっさり打ち解けて親しくなるのを、スウェーデンの騎士は驚きの眼《まなこ》で見ていた。そして心が安らいだ。マリア・クリスティーネを笑わせようと馬鹿げた芸をやったこいつらは、けして俺を裏切ることはあるまい。それは疑いようがない。俺は今、こいつらのありのままの姿を見た。街路をさまよう惨めな兄弟。こいつらだって、なにも俺の幸福をだいなしにしようと来たわけじゃない。俺のところに来たら、人の家でパンの欠片《かけら》を恵んでもらうよりも少しはましな暮らしができるかと思っただけだ。かくて邪念は、子供の笑いに追われて消えていった。

「娘のたっての願いだから」彼は言った。「ここに置いてやる。わたしにしても、お前らが遠く離れるよりもここにいたほうがいいと思う。奉公人部屋に行ってキャベツとベーコン入りのスープを飲むがいい。食事が終わったら、どんな仕事がふさわしいか見てやろう。羊毛刈りははじまったところだ。燕麦の種蒔きもだ。畑から石も拾わなければならないし、もうすぐ果樹園の見張りが入り用になる。さしあたりそれだけだ。だがひとつだけ言っておく。昔話はくれぐれも禁物だ」

飛び跳ねるマリア・クリスティーネを傍らに従えて遠ざかる首領を、新入りの下僕らは見送った。やがてその姿は屋敷に消えた。首曲がりはひとつ溜息をついて言った。

「おいお前、首領の奴、金を俺たちに分けるとかいう話はぴたりと言わなくなったな。もしかして俺たち、泉へ行く途中で壺を割っちまったんじゃないか。あの金はふいになった。俺たちはあいかわらずの貧乏人だ」

三里隔たったところで馬が嘶き、二里隔たったところで鶏が鳴くのを聞くファイラントは頭を振って言った。

「俺はこのほうがいい。首領が金のことを口にして、一緒に来いと言ったとき、どういうものか俺の脚は動きたがらなかった。これからは一日中地べたに這いつくばったり、羊毛を刈ったり、畑から石をどけることになるだろう。晩はキャベツとベーコン入りのスープをすする。だがなぜかしら――俺にはそのほうがよかった気がする」

それからはこの新しく来た二人が共にいるところは見られなくなった。首曲がりは厩で馬櫛《うまぐし》とブラシを手に働き、ファイラントは野に出て耕し、種を撒き、鍬を振るった。それでも二人の仲間づきあいは続き、毎晩厩でトランプに興じ、一マースのワインをともに飲み、一方が望んだことは他方も肯《うべな》った。他の雇い人とはほとんど付き合わなかった。遠くからマリア・クリスティーネを見かけると、首曲がりは口笛を吹いて、厩まで来てほしいと合図した。厩にある木の長持にはいつも何かが用意されていた。葦で手ずから作った笛のときもあれば、垂木材を削って色を塗った手足が動く猿のときもあった。

二人はあたうかぎりスウェーデンの騎士を避けた。彼をもはや自分らの仲間とは見ていなかった。今や貴族の主人である首領が、いつの日か二人を農場に入れたことを悔いるのではないかと恐れていた。彼が厩の検査に来たり、あるいは思いがけず出くわしたときには、将校の前に立った兵卒のように振る舞い、表情にも言葉にも、秘密を共有している素振りは見せなかった。

まる一年を彼らはそんなふうに過ごした。ところがある日の晩、スウェーデンの騎士の幸福を粉微塵にする出来事が降ってわいた。

その晩、スウェーデンの騎士は都市《まち》から来た何人かの貴族を客に迎えていた。いつもよりすこし遅く食卓を立つと、少し外を見回ってきますからと客に断りをいれた。屋敷を出て空模様を見ていると、首曲がりが前に立った。何か言いたげだがどう切り出していいかわからないらしい。急いでいるスウェーデンの騎士は叱りつけた。

「何の用だ。待遇に不満でもあるのか」

「いえ、領主さま、そういうわけではありません。昼は黍と赤ソーセージ、今では晩にはビールスープとパンとチーズをいただいてますから。しかしながら、領主さまには、お伝えしたいことがもう一つあります。何かと申しますと、領主さまのお目通りを願っているものがいるのです。わたくしの存じているもので、領主さまもまたご承知のものかと思います。四輪馬車《カレッシュ》でここまで乗りつけてこられ、今は門の外で待っておられます。何かよからぬことではないかと思われます」

「いったい誰が来た。手短に言え。時間がない」

「なにぶんにも暗いもので、はっきりわかりません。領主さま自らお出でになって確かめていただけませんでしょうか」

　スウェーデンの騎士は声を低め、怒気のこもった声でささやいた。

「おい、はっきり言え！　つまり悪禍男爵か」

「神に感謝あれ、あいつじゃありません」同じく小声で首曲がりは答えた。「領主さま、来たのはブラバント人です。昔話は禁物で、領主さまのお気に召さないと承っていたので、口に出したくはなかったのですが」

　スウェーデンの騎士はじれったそうに手を振って、首曲がりに背を向けると、門扉のところまで歩いていった。するとブラバント人が陰から歩み出て、ランタンの光のなかに立った。

　この男に昔の盗人の面影を見出すことは誰にもできまい。己の価値と信望を自覚し、世間もそれを認めている人間にしか見えない。絹の靴下を穿《は》き、ズボンは桜色の天鵞絨《ビロード》、黒の胴着《キャミソール》には銀糸の刺繍がふんだんに施され、腰には剣、そして柄付眼鏡《ロルネット》を金鎖で首にさげている。物腰は悠揚迫らず、響きのいい声には何ごとにも動じない穏やかな威厳が備わっていた。

「こんばんは！」ブラバント人が会話の糸口を切った。「俺がここにいるのが信じられんって顔をしてるな。もう二度と顔を合わさずにすむって思ってたろう」

「お前との腐れ縁が切れるはずもない。わかってはいたさ」声に軽い嘲りを滲ませてスウェーデンの騎士は答えた。「ところでどうした。何用《なによう》があって来た。積もる話でもするつもりか」

「違う。目下ただいまの用件だ。だがまず顔を拝ませてくれ。首領が新しい身分で立派にやってるって聞いて、そりゃ嬉しかったもんだ。誰もが首領には一目置いている、どこで名が口にされても、敬意がこもっている。何もおべんちゃら言ってるわけじゃない。掛け値なしの真実だ」

「そいつはありがとうよ」スウェーデンの騎士は答えた。「俺がしたことに好意を持ってもらってせいぜい恩に着るぜ。で、お前は？　何で食っているんだ」

「商いよ」ブラバント人は答えた。「鼠だって燕麦がなきゃやっていけまい。俺は買ったもんに少しだけ色をつけて売る。それが俺の儲けになる。おかげで元手は減らさずにすんだ」

「で、どんな暮らしをしてるんだ。女房や子はいるのか」スウェーデンの騎士はたずねた。

「いや」ブラバント人が答えた。「博士の娘だってもらおうと思やもらえたんだが、ひとり身のほうがのんびりできると思ってな。夜は手紙を出したあとで喜劇を見に行くか夜会に行く。

夜会じゃときどき暇つぶしにトランプをやる。日曜は天気がよけりゃ自分ん家《ち》の庭で過ごす――これまではそうだった。だが今、持ってるもんはみんな金に換えた、家具や絵なんかもひっくるめて何もかもだ。そして国を出るつもりだ」

「俺はこの屋敷で老いぼれて白髪《しらが》になるんだろうな」スウェーデンの騎士が言った。「領主は領地より強いはずだと言うけれど、蓋を開けてみりゃ領地のほうが強いこともままある。領地は領主にしがみついて放してくれないようになるからだ。外国にでもどこでも行けるお前がまったく羨ましいよ」

「羨ましい奴なんかこの世にいるかよ」ブラバント人が言った。「これまでの変てこな巡りあわせ、過ぎたことや今のことを思い返してつくづく身に染みたんだが、楽しみや喜びなんて屁みたいにはかないもんだ。何もかも消えていくのよ。蠟燭がひとときき辺りを照らしたあと消えていくようにな。俺らは気まぐれな運命の投げる鞠《まり》にすぎん。高く放られればそれだけ惨《むご》く落ちてくる」

「そりゃ恐れ入った哲学だ」スウェーデンの騎士が答えた。「だが俺には用はない。そんなことにかかずらってる暇がない。妻と子と屋敷に大勢いる奉公人の心配をしてやらにゃならないからな」

「首領！」少し間を置いてブラバント人が抑えた声で言った。「俺の言うことを聞いてくれ、こんなことを伝えにゃならんとは神を恨む。そうとも、首領、俺は悪いことを知らせにきた。すぐにずらかれ」

「どうしたっていうんだ」スウェーデンの騎士はたずねた。その声には不安も懸念も表れていなかった。

「ずらかれ」ブラバント人は繰り返した。「すぐここを出ろ！　悪禍男爵がお前を捜している」

スウェーデンの騎士は肩をそびやかせた。そして短く笑って言った。

「悪禍男爵か。そんなことか……来るなら来い、誰が恐れるもんか。奴が俺の何を知ったというのだ」

「お前についてはろくすっぽ知らない」ブラバント人が答えた。「だが教会瀆《けが》しとその首領のことは何もかも知っている。というのは他でもない、あの子山羊、赤毛のリーザが敵に寝返った。だから言ってるんだ、すぐ逃げろと」

「クリスティアン！」そのときマリア・アグネータの声が闇のなかに響いた。「どこに行ったの。待ちくたびれたわ。お客さんがたもぶつぶつ言ってるわよ。こんな夜更けに畜舎をひとつ残らず見回る気かって」

彼女は窓を開け外に身を乗り出していた。室内で議論したり笑ったりする声がもつれ合って聞こえた。

「すぐに行くよ、愛しいお前。もう少しだけ待っておくれ」スウェーデンの騎士はそう呼びかけてから、またブラバント人のほうを向いた。

「赤毛のリーザがどうしたっていうんだ」

「あれがトルネフェルトの奥方か」ブラバント人はそう言って柄付眼鏡を目にかざし、遠くを見やった。

「ああそうだ。妻だ。この世でいちばん善良で純粋で敬虔な女、俺には過ぎた妻だ」

「何という別嬪《べっぴん》だ！」ブラバント人は唇を尖らせて言った。そのあいだにマリア・アグネータは窓から消えた。「奥方の肖像を油絵に描いてもらったらどうだ。グアッシュでもテンペラでもかまわん。足元にひざまづいて讃えるべきでしたのにとあとで謝っといてくれ」

「赤毛のリーザがどうした。さっさと言え。今聞いたろう、客を待たせている」スウェーデンの騎士が急かせた。

「面倒なことになった。赤毛のリーザが悪禍男爵の部下の伍長とくっついたんだ。そいつがいる龍騎兵隊がシュヴァイトニッツに駐屯しているあいだに結婚までした。お前への愛が憎悪に変わるのは時間の問題だった。伍長はまだ若造だから、あの女は昇進させたがっている。だから悪禍男爵に知らせて……」

「悪禍男爵は今どこにいる」スウェーデンの騎士がたずねた。「まだ龍騎兵隊の隊長なのか」

「奴はスペインとハンガリーに出かけて、終いには任務の都合とかでウィーンまで行った。だが今は、さっき言ったようにシュヴァイトニッツへ向かっている。今は大佐だ。それで赤毛のリーザは、俺たちを奴の手に引き渡すと豪語している。亭主の伍長は将校の位を約束されているんだ。それであの女、お前が神聖ローマ帝国の焼印を押されてガレー船を漕ぐだけですんだらまだ幸いと思えって言ってる。だから首領、屋敷を畳んですぐ逃げろ。あの女、今は復讐の鬼になってるから、何をしでかすかわからんぞ」

スウェーデンの騎士は眉をひそめ、ランタンの光を睨んでいた。

「確かに困ったことになった」少しして彼は言った。「だがもっと困ったことにだってなりかねなかった。どうして逃げなきゃならない。ここに居続けたほうがよかろう。赤毛のリーザは今の俺のことを何も知らないから、街道や酒場や市場、そういった賤しいものの犇《ひしめ》く界隈をあちこち捜しまくることだろう。だがこの屋敷までは来やしまい」

「首領も」ブラバント人が言った。「焼きが回ったじゃないか。五感を東インドにうっちゃったようなことを言う。あの赤毛のリーザなら、どこを捜せばいいかちゃんとわかっているとも。俺は貴族になりたいって何度も言ってたじゃないか。一度首領が熱で倒れて、赤毛のリーザが薄めた酢で顔と額を拭ったとき、夢のなかの下男下女に向かって、厳しい言葉で能無し、ぐうたら、盗人呼ばわりして、何年か後に戻ってきたら、きちっとした管理がどんなもんか思い知らせてやると威してた。きっとそんな考えに憑かれていたんだろ。俺たちが散り散りになった日にもあの女は言ってた。首領に会いたけりゃ貴族のお屋敷にさえ行けばいいわって。だから俺は口を酸っぱくして……」

「貴族の屋敷ならこの国やポメラニア、ポーランドやブランデンブルク、その他どこにも何百とある。どうやって俺を捜せるというんだ」そうスウェーデンの騎士は異議を唱えた。だが声の響きには自信なさげなところがあった。

「長く捜さずにすむだろう」ブラバント人が答えた。「悪禍男爵の奴は、お触れを出しさえすればいい。すぐさま首領が七、八年前、鞄に金をしこたま詰めてこの屋敷に来たことが知れるだろう。ひとたび臭いと睨んだら、赤毛のリーザに面通しさせて証言を引き出すさ——そしたらいったいどうなる。もたもたせずに俺を見習え。いつお陀仏になるかわからないより、倹《つま》しい暮らしに甘んじてるほうがずっとましだ。首領、俺の言うことを聞け、高飛びしろ。山の向こうにだって人は住んでる」

「ああ」スウェーデンの騎士は小さな声で言った。「行かにゃなるまい。だがここを去るに忍びない」

「そうか。ならここにいて火刑にでも絞首刑にでもなりやがれ」ブラバント人は不意に激して言った。「何のためわざわざ教えてやったかわかりゃしない。聞く耳を持たん奴は耳が聞こえん奴より始末におえん」

　そして懐から金とエナメル細工の時打ち懐中時計《レペティーアウーア》を出すと耳にあてた。

「そろそろ御者が待ってる頃だ」彼は口調をやや和らげて言った。「俺がやきもきしてもはじまらん。危ないのはお前の首で俺のじゃないからな。ともかくも言うだけのことは言った。今後何が起きようと俺の知ったこっちゃない」

　二人は無言のまま楓の並木道を、ブラバント人の四輪馬車のところまで歩いた。御者は挨拶をしたあと御者台に飛び乗った。ブラバント人も側扉から会釈をし、御者に聞こえぬほどの小声でささやいた。

「首領、首領の胆のすわり方は見上げたもんだ。居残ってせいぜい悪運に歯向かってくれ。だが子供が可哀想じゃないか。車裂きか縛り首、あるいは焼印を額にガレー船を漕ぐ父親の姿が一生涯つきまとうぞ。じゃあな首領、達者でいろよ。走らせろ、御者、出発だ！」

スウェーデンの騎士は夜の闇に消えていく馬車を見送った。ブラバント人の最後の言葉は尖ったナイフのように心を刺した。逃げねばならない。わが子のために逃げねばならない。だがどこへ逃げろというのか。

遠ざかり消えていく車輪の響きに立ちつくしたまま耳を傾けているうち、ふいに幻が浮かびあがった。

スウェーデンの青い上着を着た俺が、黄灰色の馬に跨《またが》り、隊を組んで果てのない荒野を駆けている。四方からスウェーデンの歌が、厚い雲の覆う天に向けて歌われる。猛禽が頭上で輪を描く。大砲が轟き、ちぎれた軍旗がはためき、騎兵隊列にマスケット銃が放たれる。その一発が体に当たり、言いようもなく幸せな気分で馬から落ちる。


彼はその晩のうちにファイラントと首曲がりにブラバント人から聞いたことを話してきかせ、ともにスウェーデンの戦《いくさ》に行くため支度しろと言いきかせた。二人は農場の仕事にはとうに飽いていたから、この知らせを聞いて嬉しがり、首領の前途を祝して乾杯した。今の暮らしが変わるなら、どんなものでも歓迎だ。禿鷹みたいに国中をうろつき、首領の号令一下、略奪をして懐を肥やす暮らしにまた戻れる。

スウェーデンの騎士にとってこれは悲しい事態であったが、マリア・アグネータにとってはさらに悲しい事態だった。ウクライナの平原にいるスウェーデン王のもとへ、モスクワ人と戦うため馳せ参じる、と打ち明けられても、マリア・アグネータは彼を見つめるばかりだった。夫が何を言ってるのか、正しく理解できたかおぼつかなかった。そこで彼は再度聞かせねばならなかった。昨夜のことだ。国外に住む他のスウェーデン人らと同様に、王の本営から急命を受けた。武装した従僕二人を連れてスウェーデン軍の陣営に罷《まか》り出《い》でろというのだ。

マリア・アグネータは泣き崩れた。身を震わせてしゃくりあげ、夫が戦いの誉《ほま》れとスウェーデン王のことしか頭にないのを詰《なじ》った。あなたったら、武功さえ立てればいいの。スウェーデンの王様がすべてで、わたしのことはどうでもいいのね。わたしを愛する心はどこにいったの。

彼は抗弁したが、真実を打ち明けるわけにはいかなかった。お前と娘の名と名誉、それに将来の幸福を思うと、お前と運命をともにするわけにはいかない。今はたいへんな窮地にいるのだ。スウェーデン軍での誉れなど求めちゃいない。だがせめてまっとうな死は遂げたい。それはこの屋敷では叶わない。だから何度でも繰り返し説くしかない。

「愛するお前、わが宝物、お前への愛が消えるわけがない。いつだってこの胸に燃えている。それはお前だってわかってるはずだ。わが天使、わが幸福よ、どれほどの時が移ろうとも、この思いが変わることはない。しかし行かねばならない。七年のあいだ戦いとは無縁に過ごしてきたが、そのあいだも王の命は始終覚悟していた。それがついに来たわけだ。泣くんじゃない！　お前は誓ってくれたじゃないか。喜びのときも悲しみのときも変わらず愛情と真心を尽くすと」

彼女は夫の体に腕を回した。そして必死にかき口説いた。

「あなただって、死が二人を分かつまで、ここでお前を守るって誓ってくれたわ。あなたのいない時間をどうやって耐えていけばいいの。あなたの王さまがわたしに何の関わりがあるの。あの人ったら、一人の女も愛さずに栄誉だけを愛するっていうじゃない」

「王の高貴なお人柄をそんなふうに言うな」悩ましい思いでスウェーデンの騎士は答えた。

「愛するお前、お前といっしょにいたいのは山々なのだ。でもそれはできない。剣を佩《は》かねばならぬ時が来たからだ。お前のもとを喜び勇んで去るわけではないのは神もご存知だ。だがわが王に召されたのだ」

彼女は一日中泣き、そして夜通し泣いた。朝が来ると落ち着きを取り戻した。衣装戸棚のほうに行き、真鍮のボタンに赤い襟のついたスウェーデンの青い上着、箆鹿《へらじか》革のズボン、黄色の籠手《こて》、革の握りのついた剣、馬糧嚢、水筒、それから騎兵用拳銃を出してきた。それらすべてを並べて眺めているうちに、あの日のことが心に浮かんできた。あの人は腕に帽子を抱え、庭園で陽を浴びて、わたしの前に立った。目にまたしても涙が溢れた。

「慈悲深い神があなたとあなたの王さまをお護りくださいますように」彼女は小声でそう言い、擦りきれた青い上着に手を滑らせた。

小さなマリア・クリスティーネが跳ねながら厩に行くと、首曲がりは薄暗い部屋で長持に座り、古くなった馬の腹帯を繕《つくろ》っていた。彼女はそれをしばらく眺めていたが、心が不安で溢れるくらいに知りたくてたまらないことを聞きはじめた。

「お父さんが戦《いくさ》に行くってもう知ってる？」

「ああ」首曲がりは答えた。「俺と相棒もいっしょに行く」

「するとみんなで三人なのね」マリア・クリスティーネは指を折って数えた。「どうしてあなたたち、三人で行くの。東方の博士たちみたい」

「なぜって、二人が黙っているときも三人目が聞いていられるじゃないか」

「戦いのところまでは遠いの」

「物指しを貸してみな、測ってやるよ」

「いつ帰ってくるの」

「嬢ちゃんの靴が三度履き古されたころかな」

「いつ帰ってくるのか知りたいの」マリア・クリスティーネは大声をあげた。

「森へ行って郭公《かっこう》に聞いてみろ。きっと教えてくれるよ」

「戦に行って何をするの」

「金と物をせしめるんだよ」首曲がりが答えた。「俺の空嚢《からぶくろ》は重くてかなわん。ぱんぱんに膨れりゃ身軽になれる」

「お母さんは泣いてるわ。戦って、行ったきりで帰らない人がいっぱいいるんだって」

「ならわかるだろ、戦はいいもんだって」首曲がりが言った。「ひどいところなら、みんな逃げ帰るはずじゃないか」

「じゃどうしてお母さんは泣いてるの」

「俺たちといっしょに行けないからさ」

「どうして行けないの」

「お天気が悪いからだよ。雨や雪が降ったらお母さんだってやることがないだろ」

「でも嫌」マリア・クリスティーネはそう叫んで足で床を蹴った。「雨や雪のときには、お父さんに外に出てほしくないの。お父さんの青い上着は古いから、すぐずぶ濡れになるわ。お天気が悪い日は、お家《うち》にいてほしいの」

「まあ落ち着け」首曲がりがなだめた。「どうすりゃいいか考えてやるから」

「助けてったら」マリア・クリスティーネはそう言って、彼の膝によじのぼった。「あなたならできるわ。お父さんが戦に行ったままなんて嫌。ねえ聞いてる？　聞こえないふりしないで。だってあなた、いろんなことができるじゃない。お父さんを帰らせる方法だって、知ってるはずよ」

「なんだか俺って、お前の望みをかなえるだけのためにここにいるみたいだな」首曲がりは笑った。「お前なら悪魔を言いくるめて魂を奪い返すことだってできるぞ。俺の髭を引っ張るのはよせったら。毟《むし》り取るつもりでもいるのか。それじゃよく聞け、本気で父さんを行かせたくないなら、塩と土を小さな袋に入れてだな……」

「お塩と土ね」マリア・クリスティーネは念を押した。「どんな土がいいの。黒い土？　赤い土？」

「土は土だ。赤くても黄色くても、黒でも茶色でもいい」首曲がりは断言した。「塩と土を小さな袋に入れて、お父さんの青い上着の表地と裏地のあいだに縫いつけるんだ。必ず月の光のもとでやらなきゃいけない。それから針と糸を持ってるところを誰にも見られちゃいけない。犬が吠えてもいけないし、鶏が鳴いてもいけない。そうなったら魔法が解けてしまうから、はじめからやりなおしだ。ここまではいいかい」

「いいわ」少女はささやいた。

「上着の塩と土は、お父さんに昼も夜もお前のことを考えさせる力を持つ。鐘の引き綱より太い絆でお父さんを繋ぎとめて、お前のほうに引き戻す。だから昼も夜も、お前のもとに帰らないかぎり落ち着かず、いてもたってもいられなくなる。わかったかい」

「ええ」震える声でマリア・クリスティーネが答えた。夜にやらなければと思うと心臓が締めつけられそうだった。「お塩と土を小さな袋に入れて、針と糸で……」

「月の光のもとでだ、蠟燭じゃだめた」首曲がりが注意した。「忘れるなよ。新月はたしか十一日前だった。月はいま満ちつつある。きっとうまくいくさ」

庭園の橅《ぶな》と赤楊《はんのき》のうえに月が昇るのを見て、マリア・クリスティーネは寝台から滑り降りた。

そして枕の下から塩と土を入れた小袋と、鋏と針と糸を取り出した。自分の部屋を忍び出ると、音をたてないように階段を早足で昇りきった。さらに数歩進み、部屋の前で聞き耳を立て、静かなのを確かめてから、胸を高鳴らせて扉を開けると、父親の青い上着が肘掛椅子に広げて置いてあるのが見えた。

広い部屋はまるきり暗かったが、月の光が窓越しに射し、ものの輪郭を浮かびあがらせている。上着の真鍮のボタンが仄めいて光っている。扉口から一歩進むと、壁掛け鏡に映る像《かげ》も動き、少女を怯えさせた。部屋でひとりきりなのを知ると、大きく息を吸って椅子から上着をかかえあげた。結構重かったので、抱きかかえるようにして窓際まで引きずっていかねばならなかった。それから少女はしゃがみこみ、小さく溜息をついた。犬が吠えるか鶏《とり》が鳴くかして、秘密の仕事をだいなしにしやしないかと気が気ではなかった。だがどちらの声も聞こえない。そこで上着を膝にひろげて、鋏《はさみ》を握った。

犬や鶏もこの頃おいには寝ていたが、両親はまだ二人とも起きていた。〈長い部屋〉でマリア・アグネータは目を泣き腫らし、生気を失った顔で座り、スウェーデンの騎士は腕を組んで暖炉の前に立っていた。

炎が弱まるのを眺めているうち、彼の思いはマリア・アグネータに巡りあったころまで遡っていった。それは他ならぬこの部屋でのできごとだった。皆に騙されて貧しくなった彼女はここに立ち、自分自身と、それから彼女の愛を忘れた少年のことを嘆いていた。悪禍男爵の無力な捕われ人だった俺に野望が目覚めたのはそのときだ。彼女をわがものとしてやる。俺なら貴族として、あの坊やよりうまく彼女の前に、そして世の中の前に立てる。他人には揺り籠にいるうちから与えられているものを、俺は非道で大胆な手で裏から強引に奪いとるしかなかった。七年のあいだ俺の幸福は続いた。最後にただひとつやり残したことがある。貴族としての生に七年のあいだ恵まれたのだから、最後は貴族らしく死なねばならない。この死をスウェーデンの軍隊に求めることを彼はひそかに決め、絞首人の手による死を免れたことを運命に感謝した。

「いま領地にいるのは、善良で正直で経験を積んだものばかりだ」彼はそうマリア・アグネータに言い聞かせた。「家のことさえきちんとやっていれば、心配は何もない」

「あなたがいなくなるなんて、思ってもみなかった」小さな声でマリア・アグネータが言った。

「それから気をつけなくてはならないのは」スウェーデンの騎士は続けた。「屋敷でも畜舎でも耕地でも、倹約を心がけて何も無駄にしないことだ。入ってくる以上に使ってはいけない。役立たずの家畜はできるだけ早く手離せ。夏の種蒔きを急ぎすぎてはいけない。天候がよくなるまで待ったほうがいい。よく手入れされ肥やしがやられた耕地は、手入れの悪い耕地よりも倍以上の収穫をもたらすから」

「そんないろいろ頭が回るものですか。これからは始終はらはらしながら暮らしていかなきゃならないのに。あなたのことが気がかりで心臓がどうにかなりそうよ」

だがスウェーデンの騎士の気がかりは高い収入が得られる羊の飼育のことだった。そこでマリア・アグネータによい羊毛はよい放牧地から生まれること、それから羊たちを疫痢や疥癬から守る方法を説き聞かせようとしたとき、ごとりという音が聞こえた。どうやら隣の部屋かららしい。彼は唇に指をあてた。

「あれは何だ。お前も聞いたかい。こんな夜更けに誰が起きてるんだ」

「誰も起きてやしないわ」マリア・アグネータが言った。「風が急に吹いて鎧戸に当たったのよ」

だが床が爪先で軋る音も聞こえた気がした。そこでスウェーデンの騎士は卓上から火の灯る燭台を取りあげると、戸口に行って扉をさっと開けた。

「おい！　そこにいるのは誰だ！」


小さなマリア・クリスティーネは隣室から聞こえる父の話し声に胸を高鳴らせながら一針一針縫っていった。そしてとうとう終わった。犬も吠えなかったし鶏《とり》も鳴かなかったので、ほっと一息ついて青い上着を肘掛椅子のうえに広げた。そのとき重いものが傍らの床に落ちた。

少女は驚いた。何が起きたのかしら。すぐ逃げようとしたが、椅子の角に体が当たった。いまにも泣きそうに顔を顰《しか》め、腰と膝をさすった。さらに走ろうとしたら、室内履き《パントゥフル》が足から脱げ、うろたえて立ち止まったが、なんとか見つけて、急いで履いて部屋を出た。ちょうどそのとき、スウェーデンの騎士が隣室から「そこにいるのは誰だ！」と声をかけたのだった。

少しのあいだ夫婦は開いた扉口に立っていた。手に燭台をかかげたスウェーデンの騎士に不安そうなマリア・アグネータが寄り添った。彼が腕を動かすと、蠟燭の光が肘掛椅子の傍らの床に落ちた、銅の表紙の本を照らした。マリア・アグネータが駆け寄って拾いあげた。

「これよ。このご本が落ちてあんなに大きな音がしたのね。猫があなたの青の上着を見つけて、椅子から引っ張ろうとしたんで、机から滑り落ちたんだわ。なんだか百年も前の本みたい。黴《かび》の臭いもするし」

スウェーデンの騎士は感慨深げにかつてのアルカヌムを眺めた。この本のことは幸せな歳月にかまけてすっかり頭から失せていた。

「これはグスタフ・アドルフ、あの名高い勇者の聖書だ」そう彼はマリア・アグネータに説明した。「王に死の大鎌が振り下ろされたとき、甲冑の下にこの聖書があった。これを今の若いスウェーデン王の手に渡すこと、それが自分に与えられた使命だ。だがこんなひどい本を献上して喜んでいただけるだろうか。雨が染みているし虫食いの跡だらけだ。こんながらくた、王は目もくれないだろう」

彼は肩をすくめ、本を卓上のピストルと黄色の手袋のほうに投げた。


二日後の朝早く、養魚池や牧場の霧がまだ晴れやらぬころ、スウェーデンの騎士はファイラントと首曲がりを連れて屋敷を後にした。マリア・アグネータとの別れは辛く苦しいものだった。彼女が最後に彼の首に腕を回し、震える唇で途切れ途切れに万物の主イエスの加護を祈ったとき、もう二度と会えぬことを秘めておくのは、彼にはたいそうな苦痛だった。

子供は眠りこけていて、目と額と口に父がキスしても目を覚まさなかった。

最終部　名無し

夜がすっかり更けたころ、スウェーデンの騎士はポーランドの寒く湿気た酒場にビールジョッキを飲みかけにしたまま腰を据えていた。まる三日のあいだ湿地や森林を駆け抜け、体は疲れていたが、床につく気はしなかった。亭主《あるじ》の犬は脚を伸ばして寝そべり、夢のなかで兎や狐や野豚を追っていた。国の言葉しか解さぬ亭主は首曲がりとファイラントの相手をして片隅で火酒を飲んでいた。亭主は始終そわそわしていた。女房が陣痛で寝ているためだ。そこで二人は介抱のしかたを教えた。蜂蜜を水に溶き、没薬《ミルラ》を煎じて混ぜ、飲ませてあげな。だが亭主は理解せず、ご注文は何ですかと幾度も聞きかえすのだった。

ランプが燻《くす》ぶった。外では風が唸りをあげ、会話が途絶えたときには女房の呻《うめ》き声に交じって周りに植わる樹々のざわめきが聞こえた。

ファイラントと首曲がりは火酒の残りを干すと立ち上がった。亭主は灯りを手に、階段をぎしぎし鳴らせながら二人を部屋に案内した。スウェーデンの騎士は頭を垂れたまま身動きもせず、しきりに思いを己の領地に馳せていた。あたりが静まると、かつては一日中耳にしていた懐かしい物音や人声が部屋を満たした。晩方に集まり亜麻を扱《こ》く女たちのお喋りが切れ切れに聞こえる。それから庭門の軋る音。釣瓶《つるべ》井戸がからから鳴る音。マリア・アグネータが鳩を誘う声。羽ばたき寄る鳩のくうくういう声。砥石を擦る音、荷車に繋がれた牛の鳴き声。「晩に一雨来るな」と老下僕の呟《つぶや》く声。木靴の鳴る音。牛乳桶のぶつかる音。それらの合間に何度も聞こえるのはマリア・クリスティーネが父を呼ぶ憐れで淋しげな声だ。父親が旅立ったことを信じたくないのだろう。

やにわにスウェーデンの騎士は居住まいを正した。そしてアルカヌムを懐から出すと食卓のうえに放り出した。

「お前もつくづく変わったものだな」彼はグスタフ・アドルフの聖書に語りかけた。「お前は俺に、危ない橋を次々と渡らせた。ひとつの運命が次の運命を呼んだ。お前は昼夜を問わず、国中に散らばる金銀や宝物《ほうもつ》を俺の目にちらつかせ、狩れと命じた。俺がこの世から分捕《ぶんど》るべきものを指し示した。だがお前はいつのまにか、俺が初めから失くしていたものしか見せてくれないようになった。安らぎをくれ、頼む、俺を惨めにさせてくれるな。もし拒むなら、神かけて、お前を火にくべてやる。お前の顔は見飽きた」

そしてそのまま目を宙に据えていたが、やがて彼の手は銅板で覆われた表紙を撫ではじめた。「おそらくお前の言うとおりだ」亡き王の聖書が言葉を返したかのように彼は答えた。「来る日も来る日も、心から愛する妻の声を、そしてわが子の笑い歌い泣く声を聞かずにいる。そんなことができるものか。そもそも俺は戦《いくさ》で何をしようというのだ。お前の言うことは正しい。俺の手はマスケット銃より農夫の鍬《くわ》に向いている。スウェーデン軍に入って何をしろというのか。村を焼き、農民の収穫をだいなしにし、家畜を蹴散らせというのか。民家に徴発に行き、貧しいものを死ぬほど威し、罵言と革鞭で徹底的にいたぶる――『さっさと出しやがれ、下衆《げす》野郎！』――もし俺がスウェーデン王のために一兵卒として堡塁を築き、急襲し、馬を乗り潰すなら、よくよくの馬鹿といわねばない。俺の知ったこっちゃない。王はモスクワの皇帝《ツァーリ》と揉めてるらしいが、攻撃でも降参でも勝手にするがいい」

風が鳴り、犬が寝ぼけて喘いだ。スウェーデンの騎士は卓上に置かれた聖書に目を据えた。

「俺は男として賭けに打ってでた。それはお前だって知ってるはずだ」彼は小声で言った。「だが執念深い女のせいでその賭けに負けた。そう認めろというのか」

彼は赤毛のリーザのこと、かつてはあの女も彼を真剣に心から愛していたことを思った。牝犬のように従順に、俺の目の指図に従ったものだった。あの女の恋の焔《ほむら》をふたたび掻きたてられはすまいか。そう考えているうち、運命をいまいちど己が手に収められるかもしれないという希望は膨らんでいった。今からでもすべてを得られるような気がしてきた。

「やってみろ。他に道はない」彼は己に言い聞かせた。「うまくいけば俺は領地に戻れる。今の惨めな暮らしは悪夢にすぎなくなる。だがしくじれば刑吏が名無しの首を括《くく》る」

足音が聞こえた。階段が軋み、扉が開いた。ファイラントと首曲がりが部屋に顔をのぞかせた。

スウェーデンの騎士は急いでアルカヌムを懐に隠した。それから二人を叱りつけた。

「何をうろちょろしている。さっさと寝ろ。明日は夜が明ける前にここを出るぞ」

「やけに早いじゃないか、首領」首曲がりが言った。「この家にキリスト者がひとり生まれた。泣き声が聞こえるだろ。亭主の奴、あんまり嬉しいもんだから、二日分の飲み食いは俺の奢りとか言ってる。あわてなくてもスウェーデン軍は逃げやしない」

「スウェーデンの戦いには行かない。気が変わった」彼はそう告げた。「引き返してシュヴァイトニッツへ行く。龍騎兵が宿営しているところだ。だが龍騎兵に用はない、赤毛のリーザと命を賭けて話がしたい」

首曲がりはすこしのあいだ面食らってつっ立っていた、しかしたちまち助言をひねりだした。

「あの女と事を構えるつもりなら、首領、ターレル貨にものをいわせたらいい。赤毛のリーザはいつも一番ひどい悪癖は貧乏だって考えてる。金で災いがあらかじめ防げるなら、結局は安上がりに片がつこうよ」

「絞首人に括られちまえ」ファイラントは叫んだ。「首領、俺の言うことも聞いてくれ。一言で済む。石塊《いし》を女の首につけて、ひょいっと女ごと河に投げるんだ。これが俺からの助言だ」

「よく言った」スウェーデンの騎士は決めた。「なんとかあの女の口を塞《ふさ》ごう。たとえその結果俺の血が刑吏の腕に飛び散るに違いないとしてもだ。これに最後の運を賭ける。賭け金は俺の命だ」

「洒落や冗談ですむことじゃない、それはよくわかってる」首曲がりが言った。「だが首領、俺は心配はしていない。生きるか死ぬかの瀬戸際には、首領はいつだって命知らずだった。昔の首領はそんなときに一番嬉しがってたもんだ」

シュヴァイトニッツまで一時間ほどのところの河岸に日雇い人の小屋があった。灌木に囲まれ、この何年か誰も住んでいない。三人はここに立ち寄り、馬を入れる納屋も見つけた。夜になるとファイラントは町に出かけた。赤毛のリーザと夫の伍長はどこを宿営としているのか、襲撃するにはいつが一番いいのかを探り出せと命じられたためである。

「お前はいつもよい斥候だった」スウェーデンの騎士は言った。「今回の一件もお前にかかっている。だが赤毛のリーザと顔をあわせないよう気をつけろ。顎《あご》と頰《ほほ》の鬚を剃ってようとお前は一発で見破られる。それで変装になってると思うな。存分に腕を振るえ、だが用心は怠るな。すべてはお前次第だ」

「行かせてやれ、こいつに任しときゃ安心だ」首曲がりが言った。「俺はファイラントを知ってる。奴が吊り下がりたくてたまらない木はシレジア中に一本もないこともわかってる」

一晩中、そして朝になっても、次の夜になっても、ファイラントは戻ってこなかった。しかしふたたび姿を見せたときは、知るべきことを何もかも見聞きしていた。

「龍騎兵隊はシュヴァイトニッツにもう何週間も滞在していて、馬も買いつけてる」彼は報告した。「伍長と赤毛のリーザは場末の仕立屋の家を宿営にしている。〈緑の木〉亭とたずねればすぐわかる。時間は真夜中がいちばんいい。赤毛のリーザは一人で部屋にいて、伍長は〈烏〉亭の酒場で気勢をあげてるから。真夜中すぎになると伍長はしたたか酔って階段をどしどし上がり、街路中に聞こえるほどの夫婦喧嘩をおっぱじめる。近所のものは慣れっこになってて、もはや騒ぎを気にしない。俺は、どうやったら首領が見咎められず家に入れるか考えた。庭と公園との境の壁際に薪が積んである。庭の物置から短い梯子を失敬して、薪に立てかけ……」

「どうやって入るかは俺に任せろ」スウェーデンの騎士はさえぎった。「他に伝えることはあるか」

「俺は首領に二十二クロイツァー半の貸しがある。食い物とビール二ジョッキ分の代金だ。あの亭主の野郎、ずいぶんとふんだくりやがった」

午後遅く、スウェーデンの騎士はファイラントとともに馬に乗って町に出た。首曲がりは荷運び用の馬や旅嚢とともに小屋に残った。シュヴァイトニッツに何人か知り合いがいるため、顔を見せられなかったからだ。いっぽう二人は町に着くと、いちばんいい旅籠屋を教わり、そこに泊まった。スウェーデンの騎士は夕食を注文したが、階下の食堂では食べず、長い馬旅で疲れたので従者に給仕をさせたいと言って上まで持ってこさせた。

そのまま二人は誰にも見られないよう部屋に籠っていたが、十時の鐘が鳴ると宿からこっそりと出て、ファイラントが先導して下町の小路や横丁を抜け、〈緑の木〉亭に面した庭に出た。

「仕立屋はまだ起きていて仕事場にいる」ファイラントがささやいた。「でも赤毛のリーザの部屋は暗い。まだ帰ってないいんじゃないか」

「あるいはもう床に入って、灯りを消して眠っているかだ」スウェーデンの騎士は同じく小声で答えた。

「それはない」ファイラントのささやきが闇から聞こえた。「伍長が帰らないうちに床に入ることはない」

月が群雲《むらくも》の陰に隠れた。スウェーデンの騎士はマントの下で龕燈《がんどう》を構え、その光を僅かのあいだ家々の壁に滑らせた。その一瞬のうちに窓と薪の山との距離を見てとり、上まで登るのに梯子は要らないのを知った。音をたてず窓が開けられることもわかった。

彼はファイラントに龕燈を持たせた。

「これを持っててくれ。俺にはもう要らない」そして付け加えた。「大急ぎで宿まで走り、亭主に払いを済ませ、馬を出すよう言え。そして馬といっしょにこの近くで待ってろ。それから戻ってきたら、お前がどこにいるか分かるよう、鷹か鵟《のすり》の声で合図を送れ」

「ピストルに火薬は詰めたか」

「ああ。さあ、千の悪魔の名にかけて走れ！」スウェーデンの騎士は命じた。そして彼は薪の山を登り、ファイラントは闇に消えた。

赤毛のリーザは部屋に入り、戸を閉めながら重たい靴を脱いだ。弱々しい明かりを床に投げている竈《かまど》のほうに何歩か近づき、ついでに卵が入った籠を食卓に置いて、煙を追い出すために窓を開けに行きかけた。だがとつぜん彼女は頭をもたげた。誰かの息づかいが聞こえた気がしたからだ。

「あなたなの、ヤーコプ」

答えはなかった。音もしなかった。しかし人の気配があった。そこで不審げに闇に向かって呼びかけた。

「誰なの」

それでも返事がなかったので、手探りで木切れを拾って、竈の燠《おき》で火をつけた。すると男の姿が認められた。寝台に腰をかけ、じっと身動きせずにいる。ヤーコプでないことはすぐにわかった。好奇心がわいてきた。不安は感じなかった。

「見てやるわ。誰が舞い込んできたのか」そう言って、スウェーデンの騎士の顔を照らした。

小さく悲鳴をあげて、彼女はよろめいた。火の粉が一瞬部屋を舞った。冷やりとした慄《ふる》えが背を伝った。木切れを持つ手は痙攣の発作のように震え、もう一方の手は拠り所を求めて暗がりを空しくさまよった。スウェーデンの騎士は寝台の縁に腰をかけ、あいかわらず動こうともせず、濃い眉の下から赤毛のリーザを見つめている。唇は嘲りに歪んでいる。その影が荒々しい踊りのように壁で上下に揺れた。

赤毛のリーザの手から木切れが落ち、火は床で消えた。頭のなかで纏《まと》まりのない考えが縺《もつ》れ合って舞いだした。

「首領なのかしら。ほんとうに首領なの。いったい何年ぶりかしら。あのことがばれたのかも。でも誰が漏らすっていうの。人殺しの目であたしを見ている。大声をあげて助けを呼ぶのよ。でも誰が聞いてくれるかしら。仕立屋は痛風だし、隣の人が目を覚ますまでには……なんて目つきなの。そうよ、この何年ものあいだ、ずっと目にちらついていたのはこの目つき。神さま、どうすればいいの。もしヤーコプが……でもヤーコプじゃ間に合わない。帰るのは真夜中だから、その頃にはあたしは……この人にやられて……誰が助けになるっていうの。そしてこの人が窓から姿を消すと、もう誰も見つけられない。この人ほど逃げ足の速い人はいないから――でも逃がしちゃだめ。なんとか引き止めておけば、もう苦労して捜すこともない。そして明日悪禍男爵が来て……『大佐殿、捕まえました』。そうすればお金がたんまりもらえて何不自由なく……逃がしちゃだめ、そのためには……ああ神さま、お金がたんまり……」

「なんだって暗いまま俺を座らせておくんだ。灯りをつけてくれ」

かつての首領の声が聞こえた。彼女は竈から火を取って、卓上の陶器の燭台に立てた獣脂蠟燭を灯した。そのあいだに考えはまとまった。スウェーデンの騎士が手にしたピストルと目に輝く禍々しい炎を見ただけで、過去の経験から、どんな目論見でここにやって来たかがよくわかった。自分の命が風前の灯火であることも知った。だが何も恐れていないように取りつくろった。なつかしい昔の仲間に久しぶりに会って嬉しく思ったかのように話を始めた。時間を稼ぐために次々に語を継ぎながらも、忙《せわ》しく頭を働かせ、どうすれば命が助かり、悪禍男爵に昔の恋人を引き渡せるかを考えていた。

「ほんとうにあなたなのね」そう言った彼女の声は、思いがけない幸運を喜ぶかのように響いた。「あたしって手が震えてるじゃない。どうしてなのかしら。きっとあなたに会えて嬉しいからね。わざわざ来てくれたなんて光栄よ。どうお礼を言っていいかわからないくらい。どうやってここに来たの。窓からかしら。おなじみの手口ね。でも近所の人に見られたら大騒ぎになるわ。次は必ず入口から入ってきてね。あたしもいまじゃひとかどの主婦なの。ほら、よく見てごらんなさいな。あたしの家の居心地はどう」

「とてもいい」スウェーデンの騎士は答えた。赤毛のリーザの表情からは、以前は影さえなかった険しさと狡《ずる》さが見て取れた。こいつから愛は期待できない。そんなものはとうに消えてしまった。今は俺と俺の幸福のあいだに立ちはだかるものでしかない。だから永遠に口を塞いでもらわねばならない。彼はピストルを握り、ファイラントの鷹の合図を待った。

「それであなたは」女はさらに聞いてきた。「これまで何をしてきたの。見たところ、それほど幸運と財産を増やしたようじゃないわね。あたしにしても、いつも望みどおりにはいかなかった。でもそれがどうしたっていうの。悩みで眠れない夜なんかには、酒壜に助けを求めたものよ。もちろん今はそんな慰めは要らないけど。ねえ首領、首領はあたしの新婚生活がどんなだか見に来たの。なら教えてよ、何という名と称号であなたをあたしのヤーコプに引き合わせればいいかを。彼はもうすぐ帰ってくるはず。今にも靴音が聞こえそうな気がするわ」

「来るなら来るがいい。すぐさまそいつがまた階段を降りて、ダンスしながら地獄へ行くのを、お前は見ることになるだろう」

「何なのよ、その言いかたは。ヤーコプを妬いて命まで奪おうっていうの」赤毛のリーザは叫んだ。その瞬間、元の恋人がいやおうなく悪禍男爵の手に落ちるようにするには、何をすればいいかが閃いた。あまりにも惨《むご》たらしい思いつきだった。己の考えに怖気づき、消えたはずの愛の名残《なごり》がそれに逆らい、突然胸を締め付けたので、彼女は苦しみに悶え、あやうく声をあげそうになった。だが憎しみがすべてを圧し潰し、躊躇《ためら》いは一瞬で消えた。いままで何度、神の前にひざまづき懇願したことだろう——この男をわが手にください、あたしにした仕打ちを思い知らせてやれるようにと——いまその時が来た。こいつはあたしの手中にある。彼女はあたりを見回した——竈のそばの床に夫の道具袋が置いてある。そして竈には火が——、これで決まった。彼女はなお話し続け、その声は彼女の心に起きたことをすこしもうかがわせなかった。「あなた、ほんとうに妬いてるの」彼女は笑った。「なら何年もうっちゃっておかず、もっとあたしを気にかけるべきだったわね。悪いことはいわない、あきらめて。あたしのヤーコプと揉めるのはやめて。あの人ったら気が短いのよ。お友だちになってくれたら嬉しいんだけど。そろそろあの人のためにオムレツをつくらなきゃならないのに、火が消えそう。あの人が帰ってきたとき食事ができていなかったら、あたしは後悔するわ」

そして籠から卵をいくつか取って、平鍋のなかで割った。それからかがみこんで道具袋のなかから鉄の棒を取り出した。これは馬の首の左側面に連隊印を焼き入れるためのもので、大佐の悪禍男爵がリルゲナウ出身であるのにちなんで、一インチ大の「L」の字を象《かたど》ってあった。この字は上下を逆さにすると絞首台そっくりに見える。赤毛のリーザは鉄棒を竈に突き入れ、火を掻き熾《おこ》すふりをした。

「ヤーコプったら、食事となるととてもうるさいの」彼女はそういって身を起こしたが、鉄棒は火のなかに残したままだった。「もし時間通りにできてないと、喧嘩になりかねないわ。でもそれ以外ならいうことなし。子供が欲しいっていっても聞いてくれないの。でもそのうちなんとかなるでしょうよ。昇進さえすれば、連隊の将校さんたちのあいだで好かれているから……」

　夜の庭から鷹の声が聞こえた。スウェーデンの騎士は立ち上がり、リーザに詰め寄った。

「もういい」彼は声を殺して押し被せるように言った。「『我ラノ父ヨ』を唱えろ。お前の罪を神に悔いろ。お前に残された時間はあまりない」

「どうして『我ラノ父ヨ』を唱えろなんて言うの。あたしをどうしようっていうの」赤毛のリーザは叫んで、一歩彼から離れた。「昔の稼業に戻ろうっていうの。この家を捜すつもりなの。無駄よ、うちにお金なんかないわ」

「お前の金なんか欲しいもんか。俺がなぜ来たか知ってるはずだ。最初の瞬間からわかってたはずだ。悪禍男爵と手を組んで、俺を奴の手に引き渡すことを約束したろう。その褒美にお前の亭主は将校の辞令をもらえる。違うか？」

　赤毛のリーザは額から髪を掻きあげ、肩をすくめた。

「とんだ風の吹き回しね。そんな滅相もない嘘を誰に吹き込まれたの」

　そして返事も待たずに屈みこみ、ふたたび竈の燠《おき》を掻きたてだした。まるでオムレツのことしか頭にないような様子だった。そして鉄棒を握り締めながら、さらに言葉を続けた。

「あたしのことなら心配しないで。今までずっと黙っていたし、これから漏らすつもりもないもの。天と地にかけて誓うわ、絶対にあなたを裏切らないって」

　微かに物音がした。玄関の扉が軋り、開いて閉じる音だ。ヤーコプがやっと帰ってきたんだわ。部屋に来ないうちに、階段を上る音がしないうちに片付けてしまわきゃ。突くのよ――心がそうささやいた――この人はあたしの敵、みんなの敵、憐れみは無用。

「そんな言葉に騙されるほどの馬鹿じゃない」スウェーデンの騎士の声が聞こえた。「立て！　お前が洗礼のときに切られた十字にかけて誓えるか？」

彼女はいきなり立ち上がった。そして一瞬彼と睨みあったのあと、灼《や》けた鉄棒を額に押し当てた。

スウェーデンの騎士はくぐもった悲鳴をあげ、手を額にやった。よろめき、うずくまり、激痛に顔を歪めた。だがすぐに自分を取り戻した。起き上がると呻きながら歯を食いしばり、ピストルを握る手をゆっくりと掲げた。

やった後は蠟燭を吹き消せば、闇に紛れて逃げられるわ――彼女は初めそう思っていた。だが痺《しび》れたようにその場を動けなかった。彼の目つきのあまりの恐ろしさに身が凍りつき、かろうじて叫び声を出せただけだった。

ヤーコプの靴音が扉のすぐ前まで迫っている。教えてあげなきゃ。

「気をつけて！　教会潰しよ！」声には死の恐怖と荒々しい喜びがあった。「入っちゃだめ！　首吊り台をお額《でこ》に焼いてやったわ！　思いっきり走って！　警報を出して！　首吊り台をお額に……」

銃声が部屋に轟いた。赤毛のリーザは声を途切らせ、前のめりに倒れた――。

再び外に出て、よろめきながらも薪の山に手をついて身を支えていると、闇のなかからファイラントが浮かび出て、ささやき声で呼びかけた。

「どうした首領。俺はここだ。あの女、首吊り台とか焼いたとかわめいてやがったんで、心配になって来てみた」

「逃げろ！」スウェーデンの騎士は呻いた。ファイラントは首領を腕に抱え、馬のところまで引きずっていき、手を貸して彼を鞍のうえに乗せた——。

二人が小屋に入ると首曲がりは飛び上がった。驚きの目でスウェーデンの騎士の顔を正面から見た。

「ひどいことをしたもんだ。トルコ人も怖気をふるうぜ」

「飲み物をくれ」スウェーデンの騎士は呻いた。「奴らは俺を追っている。これから俺は姿を見られても嗅ぎつけられてもならない。人を忌む獣みたいに潜んでなければならない」

首曲がりが首領にジョッキを渡した。スウェーデンの騎士は飲み干した。

「俺が悪かった」ファイラントが言った。「首領をあの女と二人きりにしちゃいけなかった」

「それで首領、これからどこへ行こうと？　俺たちはどうすれば」首曲がりが声をあげた。

「あそこだ」スウェーデンの騎士がつぶやき、歯を鳴らせた。「悪魔の大使がいるところだ。憎正の地獄、炎が裂けて弾《はじ》けるところ——あそこに行かねばならない。まっとうな場所で生きることも死ぬことも、もはや叶わなくなったからな」

僧正の製鉄所のものたちはその若者を〈火掻き〉と呼んでいた。重い鉄の棘棒で溶鉱炉の火を熾すのが誰より巧《うま》かったからだ。顔には火傷痕《やけどあと》があり、肩幅が広く、背が高く、岩を刻んで作ったような筋肉をしていた——今この若者は森を抜け、僧正の地獄から下界に出る道を歩んでいる。足取りはのろく、危なっかしく、勝手気ままに歩くのに慣れてないようにも見える。生ける屍《かばね》として炎と領主の僧正に仕えてから九年が経ち、今日でその労役は終わった。家畜同然の荷車曳きからはじまり、石割り、火夫、炭焼き、積み込み人、炭鉱親方、溶鉱夫、鋳物工ときて、しまいには溶鉱炉親方になった。ここまでくればもう見張りの鞭を背に受けることはない。そして今、若者は放免された。いまだに信じられなかったが、任期が終わり、大きな世界が目の前に広がり、あらゆる道が開けている。まっとうな道にせよ、曲がった道にせよ。

口笛を吹き、麻の上着の穴や裂け目から風が吹きこむままにまかせ、気が向けば懐を探って中の金を弄ぶ。金は前日に代役すなわち書記代理の執務室で計算され支払を受けたものだった。この六グルデン半が今の全財産だ。これきりでどこまで行けるかやってみろというのだ。だがなにより、この鬱陶しい森から出るのが先だ。道が分かれているところに出たが、迷ってそのまま立ちどまった。左か右か、哀れな仲間たちの呼び方でいえば、鞴《ふいご》の道か、向かい風の道か。どちらに行こう。

「グルデン貨に教えてもらうのがいちばんだ。肖像《おもて》か紋章《うら》か」彼はそう言ってグルデン硬貨を懐から取り出した。だが上に投げようとしたとき、いきなり呼びかけられた。

「旦那、よかったら左の道を行きな。左の道をまっすぐ進めば旦那の欲しいものが見つかる」目を上げると、十二歩ほど離れたところに男がひとりいた。赤い胴着に御者の帽子、帽子に羽根飾り、手には御者の鞭を持っている。

「おいお前、どこから来た」火掻きはめんくらって声をあげた。「来るところは見なかったし、足音も聞いてない」

「樹から風で吹き落とされたのさ」赤い胴着の男はせせら笑い、鞭を鳴らせた。「旦那には俺がわからないのか」

男は近寄ってきた、火掻きはその顔をつけつけと見た。黄ばんだ顔は使い古しの革手袋のように皺だらけで、目は恐くなるほど窪んでいる。だが火掻きは怖れなかった。たとえ悪魔が現れても怖れはするまい。人間が他の人間に行うよりひどいことをする悪魔など、地獄にだっていようはずがないから。

「ああ、お前なら知っている」彼は言った。「僧正領で〈死んだ粉屋〉って呼ばれてた奴だ。お前、この世のものじゃないんだってな。一年に一日だけ地上に出られて、その日が終わると小袋に入って埃と灰になるんだろ。で、犬がどっかに咥《くわ》えて行くんだ。今日がお許しが出た日なのかい」

赤い胴着の男は不快そうに唇を歪め、歯を剥き出した。

「下種《げす》どもの噂など気にするな。なんのかのとほざきはするが、面白くもない戯言《たわごと》ばかりよ。旦那は俺と会ったことがある。だから僧正さまの御者なのも知ってるはずだ。まる一年俺は旅に出ていた。ハーレムとリエージュを回って、僧正さまのためにダマスカスの織物を運んできた。ブラバントのレース細工やオランダチューリップの球根もな。旦那は思い出すだろうよ、俺は……」

「旦那呼ばわりはよせ」火掻きがさえぎった。「俺は旦那なんかじゃない。名と誉《ほま》れは風に飛ばされて消えていった」

「旦那は思い出すだろうよ」動ずることもなく赤い胴着の男は続けた。「俺は旦那らをいい暮らしに導くものだってことをな」

「ありがたすぎて涙が出るぜ」火掻きは声をあげた。「朝のスープも啜《すす》らないうち、背に鞭一ダースをくらうのだから、そりゃいい暮らしには違いない」

「そうさ、僧正さまの代官のしつけは厳しい。悪党どもに他にやりようがなかろう。正義はあらゆるところでなされねばならん」僧正の御者と名乗る男はそう言った。「だが任期をおとなしく務めたなら、必ず報いはある」

　火掻きは怒りで血が頭に上った。

「こいつめ、からかっているのか。息を止められたくなきゃ言葉はつつしめ。報酬とやらでもらったのは六グルデン半きりだ。あとはみんな書記が容赦なく取りあげやがった。パンに塗るラードやスープに入れた肉切れの代金とか言ってな」

「俺のご主人さまもこの厳しい物入りの時代を憂えている」赤い胴着の男は口をとがらせふくれっ面をした。「豪奢な生活には金が要る。だがどこに金がある。肉とビールの税金はとうに担保に入っているから、僧正領からの収入《あがり》を充てなきゃならない。だが旦那の損にはならない。今旦那が喉から手の出るほど欲しいものは、今日すぐにでも手に入るさ」

「馬鹿ならよそで探してもらおう」火掻きが不平げに言った。「俺に要るものを、お前はどうやって知ろうというのだ」

「旦那は速足《はやあし》の馬を欲しがっている。それから剣もな」

「そうだ、それにピストルもだ」虚を突かれて火掻きは叫んだ。「どこの悪魔が漏らした」

「旦那の額と目から読み取ったのさ」御者と称する男は答えた。「それ以外に知ってることもある。百姓の厩から馬を盗もうとしてるな」

「悪党め、俺に向かってよくもぬけぬけとそんなことを」火掻きは憤って叫んだ。「俺を泥棒猫とでも思っているのか」

だが認めざるを得なかった。この口を歪め歯を剝いた男の言葉は図星だ。そこで付け加えた。

「ただ借りるだけだ」

「無駄に良心を悩ましちゃいけない」赤い胴着の男が言った。「道を左にとって、まっすぐまっすぐ行きな。そしたら丘があって、そのてっぺんに粉挽き場と風車が見える。そこに立ち寄って腰を下ろしていろ。馬がいるはずだ。鞍も馬勒も揃ってる。旦那はそれ以上面倒なことはしなくてもいい」

「お前は人心を惑わすものだろう。まあいい、お前がどこまで嘘つきか確かめてやろう」火掻きはそう言って、粉挽き場に通ずる道を進んだ。

巨大な車軸の軋る音は遠くからでもよく聞こえた。風車の翼が浮いてはまた沈んでいく。だがその他には動くものとてない。生き物の姿はどこにも見えない――厩や草原《くさはら》を探しても、いるはずの馬は見あたらなかった。「あんな南瓜《かぼちゃ》野郎を信じたおかげでとんだざまだ」そう言ったあと、雨雲が空に広がりだしたのを見て彼は粉挽き場に入った。

室内は何年も人が足を踏み入れていないようだった。壁には蜘蛛が巣を張り、食卓や椅子や戸棚や櫃に埃がぶ厚く積もっていた。壊れた鎧戸を風が揺すった。火掻きはあたりを見回した。何か食べるものはないだろうか、ビスケットの一切れに一パイントのワインでもあればありがたいが。だが手擦《てず》れのしたフランスの古トランプ一組のほかは何もなかった。己を相手にピケの勝負を挑み、時間をつぶそうとしたが、たちまち飽きてしまった。暖炉の前の長椅子に横になり、しばらく車軸の軋りと雨音を聞いているうちにまどろみだした。

あまり深く寝入っていたので、スウェーデンの騎士と首曲がりが拍車を鳴らして部屋に入ったときも目が覚めなかった。

スウェーデンの騎士は運命に屈服し、もはやそこから逃れられぬものと覚悟した。焼印を額に受けたからには、現世の扉は鎖《とざ》され、まだ扉を開けていてくれるのは、縛り首に値するものの最後の逃げ場、僧正の地獄しかない。だが首曲がりは神を呪いたい気分だった。なんだってこうも裏目裏目に出るのだろう。亭主の粉屋が戻って来て、彼らの注文を聞くのを待つあいだ、スウェーデンの騎士に乱暴な言葉で食ってかかった。

「首領はまったく聞く耳を持たん。せっかくいいことを言ってるのに。首領はスウェーデン軍に入りゃ将軍にだってなれる人だ。略奪もできて金持ちにもなれる。なのに今の哀れなざまはどうだ。マグデブルクの牢にいたときみたいに尾羽打ち枯らしたさまは」

「余計な世話は焼くな。お前ときたら一息で俺の一年分くらい喋りやがる」外からファイラントの声がした。野原に残って、酷使した馬にブラシをかけているのだった。

スウェーデンの騎士は亜麻仁油《あまにゆ》を染ませた布切れを額に押し当てた。思いは彼を彼方に誘った。夜更けに彼は娘の寝室に立っていた。マリア・クリスティーネはベッドから抜け出て、腕を彼の首に巻いた。小さな心臓の鼓動が聞こえた――「お父さんね」風のささやくような声が聞こえた。「来てくれたのね。もう二度と行かないで」――「いい子だから放しておくれ」雨音ほどの微かな声で彼は答えた。「また来るよ。お父さんはスウェーデン軍に戻らないと。風に乗って駆ける馬に乗って」――「一時間に五百マイルね」とマリア・クリスティーネがささやいた。

頭をもたげると楽しい幻は消えた。戸棚の上方の壁に掛かる曇った鏡に額の絞首台が映っていた。

「二度と目が覚めぬ闇に眠りこめればな」彼は小声でつぶやいた。

「俺たちはどうなる」首曲がりは無慈悲に続けた。「俺たちは御用済みってわけか。首領、アルカヌムはまだ持ってるか。そいつは俺たちにあまり運をくれなかった。取って窓から外に投げたらどうだ。通りかかった農夫が蹴《け》つまづいて首でも折るかもしれん。亭主め、どこをうろついてやがる。絞首人か悪魔のところか。客のお出ましというのに顔も出しやがらん」

そして身を起こすと部屋をうろつき、長椅子に寝ている火掻きを見つけた。たちまち彼は大声で叫んだ。

「なんてこった。炉端で寝てやがった。起きろ、客が来たぞ。ほら、何か飲むものを持ってこないか」

そして目を覚まそうとしない火掻きの脇腹を邪険に小突いた。ようやく火掻きは身を起こした。いま受けた一撃で、自分がまだ溶鉱炉にいて、見張りに不意を襲われたものと勘違いし、焦《あせ》って足を床につけようともがいた。

「そうだ、時間だ」彼はつぶやいた。「二時間たった。また炉に石炭を入れなきゃ」

「石炭は後にしろ。俺たちが見えないか」首曲がりが叫んだ。「早く飲み物を持ってこい。いつまで待たせやがる」

「はい、ただいま」夢から覚めやらぬ火掻きは喘いだ。「石炭を焚き口にどんどんと。火の粉も煙も出ない白い炎じゃなきゃならない。そのあと鉄鉱石を、二つの籠に一杯……」

首曲がりは頭を振りながら、スウェーデンの騎士のほうを向いた。

「首領、こいつの言うことがわかるか。俺にはさっぱりだ。悪魔が憑いてるのか」

スウェーデンの騎士は火掻きの顔にすばやい一瞥をくれた。

「こいつは亭主じゃない。僧正の地獄から逃げてきた奴だ。炉の夢をみてるのさ」

火掻きはそのときようやく我にかえり、自分がどこにいるかに気づいた。

「こんばんは、皆さん」彼はそう言って目をこすった。

「何がこんばんはだ」首曲がりが唸った。「亭主はどこにいった。ずいぶん待ったが、いまだ顔を見せやがらない」

「そんなこと知るもんか」火掻きが答えた。「あいつめ、道は遠いから乗る馬をやろうって言ったくせに、約束を破りやがった」

「馬がないなら杖に乗ってみな」いまやあらゆる人間が敵である首曲がりが言った。

火掻きは嘲りに耳を貸さなかった。目は魅入られたようにスウェーデンの騎士の青い上着を見つめていた。

「なんと光栄なことだろう。スウェーデン軍の将校にお目にかかれるとは。それとも俺の見違えか」彼はたずねた。「あなたは軍隊からいらしたのですか」

「まさしく」スウェーデンの騎士は会話を打ち切るつもりでぶっきらぼうに言った。

「負傷されたのですか」焼印を隠すためスウェーデンの騎士が額にあてた布切れを見て、火掻きがたずねた。

「ちょっとな」肩をすくめてスウェーデンの騎士は言った。だが首曲がりは、こんなぶしつけな質問をする奴にはどんな嘘だって無礼にはならんとばかりにつけくわえた。

「偃月刀持ったタタールの奴らがな、三、四人がかりで額をぶち割ろうとしたのよ」

「あなたはしかしスウェーデンの名に恥じず多勢から身を守る術があったのですね」火掻きは

勢いこんで嬉しそうに言った。「そうでしょうとも、スウェーデン軍の将校なら剣の扱い方を心得ているでしょうから――本営はいまどうなっていますか。スウェーデン軍はまたもや勝利を得たでしょうか」

「いや」煩《うるさ》い質問がいっこうに止まないので、スウェーデンの騎士はむかついてきた。「スウェーデン軍は目下のところ、あちこちでモスクワの奴らに前線から駆逐されつつある」

「そんな馬鹿な。前とまるきり違うじゃないですか。どうしてそんなことが」頭に一発食らったような衝撃を受け、火掻きが叫んだ。「じゃレーヴェンハウプト大将はどうなったんです。レーンスケルド元帥は？」

「いまじゃ互いに啀《いが》みあっている。榛《はしばみ》の杖を手に二手に分かれた」

「するとスウェーデン軍の兵士たちは……」

「戦いにはとうに嫌気がさして、故郷の土地に帰りたがっている。将校たちさえ気力が尽きた」

「お言葉ですが理解できかねます」火掻きはそう言って挑むような目でスウェーデンの騎士を探り見た。「将校たちが戦意を失うとは。世界中が震え上がる王のもとにいるのに」

「誰も震えやしない」冷ややかな嘲りを交えてスウェーデンの騎士は断言した。「あの王が何をやったというのだ。餓鬼じみた行いで国の財政を破綻させた。それだけのことだ。スウェーデン軍じゃ誰もがそう言っている」

すこしのあいだ沈黙があった。そして火掻きが落ち着いた声できっぱりと言った。

「お前は嘘つきだ。一度だってスウェーデン軍にいたことはないだろう」

「この厄介者を片付けてくれ。どうにも我慢ならなくなってきた」スウェーデンの騎士は従者に命じた。

首曲がりは火掻きに近寄り、その腕をがっしりと摑んだ。

「来い、小僧。健康のためにはたまには外の空気を吸ったほうがいい。雨も止んだしな」

火掻きが軽く腕を動かすと、首曲がりは部屋の隅に飛んでいった。彼はゆっくりとスウェーデンの騎士のもとに行き、股を広げその前に立った。

「嘘だ。卑劣きわまる嘘だ。お前の焼き串は鞘におさめたままでいろ、さもなきゃ真っ二つにへし折ってやる。誇りもないくせにスウェーデン軍に仕えているのか。戦いで負傷しただと。誰が信じる。俺が今出てきたところでは、額を見せたがらない奴がたんといて、みんな荷車を曳いている。見せてみろ、お前が隠してるのは栄誉か恥辱か」

そしてすばやい動作でスウェーデンの騎士の額から布切れをもぎ取った。

スウェーデンの騎士は飛びあがった。絞首台の印を手で覆おうとしたが遅かった。そのまま手を下ろすしかなかった。

二人は黙ったまま、相手の目から目をそらさず、睨《にら》みあった。互いを認めあったのはそのときだ。

「こいつは驚いた。お前だったのか」スウェーデンの騎士の口から言葉が漏れた。

「兄弟！　なんてこった、お前とまたここで会うとは」他方が心動かされた調子で言った。

「ほんとうにお前か。くたばったもんとばかり思ってた」スウェーデンの騎士が言った。

「お前こそどうした。どんなへまをやらかした。どこの牢屋を出てきた。それともガレー船か」

「お前が地獄から抜け出せたとはな、兄弟。神に感謝するぜ」

「俺の代わりにスウェーデン軍に行くって言ってたじゃないか」

「兄弟、それには積もる話がある。ここにいたほうが俺は幸せになれると思ったんだ。俺がお前にやったことを許してさえくれれば」

「俺に何をやったんだい。俺は地獄の試練を耐え抜いた。炎のなかで鍛えられた。だから言ってくれ、兄弟、俺にできることはあるか」

「お前は俺の助けにはならない。俺は僧正の地獄に行って、この世から姿を消すつもりだ。そしてお前は？　お前はどこに行く」

「スウェーデンの戦へだ。わが王の麾下《きか》に参ずる」

「旅支度もろくにしてないじゃないか」

「それがどうした、兄弟！　なんとでもなろうさ。どんな逆境にも歯向かう――それがあそこで学んだことだ」

「俺の馬がある。お前が乗ってくれ。俺の剣、ピストル、旅行鞄、金袋、従者二人――なにもかもお前にやる」

「そりゃ多すぎる。旅行鞄と金袋は取っといてくれ。お前には感謝のしようがない。だが、お前に渡したアルカヌムはどうした。グスタフ・アドルフの聖書は……」

「ここにある。ほらよ」

「ありがたい、まだ持ってたのか。これでわが王に手渡せる。そしてお前は、兄弟……」

「取引は済んだか。じゃその印に乾杯といこう」ががら声が聞こえたと思ったら、背後に死んだ粉屋が赤い胴着姿で立っていた。両手に一つずつ火酒の杯をかかげ、歪んだ口で声のない笑いをあげている。

カール十二世の騎士は杯を手にとって揺らし、相手に言った。

「乾杯だ！　飲もうぜ、兄弟。灼熱の炎がお前の勇気を挫かないように！」

「お前が剣で誉れを得るように！」他方が言った。

それから二人は代わる代わる別れを告げた。

本物のクリスティアン・フォン・トルネフェルトは二人の従者を連れてスウェーデンの戦へ赴いた。名を失ったものは死んだ粉屋のあとに従い、僧正の地獄へとひっそりと歩を進めた。


二人は鬱蒼とした森に入った。雨が音をたてて降りしきり、風が梢を通して吹いてきた。死んだ粉屋の歩みはだんだん鈍《のろ》くなり、石や木の根があれば必ずつまづき、総身から力が抜けつつあるようだった。

道端にわずかに土が盛られているところがあった。乱れ繁る叢《くさむら》に覆い隠されたその場所で粉屋は立ち止まった。

「ここから先はひとりで行ってくれ。道を誤ることはない。俺はくたびれた。もう俺のことは構うな。俺はここに残る」

「初めて行く道でもあるまいに」名無しは言った。

「初めてだろうが終いだろうが——もうたくさんだ。俺はこれ以上歩けない」死んだ粉屋は呻いた。そして土が盛り上がったところに滑り落ちるように座り、ランタンをわきに置いた。

「百歩歩け、そうすりゃ溶鉱炉の火がちろちろ揺れるのが見える」

「この土盛りはなんだ。葬《とむら》いのあとか」名無しはたずねた。「それにしては十字架がないが」

「この不浄の地に埋められた奴がいる」かつては粉屋だったものが言った。「そいつは星のない夜、首に縄を巻いた。何が起こったか話してやろう。輪を引いて締めたとき、『罪だ！　罪だ！』と風の唸りがした——でも手遅れだった。梟《ふくろう》が窓辺で羽ばたいて『地獄の沼！　地獄の沼！』と鳴いた——でも手遅れだった」

粉屋は頭を胸に垂れた、声は枯れ枝の爆《は》ぜる音くらいにかぼそくなった。

「首を吊ったそいつを村人が見つけて、村長《むらおさ》に知らせた。だが村長は言った。こいつを降ろすのは刑吏の役目だ、村のものが手をつけてはならぬとな。だが地方長官は村で始末しろと命じた。なぜなら死人は処刑されたわけじゃないからだ。そんなわけでそいつはぶら下がったままだった。だが次に村長が来たとき、縄は切られていた。悪魔の仕業だ。悪魔はそいつを森に埋めもした。その場所を知るものは村には誰もいない」

風が樹々を揺らした。雨は止むことなく降り注いだ。粉屋はどんどん地に崩れていった。

「そいつはここに埋められて、神の慈悲を待っている」声はすでにささやきとなっていた。

「お前はお前の道を行け。『我ラノ父ヨ』を二度唱える頃には、僧正の手下に会えるだろう。そいつらはお前を打つ。それが習いなのだから耐えねばならない。それからそいつらにこう伝えてくれ。俺は最後の一ペニヒまで僧正さまに罪を贖《あがな》った。だから二度と来ないとな」

名無しは森のなか、『我ラノ父ヨ』二回分の道を歩いた。それから振り返った。ランタンの光は消え、死んだ粉屋はもう見えなかった。墓も見えなかった。ちらつく光を目指してさらに進むと、樹々の陰から僧正の手下が躍り出た。


皇帝の裁きを逃れて僧正の地獄に落ちのびた悪党らのなかには、無鉄砲なものもいて、仕事の多さと食事の乏しさのために、来て数日で暴動を起こし、拳固で、あるいは槌さえ持って監督に襲いかかる。そこで僧正領では新参者にすぐ鉄枷《てつかせ》を嵌める慣わしとなっていた。石を砕くものは足枷をはめられ、荷車を曳くものは両手を鎖で縛られる。歯向かう力が失せるまで、厳しい規律に屈することを学ぶまで、昼も夜も、仕事中も休みの時間もそのままで過ごす。

名無しは与えられた作業を黙々とこなしたため、二週間で鎖を外してもらえた。その数時間後には僧正の地獄を脱出していた。

ここを首尾よく脱走できるのは、死をものともしない男に限られる。鍛冶場や溶鉱炉や石灰窯では昼夜を問わず作業が続けられているので、見咎められずには通れない。しかし砕石場がある西の端には、三、四百フィートほどもある絶壁が聳え、僧正領と世間との境をなしている。夜分ここを登るものなどいない、そう見張りは思い込んでいた。だが名無しは岩を走る亀裂伝いに、絶壁をよじ登った。月が明かりを恵んでくれた。命を危険にさらしながら名無しは一歩一歩よじ登った。半ばほどの高さのところに、松の木が何本か岩から生えていて、名無しの姿を隠してくれた。上にたどり着くと何分か休みをとった。それからさらに、最初は隠れた森の道を、それから街道を、ひたすら走った。人影を見ると身を隠した。真夜中を一時間ほど過ぎたころ、彼は己の屋敷に着いた。

そのまま庭園の灌木にしゃがみこみ、庭番の老人が巡回を終えるのを待った。それからわが子が寝ている部屋の窓を叩いた。

名無しが命を賭したのはこのひとときのためだった。その夜のうちに同じ危険をまた冒さねばならない。マリア・クリスティーネの顔を両手で抱えたとき、その小さな歓声で娘が彼を認めたのを知ったとき、名無しは毎日つけていた枷を忘れた。飢え、岩塊を積んだ荷車、肩を裂く曳き綱、監督の鞭打ち、憐れな同輩の悲鳴や呪詛――すべてが何ものでもなくなった。

マリア・クリスティーネは父のことを知りたがり、そしてより以上に自分のことを話したがった。

「お父さん、遠くから来たの。疲れてるの。お馬はどこなの。いっしょに行ったお供はどうしたの。あたしもお馬に乗れるのよ。昨日来てくれたら、乗ってるとこを見せてあげたのに。栗毛の馬で、二回お庭を行ったり来たりしたの。恐くなんかなかった。村で献堂式があって、とても楽しかった。あたしも踊りたかったけど、お母さんはだめって言うの。『お父さんは戦いに出たのだよ、お前も知ってるだろう、戦いとはどんなものか』だから言ってあげたの、ちゃあんと知ってるわ、旗がひらひらして、太鼓をどんどん叩くんでしょ」

あまり時間はなかった。またこれから長い道のりを戻らねばならない。別れを告げると、マリア・クリスティーネは泣いた。

朝早く、監督が砕石場で角笛を吹いて作業開始を告げたとき、すでに名無しは手押し車の前にいた。

それから三日が過ぎた。同じ時刻にまたもや窓が叩かれた。驚きと喜びでマリア・クリスティーネは小さく叫び声をあげた。お父さんはもう来てくれないと思っていたから。

「お母さんは夢でも見たんでしょって」少女はささやき声で言った。「お昼に会えない人は、夜になると夢のなかによく来るんだって。お祖父さんとお祖母さんは、もうとうから天国にいらっしゃるけど、夜になると夢に出てくるそうよ。お父さんも天国から来たの」

「違うさ」名無しは言った。「お父さんはこの世にいる。まだ生きてるよ」

「じゃあどうしてお昼のうちに来てくれないの」

「お父さんの馬は昼間はとてものろのろなんだ。でも夜になると風に乗って空を駆ける。一時間に五百マイルもね」

娘はしきりにうなづいた。空をそれほど速く飛ぶ馬が好きになったのだ。ずっと前から知っているような気もした。そこで可愛い声で歌を歌った。

「『ヘロデのお家がすぐそこに、ヘロデ窓からそれを見て……』」

それから彼女はさらに続けた。

「このまえ窓を叩いてる音が聞こえたとき、てっきりヘロデだと思って、会わないでおこうとも思ったの。どうして帽子をそんなに目深にかぶってるの。お父さんはヘロデなの？」

「違うよ。お前だって知ってるだろう」

「ええちゃんと知ってるし、恐くもないわ。声でお父さんだってわかるもの。でもお母さんに明日、また夢を見てたんだよって言われたら……」

「そうならば夢なんだよ」名無しは小声で、しかし力をこめて言った。

マリア・クリスティーネは黙り、ある感情がぼんやりと目覚めるのを感じた。お父さんが夜来てまた行っちゃうことは、誰にも内緒にしておかなくちゃ。

名無しはわが子の額と目にキスをした。

「お馬さんはどこにいるの」

「ここから遠くないところだよ。夜の向こうに耳を澄ませてごらん。ひんひん鳴くのが聞こえるだろう」そう言うと名無しは赤楊《はんのき》の繁みに消えた。

名無しはまた来た。三度目に憎正の地獄を脱けたときには、岩壁を渡り行く道は容易《たやす》く危げないものに思えだした。それから自分の領地を通って屋敷に向かった。もう道は遠くなかった。穀物や燕麦が実り、犂《すき》や馬鍬がなすべき仕事をなしているのを見た。彼は繰り返し来た。わが子との夜の会話は、人生に与えられた慰めだった。

マリア・アグネータにもう会えぬのは辛かったが、なんとか耐え忍んだ。強いて妻のことは考えないようにした。額に焼印を押された荷運び奴隷に心から愛する妻はもういない。ただ娘がいるばかりだ。

そのころスウェーデン軍からは、クリスティアン・フォン・トルネフェルトの武運と昇進についての報せがもたらされるようになった。

はじめのうちは、従者二人を連れ参戦したクリスティアン・フォン・トルネフェルトについてマリア・アグネータがたずねても、彼女の領地で馬を替える急使は頭を振り肩をすくめるばかりだった。トルネフェルトの名を知るものさえいなかった。だが何週間かたつうち、誰もが何らかのことを知らせてくれるようになった。

「トルネフェルトさんですか。そういえばトルネフェルトっていう人が偵察騎行で名を上げましたよ」

「ヴェストゲータ騎兵団の旗手トルネフェルトさんなら、イェレスノで敵の面前で河を渡るとき粘り強く勇敢に持ちこたえたので、戦いが終わると、大佐は将校全員の前であの人の手を握って振りました」

「王に一冊の本を献上したそうです。なんでもグスタフ王のころの聖書だとか」

その二週間後にはこう伝えられた。「トルネフェルトさんを知らないわけがないでしょう。なにしろバテューリンでは、ほんの一握りの騎兵隊だけで野砲四基と弾薬車を敵から奪った方ですから」

何日か後にはこんな報せがもたらされた。

「王はトルネフェルトさんを旗手から騎兵大尉に取り立てられました」

マリア・アグネータはそうした報せを誇らしく聞き、いくぶん明るくなった将来の見通しに喜んだ。それほど多くの勝利と著しい戦果があったのならば、近いうちに平和がやってくるかもしれない。ゴルスクヴァで新たな戦がはじまったその日の晩、いまやスマレンド龍騎兵隊の大佐となったクリスティアン・フォン・トルネフェルトを、王がすべての民の前で抱擁し両頬にキスしたという報告が入ったとき、彼女は言った。戦もやがて終わるでしょう。モスクワはもはやスウェーデン軍と戦う気はないでしょうから、クリスティアンはすぐに帰ってくるわ。

だがやがて、急使がろくに便りをもたらさない日々が続くようになった。スウェーデン軍はそのころポルタヴァ砦の防御柵の前に駐屯していた。


七月も半ばを過ぎたある夜、名無しはマリア・アグネータを目にした。

いつものようにわが子と話したあと、彼は来たときと同じように庭園から忍び出ようとしていた。そこに物音が聞こえた。名無しは歩を止め、その場にうずくまった。屋敷の上階で窓が開き、夜に向かってマリア・アグネータが身を乗り出した。

名無しは楡の木のあいだでじっと息を潜めていた。心臓が早鐘《はやがね》を打ち、胸を突き破らんばかりだった。見られるに違いないと思ったが、彼女は気づかず、夜空を流れる雲を見ていた。月の光が髪を輝かせ、肩へと流れ落ちた。いま彼女は深々と夜の空気を吸っている。庭園は静まりかえり、蟋蟀《こおろぎ》の集《すだ》く声と楡の葉を掠《かす》る鳥の羽ばたきが聞こえるばかりだ。

窓が閉じ、彼女の姿が消えた。名無しはそのあと一分ほども、魔法をかけられたようにそこを動かず、じっと屋敷を見つめていた。そしてようやく走り去った――。

そのとき思いついたとほうもない考えから逃れようとしたが、それは彼の心を乱し続けた。喘ぎつつ手押し車を砕石場から石灰窯へ、石灰窯から砕石場へと押すあいだも、それは一日中、彼の心を離れなかった。彼の胸は騒ぎ震えた。あれほど近くお前は俺のもとにいた！　あの夜見た彼女の姿は、彼の目から消えようとしなかった。

まる七年のあいだ、俺とお前とは愛しあい共に暮らしたのではなかったか。この愛は、お前を獲るために俺がしでかしたことをも許すほど大きいのではないだろうか。俺はお前を欺き騙した。だが今なにもかも打ち明けて、いかなる幸運が、いかなる至福が、そしていかなる悲惨な結末が訪れたかを語れば――赦しの一言、慰めの一言を期待できるのではないか。だがもし、お前が額の焼印に恐れおののき、俺を弾劾し撥ねつけたら――。

心は乱れ縺《もつ》れたものの、ひとつだけ確かなことがあった。今のこの生活には、もはや耐えられない。

晩になると決意は固まった。この惨めな姿のまま彼女の前に出て話そう。なにもかも話そう。七年のあいだずっと秘め隠していたことを。

しかしそうはいかなかった。なぜならそれは名無しには許されぬ、天の認め給わぬ行いだったから。

その晩名無しが絶壁をよじ登っていると、足元で岩がひとつ緩んだ。身が滑るや、とっさに足がかりを探ろうとしたが、そのまま谷底まで転がり墜《お》ちた。

手足を骨折して横たわったまま、叫びも動きもできなかった。息をするたびに痛みが彼を苛《さいな》んだ。

真夜中近くにランタンを手にやって来た見張りが、名無しが倒れているのを見つけてたずねた。

「おいお前、どこから来た。いったいどうした」

名無しは指の一本で岩壁を指した。

「ずらかろうとしたのか」見張りはさらにたずねた。「これで懲りたろう。当然の報いさ」

そして名無しの顔を照らすと、紫色になった頰や唇が死の訪れを告げていた。見張りはランタンを地面に置いて言った。

「じっとしてろ。そのまま動くな。医者を呼んでくる」

最期が来たのを知ると、ただひとつの願い、思い残したただひとつの望みが心に溢れんばかりになった。わが子マリア・クリスティーネに、父は死んだと伝えてもらいたい。もう来ないからといって、自分のことを父が忘れたのだと思ってほしくない。そして俺のために『我ラノ父ヨ』を祈ってもらいたい。

「医者は要らない」息も絶え絶えに名無しは言った。「坊主を呼んでくれ」

名無しは足音が遠ざかるのを聞いた。それからまた足音が近づいた。目を開けると褐色の修道服を着た男が彼のうえに屈《かが》みこんでいた。

彼は身を起こそうともがいた。

「神父さま！」彼は呻いた。「俺の心は昔からの悪行で膿《う》んでいる。いまそれをぶちまけねばならない。懺悔させてくれ」

「そうとも、首領！」その声には聞き覚えがあった。「首領は聖ステパノのように石に打たれて倒れている。あんたは死ななきゃならねえ、首領、覚悟を決めるんだな」

名無しは崩れ落ち、目を閉じた。告解を聞こうとしているのは、古い仲間の火付け木だった。

「この世に別れを告げな」逃亡坊主は説教した。「現世は偽りの幻、現世の喜びは無だ。だから金とも縁を切れ。富がなんの役に立つ。天国に持っていきようもなかろう」

名無しは悟った。俺は懺悔もせずに死なねばならない。火付け木が聞きたがっているのはただひとつ、どこに俺が金を、俺が自分のものとして取ったグルデン貨やデュカート貨を隠したかということだ。

「首領よ、地獄の業火が襲いかかるのが見えないか。意地を張って隠したままじゃいけない」

逃亡坊主が迫った。「あんたにはもう用のない金で、多くのものが救われる。金から未練を断てば、魂は朝雲雀《あさひばり》のように天に昇っていこう」

名無しの唇から軽い喘ぎが漏れた。

「悪魔の裏をかきたくはないか」火付け木は次にそう唆《そそのか》した。「生の終わりに善行をなせ。どこに金を隠したか白状しろ。そうすりゃ悪魔は指をくわえて眺めているしかないし、神は首領に諸手を差しのべる」

名無しは黙っていた。

「なら地獄に行くがいい！」憤《いきどお》って火付け木は叫んだ。「何万もの悪魔が寄ってたかってあんたの魂を奪い合うだろうよ」

死につつあるものはもはやその声を聞いていなかった。ふと気づくと他にもうひとり、無言で彼の前に立っているものがいた。これも見覚えのあるものだった。かつて雲間《くもま》で、俺のことを三度《みたび》訴えた、剣を持つ天使《ケルビム》だ。

「お前だったか」唇を動かさず名無しは言った。「聞いてくれ。俺はたびたび神の裁きについて考えた。だがわからなかった。俺には難しすぎた。でも今はわかる気がする。お前はかつて、俺のために神にとりなしてくれた。もう一度とりなしてくれ。俺の望みはひとつしかない。俺が来なくなっても、俺が会うのを忘れたなどと娘に思わせないでくれ。娘に俺が死んだと伝えてくれ。娘には泣いてもらいたくない。娘には俺の魂のために『我ラノ父ヨ』を唱えてほしい」

死の天使は空の星を見上げていた。そのまま影のように立っていたが、やがて険しく気高い頭《こうべ》を垂れ、黙したまま肯《うべな》った。

あくる日の真昼ころ、スウェーデンの将校がひとり、腕を包帯で吊った姿で屋敷に現れ、ポルタヴァの戦いについての報せをもたらした。その言によれば、スウェーデン軍は壊滅し、王は敗走したという。斃れたもののなかにはスウェーデン軍の栄光であり誇りである方、クリスティアン・フォン・トルネフェルト大佐もいたとのことだった。

マリア・アグネータは驚きの表情を浮かべたまま、ものも言わずに立っていた。はじめのうちは何が起こったか理解できなかったし、そのあとは悲しみが大きすぎて泣き伏すことさえできなかった。

部屋にさがってからようやく、涙が堰をきったように溢れてきた。

夕方になって、彼女は娘をよこすよう言いつけた。マリア・クリスティーネが来ると、その腕をとり、キスを顔に雨と降らせた。そしてささやくように話しかけた。

「わが子や！　お父さまは戦いで亡くなられ、もうお前と会えません。埋葬されて三週間にもなるのです。だから手を組んで、『我ラノ父ヨ』を唱えておあげ」

マリア・クリスティーネはじっと母を見つめていやいやをした。信じたくなかったし、信じられなかったから。

「お父さんはまた来るわ」

マリア・アグネータの目にふたたび涙が溢れた。

「いいえ、お父さまはもういらっしゃらないの。二度とお戻りにならないの。わからないの。天国にいらっしゃるのよ。ほら手を組んで、子としての最後のおつとめをしておあげ。お父さまは、わたしに劣らずお前のことを愛していたのですよ。『我ラノ父ヨ』を祈っておあげ」

マリア・クリスティーネはいやいやをした。だがそのとき、外の街道を荷車が一台、棺を載せてひそやかに通りかかるのが見えた。僧正領から来た荷車だった。

少女は両手を組んだ。

「天にまします我らの父よ、御名が崇められますように。御国が来ますように。御心が行われますように——あの哀れなもののため、わたしは祈ります。あの棺に横たわり、泣くものとてない人に祝福をお与えください。わたしたちを誘惑にあわせず、悪いものからお救いください。御国と力と栄光は、永遠にあなたのものです。アーメン」

名無しを墓へ連れてゆく荷車は、屋敷の窓の前をゆっくりと通りすぎていった。

解説

垂野創一郎

1　作品の背景について

『夜毎に石の橋の下で』『ボリバル侯爵』に続いて、国書刊行会からのペルッツ第三弾『スウェーデンの騎士』をお届けします。一九三六年に刊行されたこの作品は、ペルッツ中期の代表作のひとつとして評価の高いものです。

二八年に発表した『どこに転がっていくの、林檎ちゃん』が大当たりし、人気作家として世を謳歌していたペルッツの運命も、同年に最初の妻を肺炎で亡くし、心霊術に凝りだしたあたりから下り坂になっていきました。それは三三年に成立したナチスドイツに三八年に併合されるオーストリアの運命と、奇しくも軌を一にしているような感じです。満を持して（起稿は一九二九年にさかのぼるといわれています）刊行されたこの『スウェーデンの騎士』も、ドイツで出版を禁止されたこと、およびあてにしていた映画化がふいになったこともあって、期待していたほどの収入を作者にもたらしませんでした。しばらくは舞台や映画の脚本書きや兄弟からの援助で食いつないでいたといいます。そのうちナチスの弾圧が激しくなり、三八年には、ユダヤ人ペルッツの一家はパレスチナに亡命するためひそかにウィーンを脱出することになります。

そうした状況のもとで書かれたこの作品は、いわゆる北方戦争（一七〇〇―二一）を背景にしています。この戦争は近隣諸国をも巻き添えにしますが、本質的には十五歳の若さでスウェーデン王に即位し領土拡張の野心に憑かれたカール十二世（在位一六九七―一七一八）と、ロシアを一挙に西欧化しバルト海沿岸の制覇を狙うピョートル一世（同一六八二―一七二五）との争いでした。はじめのうちスウェーデン軍は優勢で、リトアニアやポーランドを主戦場にさんざん暴れ回りました（本書の冒頭でトルネフェルトがシレジアからポーランドに行こうとするのはそのためです）。もちろん他国の王の野望のために領土を荒らされる貴族はたまったものではありません。第三部で主人公の娘の洗礼祝いに集まった貴族たちの愚痴にそれはよく表れています。

ところが一七〇七年八月以降、カール十二世がロシアへの進軍を図ると、それが結局スウェーデン軍の命取りとなりました。一七〇九年ウクライナの要衝ポルタヴァでピョートル率いるロシア軍と一戦を交えた結果、本書の最終部にもあるようにスウェーデンは壊滅的な打撃を受けてしまうのです。

地理的舞台になるシレジア（シュレジエン）についても少し触れておきましょう。シレジアはボヘミアの北東に位置し、ポーランドと国境を接している地域で、この時代にはハプスブルク家が領有し、神聖ローマ帝国に属していました。名著『魔術の帝国』（平凡社、のちちくま学芸文庫）を著した歴史家R・J・W・エヴァンズは『バロックの王国』（慶應義塾大学出版会）において、「シュレジエンは大規模な神聖ローマ帝国を反映する一つの小宇宙であった」とし、旧教と新教が対立しながらも均衡し混交するこの独特の文化圏についてこう述べています。「……生き残ったルター派もまた実り多かった。それは調停者としてのシュレジエン独特の役割の鍵となるものだった。一方においてそれは信仰箇条の対立を調停し、その結果この地方の洗練された文化に対する対抗宗教改革の衝撃が、十七世紀を通して神聖ローマ帝国のほかのどこよりも独創的創造性をもたらした」。G・R・ホッケが『文学におけるマニエリスム』（現代思潮社、のち平凡社ライブラリー）で讃嘆を惜しまないバロック詩人たち、ホーフマンスヴァルダウ、ローエンシュタイン、グリューフィウスなどは、皆このシレジアの出身です。

2　バロキスム

とはいえ、本書の舞台はシレジアといっても田舎ですから、こうしたバロック文化とはほとんど無縁です。しかしこんな田舎にも、バロックの光は木漏れ日のように射しています。ペルッツがこの小説の構想にあたって行ったであろう入念な調査の成果といえましょう。

たとえば本書の第一部でトルネフェルトが戦争に行く準備として「花模様の刺繡が入った上着、リボンとレースがついた繻子《しゅす》の上着、それに黒の鬘《かつら》を二つと絹の寝間着」などを持って来るよう泥坊にねだります。今のわれわれからすると、とんでもないわがまま坊ちゃんのように見えます。ところがペーター・ラーンシュタインという人の『バロックの生活』（法政大学出版局）によると、「戦場に赴く騎士たちは、そこで質素な武人の生活を送ろうなどという考えはまったく抱いていなかった。彼らは着飾ってそこにやってきた。軍服にはたくさんの刺繍がほどこされ［……］襟と袖口には高価なレースをつけ［……］その上頭には鬘をかぶっていた」そうなのです。だから彼の要求も、当時としては並外れて非常識なものではなかったのかもしれません。あるいは第三部で大工が噂する僧正の離宮の、「水盤や滝、洞窟や噴水、東洋風の園亭とオレンジ栽培用の温室」のある、なんだかゴテゴテした庭もバロック的といえましょう。

また教会荒らしとなった主人公は、屁理屈めいた論法で自分の立場を弁護し、司祭や青年貴族を煙に巻きます。こうした（G・R・ホッケが『文学におけるマニエリスム』で使った形容を借りるなら）魔術的詭弁《ソフイスム・マジック》もまた、バロック期文学の特色のひとつでした。なぜかこうした傾向は聖職者と相性がよくて、イエズス会士で神学校教授であったバルタサール・グラシアンや聖ポール大寺院の主席説教者で詩人のジョン・ダンも、さかんにこうしたパラドックスを弄しています。たとえば第三部で、スウェーデンの戦へ出発寸前の首曲がりとマリア・クリスティーネが交わすパラドキシカルな問答は、今あげたバロック詩人ジョン・ダンの次のような一節からそれほど遠いものではありますまい。

あなたの奴隷にしてもらわないと、私は自由になれない。
私は決して純潔にはなれない、あなたに犯されなければ。

（「聖なるソネット・神に捧げる瞑想」より　湯浅信之訳）

それから魔術的知識。本書では主人公ばかりか赤毛のリーザ（傷の痛みを追い払う法）も、マリア・アグネータ（夫に本当のことを言わせる法）も、首曲がり（遠くの人を呼び寄せる法）も、怪しげなまじないを心得ています。本書で面白いのはそうしたまじないがことごとく実効力を持つところですが、それにもまして面白いのは、誰ひとりこうしたものを妖術（witchcraft）と見ていないところです。盗賊の一味はもとより、善良なマリア・アグネータやマリア・クリスティーネさえも、こうした行いを神に背く忌まわしいものとは見ていないのです。

ここにこの時代の民間魔術の独特な性格があります。R・v・デュルメン『近世の文化と日常生活』（鳥影社）の説くところによれば、「それ（魔術）はキリスト教以前の異教的伝統と同じものでもなければ、キリスト教の教義との対立を眼目とするものでもなく、むしろそれとは逆に、さまざまなかたちでキリスト教信仰と結びついている」ものだったのです。

幸いにも邦訳されているジャンバッティスタ・デッラ・ポルタの十六世紀の魔術書『自然魔術』（青土社）を開くと、「いかにして果物が木の上で長い間保ちうるか」とか、「動物をもっと太らせて美味にすること」とか、魔術というにはあまりに下世話な項目が並んでいます。当時はこうした実用知識もひとしなみに魔術（magia）というくくりで見られていたようなのです。こういうのが魔術ならば、本書の主人公が事あるごとに披露する農耕や牧畜や養蜂の知識だって立派な魔術ではありませんか。すなわちこの時代には、魔術的思考とキリスト教的思考、および科学的思考は、(少くとも民間レベルでは) まだ未分化の状態にあったのでした。

それから盗賊団。これもある意味でバロック名物といえるものです。近世においてはいったん犯罪に手を染め処罰を受けたものは永遠に社会から締め出されました。ですから生きていこうとすれば自らの共同体を作るしかありませんでした。そこでたとえば本書に出てくるような窃盗団が形作られることになったのです。ペルッツの同時代人の哲学者ヴァルター・ベンヤミンはラジオ講演録『子どものための文化史』(晶文社、のち平凡社ライブラリー) で、こうした窃盗団を「犯罪者のなかでもっとも貴族的」と呼んでいます。自らの血統と名誉を有していたためです。現に本書の主人公は「落ちこぼれ兄弟団の名誉」を持ち出し、厄介者の相棒を見捨てることはしません。

しかしそうした諸点にもましてバロック的なのは、小説の主題自体といえましょう。というのも、やはりペルッツと同時代人のウィーン子エーゴン・フリーデルは、その大著『近代文化史』(みすず書房) のなかで、バロック的人間をこう規定しているからです。

「バロック的人間にとって、あらゆる現象が解体して美しい仮象、虚構に変じるのだった。バロック人は、名優が役柄を、名剣士がフェンシング相手を自由にこなしてみせるのと同じように、現実をもてあそんだ。現実は彼に手出しができない。というのも彼が、現実とは幻影であり、仮装あそびであり、偽りの噂、生活のやむをえない嘘であることをしかと知っているからだ。彼は現実があたかも現実であるかのようにふるまってみせているにすぎない」

第一部から第二部、第二部から第三部、そして第三部から最終部へと、まるで転生するように「仮象」を変えていき、最後まで固有の姓名を持たないこの小説の主人公こそ、まさに典型的なバロック人ではありませんか。

3 なりすまし譚

もちろん、こうした「なりすまし譚」――長年消息を絶っていた者が帰ってきたが、実は贋物だったという話――は、あらゆる地域や時代に偏在しうるものです。推理小説ファンならば、『怪人二十面相』のなかのあるエピソードがすぐに思い浮かぶことでしょう。

ドイツの研究者ヤン・クリストフ・マイスターは「スウェーデンの騎士――自己同一性の罪について」という小論のなかで、この小説を二つの類似のなりすまし譚と比較して論じています。

ひとつはホメロスの『オデュッセイア』のなかの一挿話です。主人公オデュッセウスはトロイアの戦いのために長い間自分の館をあとにしていました。そこに押しかけた客たちは主人の留守をいいことにさんざん狼藉をはたらき、隙あらば財産を横取りしようとし、あるいは主人の後釜を狙ってオデュッセウスの妻ペーネロペイアに言い寄ります。そこにオデュッセウスが帰ってくるのですが、『スウェーデンの騎士』とは逆に、本物の主人が乞食になりすまして館に戻ります。しかしこのエピソードは、財産をひとつひとつ奪っていき最終的にはマリア・アグネータとの結婚をもくろむフォン・ザルツァ男爵や、当主が子供なのをいいことに勝手放題をする下僕たちのふるまいと通じ合うところがあります。

ふたつめのほうは実話です。十六世紀の半ば、フランスのラングドック地方のある村にマルタン・ゲールという裕福な農夫が住んでいました。ところがある日、盗みの疑いをかけられたのが原因で、彼は突然姿をくらましました。ところが八年後にまたひょっこり姿をあらわしたのです。このゲールは失踪前に十歳そこそこの少女ベルトランドと結婚していましたが、妻は喜んで帰ってきた彼を迎え、のちに彼とのあいだに娘を一人もうけました。ところがその後いろいろあって、ついには本物のマルタン・ゲールと称する男があらわれ、最初にあらわれたマルタン・ゲールは絞首刑となりました。

この物語が有名になったのは一九八三年に出たナタリー・Z・デーヴィスの研究書『マルタン・ゲールの帰還』（平凡社）とその前年に封切られた同題の映画のおかげです。ただこの実話は当時から広範な論議を呼んだらしく、モンテーニュも『エセー』のなかで取りあげているほどですから、ペルッツがヒントにしたという可能性もゼロではないでしょう。

こうした「なりすまし譚」がくりかえし語られ、われわれの心を動かすのは、なんらかの真実がそこに籠もっているからでしょう。

4　仮象の檻

ところでバロック的な人間像とも一連のなりすまし譚とも一脈通じながら、この小説にはそれらとは異なるポイントがあります。フリーデルいうところの「仮象」が一種の檻《おり》として、仲間を陥れた主人公への神罰として働くところです。

第三部で「風と土より他には（己の罪を）何者にも告げてはならぬ」と神が審判を下すと、天使たちは「なんという重い罰なのでしょう」とおののきます。主人公もこの判決を聞いた瞬間には絶望に襲われますが、いざわれに返ってみると、なぜそれが重罰なのか、もはやわからなくなってしまいます。もちろん読者にもわかりません。そうした不得要領の状態のまま刑の執行は一人の天使に委ねられます。

しかしこの罰は物語の終盤に至るや、ストーリーを決定するほどの大きな力を持ってきます。「刑の執行」がなされる場面は二か所あって、ひとつはすべてを告白するために主人公が妻に会おうとするところ、もうひとつは今際の際に懺悔《ざんげ》をしようとした主人公の前に意外な人物が現れるところです。ここにあらかじめ規定された運命とそれに抗う主人公という、『第三の魔弾』以来のペルッツのテーマが響くのが感じとれます。

もっともこれは一つの解釈にしかすぎません。最後に主人公は神の裁きについて「今はわかる気がする」と天使に告げます。しかしどういうふうにわかる気がしたのかは、謎のままで終わり、読者は置き去りにされたような気になるのではないでしょうか。もちろんそれは天使と主人公だけが了解しあえばいいことで、それで十分なのでしょうけれど。

すでに最後までお読みになった方にはおわかりの通り、この小説はとても印象的な終わり方をします――何年か前にこの小説の映画化が企てられたそうですが、それが日の目を見なかったのが惜しまれるくらいな、絵になる終わり方です。しかしよく考えてみると、このラストにしみじみするのは、裏の事情を知っている読者だけなのです。お母さんのマリア・アグネータは悲しみで胸が張り裂けそうになっていますし、娘のマリア・クリスティーネの心には「暗く悲しい、得体のしれない謎」がいつまでも残ってしまいます。

「猿の手」という物語をご存知でしょう。三つの願い事の話です。猿の手は三つの願いをすべてかなえますが、必ずしもそれは願い手や周囲の人に幸福をもたらしません。「猿の手」にかぎらず悪魔と契約をして願い事をかなえてもらった人はたいていひどい目にあうようです。この小説でも、死期が迫った主人公は、自分が来なくなっても娘に忘れたと思われたくないので、悪魔ならぬ天使に三つの願い事をします。「娘に俺が死んだと伝えてくれ。娘には泣いてもらいたくない。娘には俺の魂のために『我ラノ父ヨ』を唱えてほしい」。

天使は内心「しょうがねえなあ」と思ったかもしれませんが、ともかく神にとりなし、この願いをかなえてやります。しかしそれは「猿の手」と同じく、願い手が願ったようなかなえかたではありませんでした（想像の域を出ませんが、おそらく主人公が願ったのは、天使自ら子供のもとに顕れて説明することだったのではないでしょうか)。そしてやはり「猿の手」と同じく、願い事を成就させるために命がひとつ失われます。

もちろん天使は悪魔ではありませんから、ことさら悪意をもって願い手の裏をかくようなことはしないでしょう。そもそも本文には「埋葬されて三週間にもなる」とあります。ですから前後関係でいえば命が失われたのは願い事をする前です。しかし大いなる神意の前で時系列などが何になりましょう。ここで思い出されるのは『夜毎に石の橋の下で』のなかのラビ・レーウがローズマリーを摘む場面、すなわちペストを終焉させるために人間の命がひとつ失われる場面です。ペルッツの考える神意というもの、あるいは神意と人間の自由意志との関係がここにぼんやりと浮かび上がっているような気がしてなりません。

訳語について

この小説の原題は Der schwedische Reiter といいます。Reiter は英語の rider にあたる語ですから、厳密には「騎士」ではなく「スウェーデンの馬乗り(あるいは騎手・騎兵)」などとすべきでしょう。第三部に「村人や近隣の貴族はみんな夫を〈スウェーデンの騎士〉と呼ぶ」というくだりがあります。これをもし野暮で好戦的なスウェーデン軍への反感も交じった揶揄《やゆ》ととれば、「騎兵」「馬乗り」あたりが訳語としてより適切なのかもしれません。しかし戦争に出ていないのに「騎兵」というのは変ですし、「馬乗り」ではタイトルとして間が抜けています。そこで少し迷いましたが、英訳タイトル

“The Swedish Cavalier”が「騎士」にあたる語 Cavalier を採用しているのに倣って邦題も「スウェーデンの騎士」とし、文中での主人公の呼び名も原則としてそれに統一しました。

それから主人公の手下の一人「火付け木」の原語は Feuerbaum で、これは人名にもありますが、普通名詞としては植物の名で、通常「火炎樹」と訳されます。しかし火炎樹ではこの人物のキャラクターにいかにもそぐわないので、若干意味が変わりますがあえて「火付け木」としました。

あともうひとつ。トルネフェルトは代父を「従兄(Vetter)」と呼び、その娘マリア・アグネータを「わが従妹(ma cousine)」と呼んでいます。これは矛盾ですが、ドイツ語では日本でいう「いとこ」ばかりでなく、ある一定範囲の親戚のことも「いとこ」と呼ぶことがあるようです。しかしここを「親戚」と直すと何だかよそよそしくなってしまいますので、あえて「いとこ」のままにしました。

レオ・ペルッツ著作リスト

1 Die dritte Kugel（1915）『第三の魔弾』前川道介訳（国書刊行会／白水Uブックス近刊）
2 Das Mangobaumwunder（1916）（Paul Frankとの合作）
3 Zwischen neun und neun（1918）※中学生向け抄訳版『追われる男』梶竜夫訳（『中学生の友二年』別冊付録、１９６３年1月、小学館）
4 Das Gasthaus zur Kartätsche（1920）※中篇。後に13に収録
5 Der Marques de Bolibar（1920）『ボリバル侯爵』垂野創一郎訳（国書刊行会）
6 Die Geburt des Antichrist（1921）※中篇。後に13に収録
7 Der Meister des Jüngsten Tages（1923）『最後の審判の巨匠』垂野創一郎訳（晶文社）
8 Turlupin（1924）
9 Das Jahr der Guillotine（1925）※ヴィクトル・ユゴー『九十三年』の翻訳
10 Der Kosak und die Nachtigall（1928）※Paul Frankとの合作
11 Wohin rollst du, Äpfelchen...（1928）
12 Flammen auf San Domingo（1929）※ヴィクトル・ユゴー『ビュグ＝ジャルガル』の翻案
13 Herr, erbarme dich meiner（1930）※中短篇集
14 St. Petri-Schnee（1933）『聖ペテロの雪』垂野創一郎訳（国書刊行会近刊）

15 Der schwedische Reiter（1936）『スウェーデンの騎士』垂野創一郎訳（国書刊行会）
16 Nachts unter der steinernen Brücke（1953）『夜毎に石の橋の下で』垂野創一郎訳（国書刊行会）
17 Der Judas des Leonardo（1959）『レオナルドのユダ』鈴木芳子訳（エディションq）
18 Mainacht in Wien（1996）『ウィーン五月の夜』小泉淳二・田代尚弘訳（法政大学出版局）
※未刊短篇・長篇中絶作・旅行記などを収録した拾遺集

短篇

Der Mond lacht「月は笑う」前川道介訳（『ミステリマガジン』１９８４年８月号／『書物の王国４月』国書刊行会、１９９９／『独逸怪奇小説集成』国書刊行会、２００１、所収）

DER SCHWEDISCHE REITER

by Leo Perutz

1936

スウェーデンの騎士《きし》

著者　レオ・ペルッツ
訳者　垂野創一郎

2015年5月10日　初版第一刷発行

発行者　佐藤今朝夫
発行所　株式会社国書刊行会
〒174-0056 東京都板橋区志村1-13-15　電話03-5970-7421
http://www.kokusho.co.jp
印刷・製本　中央精版印刷株式会社

装幀　中島かほる
装画　伊豫田晃一
企画・編集　藤原編集室

ISBN978-4-336-05893-5
落丁・乱丁本はお取り替えします。